KB191190

지갑은 꿈꾼다

지갑은 꿈꾼다

財布は踊る

하라다 히카 장편소설
최윤영 옮김

모모

일러두기

주석은 모두 옮긴이 주입니다.
외래어 표기는 국립국어원 외래어 표기법을 따랐으나 필요한 경우 관용에 따라 표기했습니다.

차례

Index

제 1 화

지갑은 의심한다

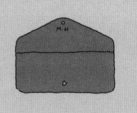

하즈키 미즈호는 루이비통 지갑이 갖고 싶다.

샤워할 때 뜨거운 물을 틀면 온도가 올라가기까지 시간이 걸리죠. 그 시간 동안 얼마큼의 물을 흘려보낼까요? 욕실 샤워기에서 뜨거운 물이 나올 때까지 몇 리터의 물이 낭비되는지 여러분은 정확히 알고 있나요?

저의 집(평균적인 아파트입니다) 샤워기의 경우 6리터입니다. 계절에 따라 약간의 변화는 있지만 그래봤자 1리터 정도의 오차 내 범위입니다.

어떻게 아냐고요? 저는 집 안의 세면기, 그릇, 잔 등을 이용해 그 양을 한번 재봤습니다(상당히 힘들었어요). 6리터인 걸 알고 난 뒤로는 그만큼의 물이 들어가는 물뿌리개를 구매해(홈쇼핑으로 9백 엔 정도) 그 물을 담아 다음 날 베란다의 화초와 채소 모종에 주고 있습니다.

집의 형태나 지역에 따라 차이는 있겠지만 많든 적든 여러분도 그만큼의 물을 매일 버리고 있는 셈입니다.

금전적으로 큰 액수는 아닙니다. 그러나 의식적으로 '6리터다'라고 생각하는 것과 무의식적으로 흘려보내는 것은 전혀 다릅니다. 무엇보다 물이 아깝잖아요(웃음). 효율적인 자원 활용의 관점에서라도 부디 오늘부터는 여러분도 이 6리터를 어떻게 사용할지 생각해 보면 좋겠네요.

그나저나 이번 달 지갑은 샤워기의 물, 물줄기에 맞춰 '물빛 지갑'에 관해 이야기해 보죠.

물빛 지갑은 확실히 '물'로 이어집니다. 풍수에서는 '금'은 '물'과 어울리면 불어난다고 하니 물빛 지갑은 나쁘지 않습니다. 한편 물은 '흘려보낸다', '물거품이 된다'처럼 사라져 버린다는 의미의 비유로도 사용되니, 물빛 지갑으로 돈을 잃지 않도록 주의해야겠네요.

미즈호는 '젠자이 나쓰미의 지갑은 안녕하신가요'라는 칼럼을 다 읽은 후 작게 한숨을 내쉬며 잡지를 선반에 도로 두었다.

매월 1일에 발매되는 주부 절약 잡지 〈KATE〉를 발매일에 도서관에서 읽는 게 미즈호에게 최고의 낙이다. 발매 당일 도서관이 문을 열자마자 들어가면 기다리지 않고 읽을 수 있다. 발매된 지 얼마 안 된 잡지는 대출은 안 되어도 열람은 가능하다. 읽다가 마음에 드는 기사가 있으면 바로 대출 예약을 걸어놓기도 한다.

미즈호가 선반에 도로 올려놓은 〈KATE〉를 한 여자가 재빠르게 집어 들었다. 손이 닿을 뻗해 눈이 마주쳤는데 반사적으로 인사를 하고 말았다. 그때 은은한 향기가 코끝을 스쳤다. 미즈호와 또래로 보이는데 아이는 데리고 있지 않았다. 그녀도 〈KATE〉의 독자지만 매호 살 만큼의 사치는 부릴 수 없는 주부일까.

그녀는 미즈호와는 두 좌석 떨어진 자리에 앉아 〈KATE〉를 펼쳤다. 그 옆에 신상 루이비통 가방이 무심하게 놓여 있는 것을 미즈호는 놓치지 않았다. L과 V가 조합된 특징적인 그 무늬는 여자라면 결코 놓칠 수가 없다. 한때는 구매하기 위해 여고생이 원조 교제까지 하는 사회 문제까지 일으키기도 한 브랜드다.

고교 시절 미즈호와 친한 무리 중에서도 제일 예쁘고 부자이던 아이가 부모님과 해외여행을 갔다가 장지갑을 사 오면서 갑자기 루이비통 장지갑이 유행하기 시작했다. 어울리던 무리는 다섯 명이었는데 미즈호 외의 친구들은 모두 갖고 있었다. 미즈호는 장지갑을 손에 쥐지 못했다. 모자가정에 형편이 어려워 엄마에게 조를 수 없었기 때문이다.

무리에 속해 있으면서도 줄곧 소외감을 느꼈던 이유가 그것 때문만은 아닐 것이다. 입학 후 처음 앉은 자리가 가까워서 친해졌을 뿐, 취미도 가정환경도 공통점이라고는 없는 친구들이었다. 하지만 무리에서 벗어나면 교실에 있을 자리가 없어질 테니 필사적이었다. 수업 시간에 두 사람씩 짝을 지을 일이 있으면 언제나 미즈호가 혼자 남아 다른 무리의 아이와 짝이 되었다. 자신이 그 무리에서 겉돌고 있음을 절감했다. 졸업 후에는 모두와 연락을 끊었다.

그 후 전문학교와 회사에서도 친구야 있었다. 지금까지 연락을 주고받는 사람도 있으니. 사교성이 없는 인간은 결코 아니다. 고등학교 때 은근히 따돌림을 받는 입장이 되었던 것은 그때의 불운이라고 생각한다. 중고등학교라는 게 원래 아주 작은 단추 하나만 잘못 끼워도 따돌림을 당하는 잔혹한 장소이니까.

그래도 그때 자신이 루이비통 지갑을 살 수 있었다면 조금은 더 편하게 청춘 시절을 보낼 수 있지 않았을까 이따금 생각한다.

도서관에서 만난 여성이 〈KATE〉를 펼치는 모습을 보고 처음에는 '같은 부류' 같아 기뻤으나 루이비통 가방을 보고 나니 갑자기 자신이 놓아준 잡지가 아까워졌다. 강렬한 동경과 씁쓸함의 감정이 뒤섞여 풍겨왔다. 더 구석구석 읽을걸. 마지막 페이지의 '여름철 면 요리 30선!' 특집은 늘 그게 그거라서 넘겨버렸는데.

그러나 한번 놓아준 〈KATE〉는 그녀의 손에 아주 안착해 돌아올 기미가 안 보인다.

"루이비통을 들고 다닐 정도면 잡지 정도는 사서 보지."

자신도 모르게 작은 소리로 구시렁댔다.

미즈호는 유모차를 밀며 소설 코너로 이동했다. 기특하게도 유모차 안의 아들 게이타는 잠이 들었다. 10개월이 됐는데 기기 시작한 한 달 전부터는 잠도 잘 자고 말귀도 알아듣는 것 같다.

소설은 요즘 미스터리만 읽는다. 미야베 미유키의 시대 소설이 보여 빌리기로 했다. 미즈호는 스스로 책을 자주 읽는 편이라 생각한다. 지금은 아이가 어려서 독서할 시간적 여유가 충분하지는 않지만 미야베 미유키의 소설은 토막글이라도 내용이 머리에 잘 들어오기 때문에 좋아한다.

이어서 '가정·가계' 코너도 둘러본다. 젠자이 나쓰미 선생님의 『결혼하고 싶은 여자는 핑크색 지갑을 써라』를 발견했다. 결혼하고 싶은 여자라는 부분은 기혼인 미즈호에겐 해당 사항이 없으나, 젠자이 선생님의 책은 빠짐없이 읽고 싶어서 바로 집었다.

책을 두 권 빌려 도서관을 나오는데 출입구 근처에 있는 잡지 코너로 다시 시선이 갔다. 아까 본 그녀가 〈KATE〉를 열심히 읽고 있다. 옆에 놓인 루이비통 가방이 갓 출시된 신상임을 깨닫자 미즈호는 숨이 찼다.

마트에 들러 닭가슴살 100그램에 붙여진 38엔의 가격표를 볼 때쯤 겨우 심박수가 평온해졌다. 평소에는 49엔 하는 닭가슴살이 일주일에 딱 한 번 39엔이 되는데 웬일로 오늘은 38엔이다. 최근에 38엔은 없었다. 두 덩이 들어 있는 걸 장바구니에 담았다. 그런 다음 한 봉지에 19엔인 숙주나물, 한 팩에 133엔인 달걀 등을 담았다.

그 여자도 차곡차곡 모든 돈으로 겨우 루이비통을 가졌을 수도 있다, 이러한 생각을 하며 안쪽으로 팔을 뻗어 유통기한이 조금이라도 먼 숙주나물을 찾는다.

신상을 산 이유도 가능한 한 오래 사용하기 위해서일지도 모른다. 매장이 아니라 전당포나 중고마켓에서 샀을지도 모르고. 그러나 계속해서 이렇게 생각한다는 것은 미즈호가 루이비통을 신경 쓰고 있다는 증거였다.

루이비통을 향한 오묘했던 감정이 단숨에 좋은 쪽으로 기운 것은 계약직이 되고부터였다. 일을 하나하나 다 알려준 같은 계약직 선배가 낡은 루이비통 장지갑을 갖고 있었다.

"멋지네요" 하고 칭찬하자 "엄마한테 물려받은 거야"라고 대답했다.

"낡았긴 해도 루이비통은 유행을 안 타니까"라면서 수줍게 웃는 얼굴이 근사해 보였다. 나도 오래 쓴 루이비통을 아이에게 물려주고 싶다는 생각이 들었을 때는 이미 지갑에 푹 빠져 있었다.

루이비통 지갑은 수선해 가면서 수십 년을 사용할 수도 있고 낡아도 팔 수 있다. 낭비를 절대로 허용하지 않는 잡지 〈KATE〉조차 '좋은 물건을 사서 오래 사용한다'의 상징으로 루이비통만은 권할 정도다. 젠자이 선생님도 책에서 명품 장지갑을 권장했는데 그중에서도 루이비통은 '가격과 품질이 조화로우며 운세도 좋다', '일본에서 가장 알뜰하다고 하는 나고야 사람도 루이비통에는 지갑을 연다'라고 했다. 미즈호가 지금 사용하고 있는 것은 회사 다닐 때 샀던 검은 에나멜 소재의 반지갑이다. 첫 월급이 들어왔을 때 백화점의 잡화 매대에서 샀다. 나쁘지는 않지만 이거다 싶게 특별한 장점도 없다.

〈KATE〉에는 매월 주부가 실제로 쓴 한 달 치 가계부를 공개하는 코너가 있다. 다들 식비를 줄이고 낭비를 없애 20~30만 엔대의 월급에서 5만~8만 엔을을 저축하고 있다. 〈KATE〉 애독자라면 누구나 이 코너에 실리기를 염원한다. 그만큼 잡지에 실린 그녀들은 스타 주부다.

기사는 대체로 과거에는 모아놓은 돈이 없거나 독신 시절 월급을 물 쓰듯 썼다는 부분에서 시작해 결혼, 출산 또는 남편의 정리해고, 이직 등의 경험을 통해 절약과 저축에 눈뜨는 주부의 모습이 그려져 있었다.

그녀들이 돈을 모으는 이유로는 '내 집 마련', '아이 학비'는 기본이고 '해외여행'과 '명품 지갑 구입'도 상당했다.

미즈호 역시 루이비통 지갑을 손에 넣으면 몇십 년이고 사용할 생각이다. 앞으로 게이타가 대학을 졸업할 때까지 22년은 계속될 절약 생활도 루이비통 지갑을 바라보면서라면 열심히 할 수 있을 것 같다. 옷과 신발이 저가나 중고라도 가방에서 루이비통 지갑을 꺼내면 그리 초라해 보이지 않을 것이다.

해외여행은 전문학교 시절 친구들과 한국 서울에 간 적이 있다. 한국의 겨울은 몹시 추웠고 거리는 어수선했다. 음식은 다 맛있었지만 가이드북을 따라 저렴한 화장품을 사고 마사지만 받고 돌아왔다. 딱히 대단한 추억은 없다.

그때 루이비통 제품을 하나라도 사 올 걸 그랬다고 아직도 후회가 남는다. 장지갑을 살 만큼 모아놓은 돈은 없었지만, 키홀더라도 샀더라면 지금의 아쉬움이 조금은 덜했을 것이다.

신혼여행은 오키나와였다. 하와이로 가고 싶었는데 "여권 귀찮아", "영어 못해", "비싸" 하는 남편의 말에 눌려 오키나와로 가고 말았다. 그래도 한 번뿐인 신혼여행이라고 고급 리조트 호텔에서 닷새나 머물렀으니, 결과적으로는 하와이와 비용의 차이가 별반 안 났을지도 모르겠다.

둘 다 조금 더 주체적으로 여행을 즐겼으면 좋았을 텐데. 다음에는 무조건 후회하지 않는 여행을 할 테다.

그때를 위해 미즈호는 2년 가까이 계획을 짰다.

집에 도착한 미즈호는 아들과 함께 어젯밤에 먹고 남은 반찬으로 점심을 해결하고 아들은 낮잠을 재운 뒤 저녁을 준비했다.

장 봐 온 닭가슴살을 결대로 7, 8밀리 두께로 찢어 다음 마트에서 받아온 비닐봉지에 담았다. 고기 한 덩이에 간장 2작은술을 두르고 마요네즈를 1큰술 넣어 잘 섞이도록 주물렀다.

저녁 무렵 남편 유타에게서 톡으로 '퇴근한다' 하고 연락이 와 재워놨던 닭고기에 전분 가루 2큰술을 더해 다시 주물렀다. 이대로 튀기기만 하면 부드럽고 맛있는 '닭가슴살 튀김' 완성.

함께 사 온 숙주나물과 달걀도 참기름에 볶았다. 마지막으로 닭고기 육수 분말과 전분 가루를 1큰술씩 물에 녹여 붓는다. 숙주나물에 감칠맛이 진하게 배어 중화풍 볶음 요리가 완성되었다.

이 튀김과 숙주나물볶음은 미즈호가 자랑하는 메뉴다. 숙주나물 19엔, 달걀 2개에 26엔, 닭가슴살 한 덩이가 120엔이 안 됐으니, 200엔 이하로 푸짐하고 맛도 만점인 저녁 식사를 할 수 있다. 여기에 밥과 미역국을 곁들였다.

튀김은 새콤달콤한 식초에 버무려 먹거나 카레 가루를 더하면 맛이 달라져 질리지 않는다. 모두 남편이 좋아하는 음식이다.

저녁 준비를 끝내고 게이타에게 이유식을 먹였다. 어제 카레를 만들 때 삶은 감자와 당근을 으깨 만든 것이다. 그밖에 직접 만든 푸딩도 디저트로 준비했다.

그러나 입에 넣은 감자도 당근도 게이타는 베에 하고 혀로 뱉어냈다. 그러고는 아기 의자의 테이블에 떨어진 채소를 손가락으로 만지작거렸다.

미즈호는 한숨을 크게 내쉬었다.

게이타가 밥을 잘 먹지 않는 게 미즈호의 유일하고도 큰 고민거리였다. 어떻게 이럴까 싶게 안 먹는다. 떨어뜨린 음식으로 그림을 그리면서 갖고 논다. 미즈호가 화를 내면 관심을 준다고 생각하는지 깍깍 웃었고, 더 크게 화를 내면 울어버릴 뿐 그 이상은 입에 대지 않았다. 한번은 단팥빵을 먹였더니 잘 먹길래 다음 날도 샀더니만 한 입도 먹지 않았다. 그런 식으로 첫입만 잘 먹어 헛된 희망을 안기기 일쑤였다. 갖은 방법으로 어르고 달래보았지만 아직까지는 뾰족한 대책이 없다.

소아과 선생님은 체중이 늘면 괜찮다고 했고 엄마도 곧 먹을 거라고 했다.

"부모가 신경을 너무 쓰는 것도 좋지 않대요."

엄마 교실에서 만나 친해진 아야카의 엄마도 그렇게 말했다. 그거야 아야카가 뭐든 잘 먹는 튼튼한 우량아라 스모 선수처럼 통통하기 때문에 할 수 있는 말이다.

뭐, 호리호리한 게이타와 스모 선수 하쿠오의 미니어처 버전인 아야카 중 어느 쪽이 좋냐고 묻는다면 대답은 선뜻 안 나온다.

미즈호의 정성 어린 수제 푸딩도 게이타는 두 입밖에 안 댔고 그 이후로는 베에 하고 뱉어냈다.

게이타가 바닥에 흘린 음식을 기어다니는 모양새로 닦고 있는데 문이 열리는 소리가 났다. 남편 유타가 왔나 보다.

"왔어?"

다녀왔다는 대답을 했는지, 바닥을 보고 있어서 잘 들리지 않았다. 그래도 별 신경 안 쓴다. 유타는 그런 사람이다. 그저 "덥다, 더워"라고 중얼대는 소리만 들려왔다.

아기 의자 밑에서 일어나 고개를 들었을 때 유타는 거실에 없었다. 침실에서 옷 갈아입나?

"여보, 그렇게 더우면 샤워 먼저 해."

침실 입구까지 가서 말했다. 예상대로 그는 셔츠 차림으로 가방을 바닥에 두고서 넥타이를 풀고 있었다. 역시나 대답은 없다.

신축 1LDK*의 임대 아파트는 니시신주쿠에서 전철로 30분 거리에 있는 네리마구의 역에서 걸어서 8분이라고 해서 세 들어왔다. 실제로는 10분 이상 걸린다. 미즈호는 조금 더 나가 사이타마라면 집세도 훨씬 쌀 텐데 싶었지만, 남편이 "출퇴근 시간이 길어져서 싫다"라고 해서 마음을 접었다.

엄마가 사는 가와고에까지 가면 더 싸진다. 하지만 친정 가까이에 살고 싶냐며 시부모에게 핀잔을 들을까 봐 말을 못 꺼냈다.

역에서부터 살짝 언덕진 길이라 무더운 날은 괴롭다.

"먼저 씻지 그래?"

유타는 여전히 가방에서 뭔가를 꺼내는 중이다.

"여보!"

날카로운 목소리를 내자 그제야 "응" 하고 대답이 돌아왔다.

"먼저 씻으라니까."

"됐어…."

유타는 무표정으로 대답했다.

"아까부터 몇 번이나 말했는데… 가방에 뭐가 들었길래?"

"아니, 노트북 꺼내려고."

그렇게 더우면 먼저 셔츠를 벗고 씻든지, 일상복으로라도 갈아입으면 좋을 텐데. 남편의 행동에 가벼운 짜증이 인다.

"셔츠 벗어 주면 세탁기에 넣을게."

"됐어, 아직."

---

* 앞에 붙은 숫자는 LDK를 제외한 방의 개수를 뜻하는 것으로 하나의 방과, 거실(Living room)과 다이닝 키친(Dining Kitchen)을 하나의 공간으로 통합한 구조를 의미한다

가방에서 노트북이 잘 안 나오는지 "아이씨, 덥네" 하고 중얼거렸다.

미즈호는 침실을 떠나면서 작게 한숨을 내쉰다.

남편 유타에게는 이런 부분이 있다. 뭔가 하나에 열중하면 주변을 보지 못하고 소리도 잘 못 듣는다. 정상적인 판단이 안 되는 모양이다.

그렇다고 남편이 싫은 것은 아니고, 남자들에게는 흔한 모습이라 여기지만 일일이 세심하게 주의를 줘야 하는 상황일 때는 내가 엄마 같다는 생각이 들면서 한심해진다.

한번은 시댁에서 "애 아빠는 하나에 정신이 팔리면 주변이 안 보이나 봐요" "일의 순서를 제대로 모를 때가 있더라고요"라면서 은근슬쩍 물어본 적이 있었다.

"걔가 어렸을 때부터 그랬어."

애먹게 하지, 하는 시어머니의 표정은 즐거워 보였다. 그러고는 뜬금없이 유타가 초등학생 때 얼마나 성적이 좋았는지, 특히 산수를 잘해서 선생님을 당황하게 만드는 질문을 하기도 했다는 말을 자랑스레 늘어놓았다.

당신이 똑바로 안 키워서 할 줄 아는 게 없는 바보가 된 거라고 속으로 욕했지만, 남편에게 그런 강한 집착, 오타쿠적인 요소가 있어서 시스템 엔지니어라는 일에 적합한지도 모른다.

잠시 후 유타는 티셔츠로 겨우 갈아입고 침실에서 나와 식탁에 앉았다. 그는 복장에 관심이 없다. 지금도 고등학교 때 샀다는 프린트가 다 지워진 건담 티셔츠를 입고 있다.

"오늘은 당신이 좋아하는 튀김이야."

"응."

역시 별 반응은 없지만 신경 안 쓰기로 했다. 반찬을 차려주자 묵묵히 먹기 시작한다.

"맛있어?" 물어보자 겨우 생각난 듯이 "어" 하고 순순히 끄덕였다.

다소 불만스러워도 그에게는 장점도 많다고, 튀김을 한가득 넣은 입가를 쳐다보며 생각한다.

집안일에 관해서는 미즈호 뜻대로 하게 해준다. 싸울 때 큰소리를 내는 일은 있어도 폭력을 행사하는 일은 없다. 월급도 착실히 갖다주고 특별히 인색한 부분도 없다. 월급은 실수령 30만 전후로, 이십 대 후반 남성치고는 뭐 평균적이지 않을까. 보너스까지 합치면 연봉 450만 이상은 된다.

요즘 시대에 이 정도면 충분하다고 만족해야 하지 않을까.

미즈호는 사이타마현의 가와고에서 태어났다. 지금도 엄마는 거기에 살고 있다. 부모님은 미즈호가 고등학생이던 무렵 이혼했다.

아버지는 예민한 남자였는데 종종 큰소리를 치는 일도 있었다. 반면 엄마는 털털한 성격이라 둘이 안 맞았을 것이다. 이혼한다는 말을 들었을 때도 솔직히 놀랍지 않았다. 미즈호도 이미 고등학생이었고 두 사람 사이에 대화가 없다는 것도 알고 있었다.

아버지가 양육비를 보내줘서, 비록 루이비통 지갑은 못 샀어도 전문학교에는 갈 수 있었다. IT 관련 전문학교를 나온 후 니시신주쿠에 본사를 두고 있는, 유타와 같은 기업에 계약직원으로 들어갔다.

미즈호는 영업부의 영업 보조였다. 세 치 혀로 일을 하거나 다소 거친 행동도 오히려 좋다고 여기는 위악적이고 마초적인 영업직원들이 불편했다. 그러다 어느 날 가진 영업직원 동기들과 가진 술자리에서 만난 사람이 세 살 연상의 엔지니어 유타였다. 우락부락한 몸이 유행이던 영업부 남자들 가운데서 호리호리한 유타의 체형과 옆모습은 맑고 깨끗해 보였다. 미즈호가 먼저 말을 건 것이 계기가 되어 2년의 교제 끝에 결혼했다.

신혼 때는 둘이 사택에 살았는데 임신하면서 그곳을 나와 이 아파트로 이사했다. 임신 초기부터의 심한 입덧과 인력 감축으로 치닫는 부서 내에 감싸주는 이 하나 없다는 이유로 결국 일을 관두고 말았다. 일을 알려준 선배도 도약을 위해 이직을 한 터라 의지할 데가 없었다.

유타의 용돈은 본인의 희망도 받아들여 매달 5만. 집세는 관리비 포함해서 10만8천 엔, 미즈호는 식비, 생활비, 그리고 용돈을 포함해 5만 엔을 받았다. 그밖에 수도 광열비, 통신비, 자녀 학자금보험, 유타의 저축형 보험 등을 빼면 남는 게 없다.

유타의 용돈이 〈KATE〉에 나와 있는 가계부들에 비하면 조금 많은 것 같지만, 외식을 하거나 여가를 즐기러 나갈 때는 그가 낸다. 다만 월급날에 유타는 "내 용돈 5만, 그리고 당신도 5만"이라고 하면서 건넨다. 내 5만은 식비나 생활비도 포함한 금액이라 절약하지 않으면 얼마 남지도 않는데 그는 내 용돈처럼 생각하고 있다. 매달 그 말을 들을 때마다 속으로 불만을 삼킨다.

사실은 집세도 좀 더 줄이고 싶다. 하지만 당시 신축이었던 아파트를 남편이 단번에 마음에 들어 해 거의 독단적으로 결정해 버려 지금까지 살고 있다.

결혼 전 마음이 안 맞는 부모님을 봐와서 그런지 평온한 가정만 꾸릴 수 있다면 수입은 평범해도 괜찮다고 생각했다. 하지만 지금은 일을 관둔 것을 후회하고 있다. 그때 무리를 해서라도 계속 일을 해왔다면 생활에 더욱 여유가 있지 않았을까. 게이타가 조금 더 크면 다시 계약직이나 파트타임으로 일할 생각이다.

그런 불만도, 올가을이면 다소 해소될 것 같았다.

2년 전쯤부터 미즈호는 달마다 2만 엔씩 저축을 해왔다.

5만 중에서 식비 약 2만에 생활비(10개월 전부터는 게이타의 기저귀 값도 포함돼 있다)를 빼고 2만을 저축하려면 자신이 자유롭게 쓸 수 있는 돈은 안 남는다.

미즈호는 저축을 시작한 뒤로 옷을 거의 사지 않았다.

친정에 갈 때마다 엄마가 "이 옷 너무 화려해서 못 입겠다, 너 입을래?" 하면서 오버 블라우스나 니트를 준다. 엄마에게는 단골 옷집이 몇 군데 있는데, 거의 친구 사이인 직원이 부추기면 바로 사버리는 모양이다. 홈쇼핑도 좋아해서 속옷이나 스타킹은 대량으로 구매한다. 그런 것도 친정에 갈 때마다 받아왔다.

그밖에는 중고마켓에서 철 지난 1천 엔대의 옷을 더 깎아 산다. 유니클로는 비싼 데다 다른 애 엄마들과 겹칠 가능성이 크다. 그럴 바에는 역 건물에 입점할 만한 브랜드 옷을 1천 엔대에 구매하는 것이 값도 싸고 좋다.

돈이 없는 만큼 미즈호의 옷장에는 불필요한 물건이 하나도 없다. 한 시즌 안 입었던 옷은 바로 중고마켓에 팔고, 몇백 엔이라도 이익이 생기면 그걸 자금으로 다음 시즌의 옷을 산다. 멋쟁이라는 칭찬은 못 들어도 초라할 정도는 아니라고 자부하고 있다.

'자린고비'까지는 아니지만 낭비는 일절 하지 않고 56만 엔까지 모았다. 몇 달만 있으면 60만 엔 엔이 넘는다. 60만을 넘기면 유타에게 털어놓고 하와이 여행을 제안할 생각이다. 처음에는 셋이서 30만 엔 정도면 어떻게 안 될까 싶었지만, 그 돈 가지고는 해변에서 먼 최저 등급의 호텔밖에 못 묵을뿐더러 가서도 제대로 된 음식을 못 먹을 거라는 걸 알게 되었다. 하와이를 알수록 욕심이 생겼다. 저금이 40만 엔을 넘겼을 때 이왕 하는 거 조금 더 노력해 보자 싶었다.

미즈호에게는 학창 시절의 아르바이트며 회사 다닐 때 모은 40만 엔 정도의 돈이 있다. 그걸로 루이비통 지갑을 사고 울프강에서 스테이크를 먹고 싶다. 게이타에게도 하와이에서만 살 수 있는 멋진 옷을 사주고 싶다. 평소에는 중고마켓이나 벼룩시장에서 산 옷뿐이니까.

미즈호는 하와이에 관한 스크랩북을 만들었다. 가고 싶은 가게, 먹고 싶은 요리, 묵고 싶은 호텔, 하와이 여행 투어 광고…. 근사한 하와이 사진이 있으면 뭐든 오려 붙여둔다. 절약에 지치거나 다른 애 엄마들의 비싸 보이는 옷이나 가방을 보고 슬퍼질 때면 그것을 펼친다.

첫 페이지에는 하와이 어딘가의 해안에서 손을 맞잡은 모녀의 뒷모습이 담긴 사진이다. 화려한 드레스를 입은 두 사람의 머리칼이 바람에 휘날린다. 자신도 이런 사진을 찍고 싶다. 찍은 사진은 인스타나 톡에 올려야지. 아니야, 너무 보란 듯이 올리면 다른 엄마들에게 칭찬인지 디스인지 모를 댓글이 달릴지도 모른다.

그래도 2년을 저축해 왔는데 한 장 정도는 괜찮겠지. 해변에 서 있는 자신과 아들의 뒷모습이 담긴 사진, 베스트 샷 한 장 정도는 괜찮을 것이다. 그 이상은 "하와이 갔다 왔어? 사진 보여줘"라고 하는 사람에게만 보여줘야지.

루이비통 지갑 구매도 계속 생각하고 있다. 한 차례 신주쿠 매장에 가서 사전 답사도 하고 왔다. 매장 안은 외국인 관광객뿐이라 쇼윈도만 빤히 들여다볼 뿐 직원에게 말을 걸지도 못하고 돌아왔지만, 하와이에서는 "이걸로, 할게요" 하고 제대로 말할 작정이다.

아, 영어로 말해야 하나 싶어 걱정이 된다. 한국에 갔을 때는 사고 싶은 것을 가리키며 "디스, 디스"라고 말한 후 "전부 주세요" 하면서 손짓발짓을 해 가며 일본어로 쇼핑할 수 있었는데. 아냐, 분명 하와이에서도 그렇게 하면 될 거야.

"이걸로, 할게요."

"이거, 주세요."

"저것도 보여주세요."

아들을 재우고 야근하는 남편의 귀가를 기다리는 동안, 정신을 차리고 보니 혼잣말을 하고 있었다. 루이비통 매장에서 쇼핑하는 건 일생에 단 한 번일지도 모르니까, 내 마음대로 굴 것이다.

TV도 켜지 않고 스크랩북을 보면서 상상만 해도 충분히 즐겁다. TV는 전기세가 많이 나간다고 젠자이 선생님도 말했으니까.

겨우 목표 금액에 도달한 날, 평소대로 절약 메뉴를 차린 저녁 식탁 앞에서 남편 유타가 젓가락을 집어 드는 모습을 보며 미즈호는 조금 긴장했다.

하와이에 가고 싶다. 돈은 모았다.

그렇게 말하면 그가 어떤 반응을 보일까.

유타는 엄격한 남편도 아니고 여가생활에 1엔도 아까워하는 구두쇠도 아니다. 아마 좋아할 것이다. 다만 성급하게 일을 진행하거나 변화가 크면 미즈호가 생각지도 못한 반응을 할 때가 있다. 전에 해외에서 생활하는 일본인 특집 방송을 보다가 "나중에 게이타를 유학 보내는 선택지도 앞으로 생각해야 할지 몰라"라고 무심코 중얼거렸더니, "나는 영어도 안 되고 해외에서 일

같은 건 못 해! 부모님 남겨두고 일본을 떠날 수도 없고"라면서 갑자기 화를 낸 적이 있다.

이번에도 말을 잘못했다간 "모은 돈은 집 사는 데 쓰면 어떨까", "그렇게 돈이 많으면 이바라키의 우리 집에나 더 자주 가자"와 같은 황당한 제안을 할 것이다.

여태 가끔가다 "하와이에 한 번은 가고 싶어"라든가 "아이가 두 살 이전까지는 여행비도 싸다니까 해외여행에 갈 기회일지도 몰라" 등의 말들을 대화 속에 슬쩍 던졌는데 유타는 알아챘을까. 아직까지는 큰 반발 없이 "음…" 하고 대답해 주고 있지만.

어쨌거나 돈도 있으니 당신은 아무 걱정할 필요 없다는 말을 강조하기로 마음먹었다.

저녁은 카레로 했다. 100그램에 98엔 하는 다진 돼지고기와 여름 채소인 가지를 이용한 카레다. 유타도 다른 집 남편처럼 카레를 좋아했다.

오늘은 여름 보너스가 들어오는 날이다. 슬슬 여름휴가 일정을 회사에 제출하는 시기이기도 하다. 유타 회사는 하기휴업으로 3일의 휴일을 얻을 수 있다. 그에 유급휴가를 더해 일주일 정도의 휴가를 9월경에 받을 수 있는지도 알아봐야 한다.

돌아온 유타는 역시나 카레를 한 그릇 더 먹고 맥주맛 발효주도 기분 좋게 마시고서 "당신도 좋아하는 거 사"라고 했다.

"왜 그 얼마 전에 건조기 달린 세탁기였나 식기세척기였나 갖고 싶다고 했잖아. 하나 생각해 보지."

가전제품은 가정에 필요한 품목이 아니라 내가 '갖고 싶어 하는 것', '선물'이라고 생각하고 있는 걸까. 하지만 여기서 그걸 따져 그의 기분을 상하게 해서는 안 된다.

"물건을 사는 것도 좋지만…. 나, 가고 싶은 곳이 있어."

"그래? 온천? 아니면 디즈니랜드?"

유타는 윗입술에 하얀 거품을 묻힌 채로 묻는다.

"나도 가고 싶으니까 뭐 그것도 괜찮지."

"아니. 하와이…."

"뭐? 하와이? 괜찮긴 한데, 비싸지 않아?"

반응과 표정에서 의외로 느낌이 좋아 기쁘다. '비싸다'는 부분 이외에 문제는 없어 보인다. 기회다 싶어 미즈호가 일어선다.

"실은 계속 저축해 왔어."

식기 선반의 서랍에서 통장을 꺼내 유타에게 펼쳐 내밀었다. 지금은 온라인 뱅킹이 한창이라 은행에서도 종종 통장을 디지털 통장으로 바꾸지 않겠냐는 알림이 왔었다. 그걸 계속 무시한 이유는 매달 '20000'의 숫자가 줄지어 찍히는 것을 보는 게 기뻤고, 이런 때를 기다렸기 때문이다.

남편에게 '600000'의 숫자를 보여줄 날을.

그는 눈썹을 살짝 찡그리며 통장을 바짝 끌어당겼다. 한참을 바라본다.

"와."

몇 분을 바라보더니 겨우 소리를 냈다.

"와는 무슨 의미야?"

"잘 모았네. 어떻게 모았어?"

"당신한테 매달 받는 돈 절약했지."

미즈호는 설명했다. 어떻게 식비를 절약해 왔는지. 옷도 새 옷은 일절 안 샀다. 가끔 인터넷상의 포인트 사이트를 이용해 푼돈 벌이도 해왔다.

한번 이야기가 터지자 멈춰지지 않았다. 자신이 얼마나 노력해 왔는지가.

"스톱, 스톱."

유타는 웃으며 손을 휘저었다.

"알겠는데, 이 돈으로 하와이 갈 수 있어? 지금 엔화 싸잖아."

미즈호는 큰 여행사의 하와이 투어 팸플릿도 몇 개 늘어놓았다. 할레쿨라니*는 아니어도 그런대로 괜찮은 호텔과 비행기 삯이 포함된 투어가 예산 이내라는 사실도 설명했다.

"빈틈없는 프레젠테이션이네."

"줄곧 계획해 왔으니까."

"그럼 나도 하와이에 갈 수 있나?"

"당연하지. 그걸 위해 저축해 왔는걸. 정말로 당신은 아무 걱정 안 해도 돼. 함께 가주기만 하면."

"그렇게까지 해준다면 나야 이의 없지."

---

* 하와이 호놀룰루의 와이키키 해변에 위치한 유서 깊은 고급 호텔

미즈호는 겨우 마음이 놓였다. 그래, 유타는 결코 인색하거나 까다로운 사람이 아니다. 가끔 심통을 부리긴 해도.

"당신이 이렇게까지 열심히 돈을 모았으니 가서는 내가 돈 낼게. 밥값이나 기념품이나, 큰 수영장도 있지?"

"어머, 당신도 그런 걸 알아?"

"과장이 얘기했었어. 왜 그 있잖아, 다카오카 과장."

미즈호도 아는 이름이었다. 같은 회사에 근무했고 결혼식에도 와주었으니 모르는 사이는 아니다.

"작년 여름에 하와이에 갔다더라고."

"맞다, 연하장 배경이 하와이 사진이었지."

미즈호는 기억을 떠올렸다. 특징적인 해변 풍경으로 단번에 하와이임을 알았다. 우리도 내년 연하장은 하와이로 하고 싶다.

"엄청 큰 유수풀이 있어서 아이가 정말 좋아하더래."

"게이타는 아직 어리니까 그렇게 못 놀아."

"뭐, 어때, 추억도 되고 좋지."

"좋기야 한데, 괜찮겠어? 당신도 모아둔 돈 있어?"

매달의 월급 이외에 그가 얼마나 저축해 왔는지 지금까지는 거의 들은 적이 없었다.

"전혀."

유타가 천진하게 웃는다.

"그래도 신용카드도 있으니 문제없어. 나 평소에 돈 안 쓰잖아. 카드 청구도 늘 3만 엔 정도 나오니까 괜찮을 거야."

그 후 유타의 유급휴가도 계획대로 9월 중반에 일주일을 승인받아 투어도 예약했고 하와이 여행 준비는 순조롭게 진행됐다.

2년 반에 걸쳐 모은 돈으로 루이비통 매장 문을 통과했을 때 미즈호의 가슴에 갖가지 생각이 스쳤다.

실제로는 알라모아나 쇼핑센터 한 모퉁이에 있어서 '문을 통과하는' 것과는 다르지만, 입구에는 힘센 레슬러 같은 경비원 두 명이 서 있어 문이라고 해도 무방할 삼엄함이었다. 긴장한 나머지 유타가 매장을 둘러보면서 "사람 엄청나네"라고 순진하게 말하는데도 순순히 고개를 끄덕일 수 없다.

여태 인터넷으로 정보를 모았고 한번은 신주쿠의 루이비통 매장에 가서 사전 조사까지 했는데도 유리 케이스 앞에 서니 어떻게 해야 좋을지 머리가 새하얘지고 말았다.

"뭘 살지 이미 정했잖아. 얼른 사. 북적이는 곳은 나 힘들어."

케이스에 들러붙다시피 보고 있는 미즈호에게 게이타를 안은 유타가 제멋대로 지껄였다.

"미안한데."

미즈호는 뒤돌아 낮은 목소리로 말했다.

"나 이날을 위해서 정말 열심히 돈 모았어. 2년, 아니, 2년 반. 한 푼도 안 쓰고 절약 생각만 해왔어. 그러니까 이것만큼은 천천히 고르고 싶어."

혹시 일본인 손님이나 직원이 있어서 이야기가 들릴지도

모른다고 생각했지만 멈추지 않았다.

"나 결혼하고 지금까지 당신에게 이렇게 진지하게 부탁한 적 없잖아. 이거면 되니까, 들어줘."

"어떻게 하면 되는데."

미즈호의 박력에 유타가 쭈뼛쭈뼛 고개를 끄덕인다.

"이 건물 카페나 어디 딴 데 가서 기다릴래? 게이타 데리고."

이 정도는 확실하게 말하지 않으면 그는 게이타를 두고 갈지도 모른다.

"그럼 자리 잡고 톡 할게."

건물 안에는 무료 와이파이가 있어서 서로 연락을 주고받을 수 있었다.

"응, 쇼핑 끝나면 그리로 갈게."

그들이 가고서야 겨우 느긋하게 물건을 둘러볼 수 있었다.

색상도 모양도 정해놨다. '클레망스 월릿' 장지갑, 무늬는 루이비통의 상징적인 바둑판무늬. 루이비통의 지퍼형 장지갑은 10만 엔 가까이 하는데, 이건 크기가 작아 6만 엔 정도 한다. 크기가 작아서 여성이 들고 다니기에 안성맞춤.

"아, 이거" 하고 가리키면서 눈앞의 갈색 눈동자의 젊은 직원을 바라보자 상냥하게 영어로 뭐라 말하더니 안으로 들어가버렸다.

왠지 깔보나 싶어 불안해졌는데 "오래 기다리셨습니다" 하며 아시아계 여성이 일본어로 응대를 해왔다. 일본어를 할 줄 아는 직원을 불러준 모양이다.

"이거, 귀엽죠. 여성분들에게 특히 인기가 많아요."

그녀는 익숙한 손놀림으로 유리 케이스를 열쇠로 열어 꺼내주었다. 미즈호가 무슨 말을 하기도 전에 다른 색상과 모양의 것도 죽 늘어놓았다.

머뭇대며 손을 대보니 작은데 묵직하고 고급스러웠다.

"열어 보세요."

시키는 대로 열었더니 새빨간 가죽 색상이 눈에 들어왔다.

"이 색, 예쁘네요."

근사하다…. 정말로 근사하지만.

생각보다 작다. 이러면 지폐 끝이 구겨질 텐데. 그게 아니라도 늘 지퍼에 지폐나 영수증을 끼워 넣으려 신경 쓰며 사용하게 된다. 거기에 카드꽂이며 다른 부분도 성에 안 차서 조금 큰 걸 보고 싶었다. 신주쿠 매장에서는 만질 엄두가 나질 않아 몰랐지만.

귀엽다, 소리를 연발하는 직원에게 물었다.

"저기… 다른 지갑도 볼 수 있을까요?"

"그럼요. 어떤 걸로 내드릴까요?"

"그럼 이것보다 큰 걸로…."

미즈호는 매장 안으로 눈알을 굴렸다. 옆의 유리 케이스를 가리켰다.

"저 장지갑하고 또, 반지갑도 보고 싶은데요."

"알겠습니다."

직원은 싫은 내색 한번 않고 꺼내어 주었다. 다만 미즈호 앞에 늘어놓은 지갑은 하나도 남기지 않고 모두 원래의 케이스에 도로 넣어둔 뒤 가지러 갔다. 왠지 도둑 취급을 받은 느낌이 들어 살짝 발끈했다. 미국에서 이런 건 보통일지도 모른다. 그래도 팔꿈치가 닿을 정도의 거리에서 다른 손님과 직원이 이야기를 나누고 있는데 감히 도둑질을 생각할 수나 있나.

그녀는 루이비통 로고가 들어간 장지갑, 그리고 반지갑을 가져왔다. 둘 다 스테디셀러다. 그밖에 작은 3단 지갑도 가져왔다.

"이 타입도 인기가 많아요. 작은 백에도 쏙 들어가고요."

조그마한 지갑. 정말 귀여웠지만 역시 젊은 여성… 돈도 카드도 계산은 남자가 내주는 여자가 가져야 할 물건 같았다.

장지갑은 하와이에서도 10만 엔 이상은 줘야 한다는 걸 알고는 있지만 손에 집어 들고서 그 지퍼를 열자 역시 구조가 다르다. 튼튼하니, 기분 탓인지 지퍼도 부드럽게 움직이는 것 같다.

여태 갖고 싶었던 클레망스가 갑자기 하찮아 보였다.

"역시, 이쪽이죠."

직원이 속삭였다.

"그런가요?"

"네. 역시 다른 것과는 조금 달라요. 루이비통을 오래 사용하신 분들은 결국 이 장지갑으로 하시죠. 만듦새가 좋아서 오래 쓸 수 있어요. 수선도 가능하고요."

하지만, 10만….

내가 10만 엔이나 하는 지갑을 들고 다닐 인간이라고 생각한 적은 없었다. 그렇지만 못 살 것도 없다. 그래서 망설여진다.

그때 직원이 악마 같은 속삭임을 건넸다.

"일설에 의하면 연 수입은 지갑의 200배라고 해요."

"무슨 뜻이에요?"

"모르셨어요? 얼마 전 고객님께 일본에는 그런 속설이 있다고 들었어. 지갑 가격의 200배의 연 수입이 들어온다고요. 이 지갑이면 대략 엔화로 10만이니… 연 수입 2천만 엔이 된다는 말이죠."

그녀는 다른 뜻은 없다는 듯이 웃었다.

"연 수입 2천만…"

불가능해, 나는 지금 일도 안 하고 있는데, 속으로 중얼거린다. 그래도 기분이 나쁘진 않다.

직원이 연타를 가했다.

"사모님이 아니더라도 남편분의 수입이 오를 수 있죠, 2천만 엔으로요."

그녀는 장난스러운 미소를 지었다. 공범자처럼 보이기도 하고, 놀리는 것처럼 보이기도 했다.

"아."

"이름 각인도 무료입니다. 고객님만의 지갑이 되는 거죠."

"나만의 지갑…"

돈을 모으기 시작한 무렵부터 줄곧 꿈꿔왔다.

자신이 루이비통 지갑을 살 때 어떤 식으로 '이거 주세요' '이걸로 할게요' 하고 말할지를.

되도록 우아하게, 가능한 한 콧대 높게 말하고 싶었다. 가끔은 손가락을 세워 상상 속의 유리 케이스를 가리키며 '이걸로 할게요' 하고 예행연습까지 했다.

하지만 모두 실제로 자기 입에서 나온 말과는 달랐다.

"이거, 사도 될까요?"

떨리는 목소리가 조심스러웠다.

묘한 불길함을 느끼기 시작한 건 하와이의 기억이 아직 남아 있는 10월 말의 일이었다. 유타가 예금 통장을 펼치면서 "오, 나 대단하네. 카드를 그렇게 썼는데도 역시 청구 금액이 3만 엔이야"라던 말이 발단이었다.

순간 의아함이 들었다. 그럴 리가 없다.

하와이에서는 돈을 마음껏 썼다. 울프강에서 스테이크를 먹었고 나카무라 라면도 먹었고 할레쿨라니 해변이 보이는 레스토랑에서 조식도 먹었다. 루이비통 지갑을 구매한 후 알라모아나에서 가족 쇼핑도 했다. 게이타에게는 티셔츠 두 장과 알로하 셔츠를 사줬다. 화사한 파란색에 노란 해바라기 무늬가 들어간 셔츠였는데 잘 어울렸다. 아직 스스로 옷을 고를 만한 나이는 아니지만 미즈호와 유타가 "아유 귀여워라" 하면서 번갈아 칭찬하자 역시 기쁜 모양인지 게이타는 꺄르르 소리 내어 웃었다.

유타도 셔츠와 모자를 장만했고 스니커즈도 샀다. 루이비통 지갑 이외의 것들은 전부 그의 카드로 결제했다.

그뿐만이 아니다. 갖고 있던 달러가 떨어졌을 땐 카드로 ATM에서 현금도 인출했다. 호텔보다 이게 환율이 더 좋다면서.

"괜찮아. 당신도 저축 열심히 해줬잖아."

그의 얼굴에서는 웃음이 떠나질 않았다. 그게 하와이에 있는 동안 얼마나 기뻤는지.

카드 청구는 원래 조금 늦게 나오니까 하며 일단은 불안을 지웠다. 다음 달에는 분명 많은 금액이 청구되겠지 하면서.

다시 위화감을 느낀 건 12월에 들어서고서다. 내년 연하장 주문을 위해 가족사진을 정리했다. 역시 하와이 여행 사진을 크게 뽑아서 써야겠다고 생각하다가 문득 손을 멈췄다.

"여보?"

"응?"

휴일 저녁 식사 후였다. 그는 스마트폰을 만지작거리고 있었다.

"그러고 보니까 카드 청구서 왔어?"

"카드? 응."

스마트폰 게임에 빠져 있느라 제대로 안 들리는 모양이다. 이럴 땐 한차례 시간을 두고 그가 스마트폰을 멈춘 뒤에 이야기하지 않으면 엄청 짜증을 낸다. 그걸 알면서도 어떻게든 지금 물어야 했다.

그가 "아, 그거. 왔어, 엄청나게 나왔더라!"나 "다 내느라 죽는 줄 알았어!"라는 말을 하지 않는 게 오히려 불안했기 때문이다.

"아니, 여보. 잠시만 나 좀 봐봐. 핸드폰 멈추고. 똑바로 대답해 줘!"

"으응?"

아니나 다를까, 그는 언짢아했다.

"아 왜."

"그러니까, 카드 청구서 왔냐고. 지난달 거 말이야."

"지난달이면 11월 말? 왔어. 그냥 냈어."

유타는 게임을 방해받자 조금 짜증 난 투로 말했다.

"그냥이면… 얼마나?"

"그냥, 평소처럼 3만 엔 정도?"

"이상하지 않아? 우리 하와이에서 많이 썼잖아."

"카드 회사에서 온 청구서대로 빠짐없이 내고 있는데 뭐가 문제야?"

"아니, 그래도…. 일단 그 청구서 보여줘."

유타는 입을 다물었다.

"내 말 듣고 있어?"

"몰라. 청구서 같은 거 없어. 요즘엔 전부 온라인이야."

"그럼, 그 온라인 화면 보여줘. 지난달이랑 지지난달 것만 보여줘도 되니까."

유타가 갑자기 일어섰다.

"내가 잘 내고 있으니까 걱정하지 말래도!"

큰소리를 치고는 방문을 쾅 닫고 들어갔다. 놀란 게이타가 겁먹었는지 울기 시작했다.

미즈호는 하와이에서의 지출을 생각나는 대로 적어보면서 남편이 결제한 것, 특히 카드를 사용한 것에 마커로 표시했다.

적는 도중에 몇 번이고 팽개치고 싶었다. 그 목록을 만드는 중간중간 머릿속에서 뭔가가 잘못됐다고 경고등이 깜박이고 있었기 때문이다.

다 끝내고 확실한 건, 영수증에 따라 달라져서 정확한 금액은 몰라도 유타는 적어도 15만, 많으면 20만 이상을 하와이에서 썼다는 사실이었다. 그 외에 그가 국내에서 쓴 금액도 있겠지. 부부 두 사람의 휴대전화 요금은 가족 할인이 돼 그가 내고 있다. 한 사람당 8천 엔 정도라 둘이 합쳐 1만5천 엔 이하일 리는 없다고 생각한다.

이상하다.

다음 날 미즈호는 아침 식사 자리에서 다시 물었다.

유타는 토스트에 요거트와 달걀프라이를 먹고 있었다. 그 요거트는 미즈호가 요거트 메이커로 직접 만든 것이다. 1리터에 98엔 하는 저지방 우유를 사용해 조금이라도 절약하고, 조금이라도 유타가 건강하기를 바라서다. 인터넷 포인트 사이트의 설문조사에 답하고 매일 한두 포인트씩 모은 2천 포인트로 요거트

메이커를 샀었다. 사실은 자신에게 필요한 것을 사도 됐는데 가족을 위해 썼다.

그걸 만사태평하게 먹고 있는 남편을 보고 있다가 문득 내 불안을 해소해 줘도 되잖아 하는 생각이 들었다.

"있지, 전에도 물었는데, 하와이 청구서 말이야…."

유타는 아무 말 없이 요거트 스푼을 입에 넣은 채 눈을 치켜뜨며 미즈호를 쳐다봤다.

"아무래도 걱정돼서 안 되겠어, 확인 좀 해줘. 결제 어떻게 돼? 당신이 이것저것 다 결제해서 내가 대충 계산해 봤는데 못해도 20만 엔 가까이 되지 않아? 혹시 금액이 부담되면 나도 낼테니까…."

최대한 양보해 부드럽게 말을 해도 그는 묵묵히 요거트만 먹고 있다.

"확인만 해주면 돼. 하와이에서 사용한 금액이 얼마인지…."

"그러니까, 내가 알아서 잘 내고 있다고 했잖아."

그렇게 말하며 스푼을 테이블에 탁 내려놓았다. 그러나 손이 어긋나 스푼이 바닥으로 떨어지고 말았다. 땡그랑, 건조한 소리가 났다.

"내가 안 밀리고 내고 있으니까 걱정할 필요 없어."

유타가 줍지 않아, 미즈호는 긴 인생을 살아가는 동안 자신은 대체 몇 번이나 바닥에 무릎을 꿇게 될까를 생각하며 넙죽 엎드려 테이블 아래의 스푼을 주웠다.

전에는 여기서 물어보기를 관두었다. 하지만 오늘 아침엔 도저히 멈출 수가 없었다.

"매달 3만 엔이 이상하지 않아? 휴대전화 요금만 해도 그 절반 정도 들잖아?"

스푼을 주방에서 깨끗하게 씻어 그에게 건네며 물었다.

"그러니까, 잘 내고 있대도."

"9월 중반에 여행을 갔는데, 10월 말 청구도, 11월 말 청구도 3만인 게 말이 돼? 계산이 안 맞잖아?"

유타는 난폭하게 일어섰다.

"지금 출근 안 하면 지각이야."

"왜 그러는 거야? 왜 화를 내? 그냥 물어보는 거잖아. 불안하니까 묻는 거라고, 어떻게 된 건지. 그 하와이는 내가 모은 돈으로…"

"내가 모은 돈, 내가 모은 돈, 잘난 척하듯 말하지 좀 마. 내가 일해서 번 내 돈이지. 으스대지 말라고! 전부 내 돈이잖아. 내가 왜 그런 말을 들어야 해!"

내 돈이라는 말이 가슴에 꽂혀 말 그대로 날카로운 통증이 느껴졌다. 미즈호가 고생해서 한 푼 두 푼 모아온 노력은 아무것도 아니란 말인가.

"그냥, 확인하고 싶은 것뿐이야."

미즈호는 작게 중얼거렸다.

유타는 무시하고서 침실에서 겉옷과 가방을 가지고 나와

난폭하게 현관문을 닫고 나갔다.

결국 아무것도 확인하지 못한 채로 해를 넘기고 말았다.

그로부터 며칠은 서로 화가 난 상태로 지냈고, 유타도 연말이라 바쁘고 송년회도 있어 함께 저녁을 먹는 일도 적어 대화를 나눌 수가 없었다.

무엇보다 그렇게 언짢아하면 또 혼이 날까 무섭다.

전부터 느꼈는데 유타는 돈에 무심하달까, 생각 없이 돈을 쓰는 경향이 있는데 그걸 지적하면 굉장히 불쾌해한다. 서툴다는 걸 자각하고 있는지도 잘 모르겠다.

보너스가 들어오면 유타는 미즈호에게 3만 엔을 줬다. 은행 봉투에 넣은 것을 무뚝뚝하게 "자" 하며 건넸다.

"이게 뭐야?"

"크리스마스에 갖고 싶었던 거라도 사."

그 나름의 사과 방식인지도 몰랐다. 하지만 미즈호에게는 선물 3만 엔이 불안을 상기시키는 재료만 되었을 뿐이다.

그래도 겉으로는 변함없이 가족으로 평소처럼 생활했다.

새해에는 시댁에 아이를 데리고 가서 이틀 밤을 잤다. 시어머니가 "애가 좀 무뚝뚝해도 심성은 착한 애야", "어릴 때부터 머리가 좋아서 계산을 잘했단다"라며 귀에 딱지가 앉을 만큼 아들 자랑을 늘어놓았고 미즈호는 그 소리를 건성으로 들었다.

그렇게 계산을 잘하는 아들이 하와이에서 제가 사용한 돈도 모르나. 미즈호의 친정에는 유타가 피곤하다는 핑계로 가기 싫다고 해 게이타만 데리고 4일에 가서 저녁을 함께 먹고 하룻밤 묵지도 않은 채 집으로 돌아왔다.

"남편 혼자 두질 못하네."

악의 없이 웃는 엄마에게 미안함을 느끼며 전철을 탔다.

실은 연말에 미즈호는 결국 견디지 못하고 카드 회사에 전화를 했었다. 남편의 이름과 카드 번호로 어찌어찌 결제 실적이나 청구 금액을 알 수 있지 않을까 생각한 것이다. 그의 카드 번호는 밤에 몰래 지갑에서 카드를 빼내 확인했다.

"죄송하지만 본인이 아니면 알려드릴 수가 없습니다."

수화기 너머의 여성이 쌀쌀맞게 말했다.

"어떻게 안 될까요?"

"카드 번호와 성함만으로는."

"실은, 남편이 카드를 사용한 흔적이 있는데 매달 3만 엔밖에 청구가 안 된다고 해서…. 하와이에 가서 이것저것 많이 썼는데 좀 이상하다 싶어서요…."

자신도 모르게 얼굴도 안 보이는 상대에게 뭔가가 흘러넘치듯 모든 것을 다 얘기해 버렸다. 의논할 수 있는 사람이 그녀밖에 없었다.

"어떻게 된 상황인지 궁금해서."

"리볼빙으로 결제가 되고 있을 수도 있겠네요."

상대는 어쩐지 목소리를 낮추고 말했다.

"네?"

리볼빙. 들은 적이 있는 말이었지만 뭔지 잘 모른다.

"남편분과 함께 당사에 오시면 '리볼빙 거래 명세 조회'가 가능합니다. 지금까지 얼마를 사용했는지, 남은 결제 금액이 얼마나 있는지 알 수 있어요. 일시불이나 금리가 조금 더 낮은 할부로 바꿀 수도 있으니 꼭 오셔서 상담받으세요."

그렇게 말하고서 상대는 서둘러 전화를 끊어버렸다.

하는 수 없이 미즈호는 인터넷으로 '리볼빙'을 검색해 봤다.

놀란 것은 '리볼빙이란?'으로 검색했는데 그 용어의 의미 설명보다도 먼저 '광고'라고 선전하며 '리볼빙으로 괴로우시죠? 매달의 지불액을 손쉽게 줄일 수 있습니다'라는 수상한 페이지가 잔뜩 나온 것이다. 만화로 만들어진 '리볼빙 변제액으로 어려움을 겪었던 내가 1분 만에 편해졌다!'라는 뷰티 광고 같은 것까지 있었다.

그것들을 헤치고 겨우 찾아낸, 다소 제대로 된 페이지에 적혀 있는 내용은 '매달의 지불액을 일정한 금액으로 고정하여 금리와 함께 변제해 나가는 구조입니다' '수수료로 사용한 금액의 15퍼센트 정도가 드는 경우가 있습니다'라는 충격적인 말이었다. 개중에는 '리볼빙이라는 건 결국 빚입니다'라고 쓴 사람도 있었다.

아직 모든 내용은 모르겠지만 어쩌면 유타가 카드 회사에 빚을 지고 있는지도 모른다는 것만은 알 수 있었다.

그러나 어떻게 그에게 이 사실을 알리고 이야기를 나눠야 좋을지 모르겠다.

전에는 아침 식사 도중이라는 타이밍이 나빴을지도 모른다. 일어난 지 얼마 안 돼 출근 준비하느라 정신없을 때 이야기하는 게 아니었다.

다음에는 시간대나 대화 방식을 조금 바꿔보자 하고 마음먹었다.

1월 25일은 신년 첫 월급날이었다. 유타는 또 5만 엔을 미즈호에게 건넸다.

"자, 이거."

"고마워. 고생했어."

오늘 밤은 만두로 준비했다. 양배추를 듬뿍 다져 소금에 버무린 다음 힘을 줘서 수분을 쫙 짜낸다. 거기에 소금을 더하고 쫀득해지도록 잘 반죽한 다진 돼지고기를 더해, 특매로 구매한 1봉지에 68엔 하는 만두피에 가득 채웠다.

고기는 100그램 밖에 사용하지 않았는데도 만족도 높은 미즈호의 주특기 요리였다. 그만큼 손이 많이 간다.

만두를 구울 때 첨가하는 물에 전분 반죽을 더해 부침개처럼 한 덩이로 붙여 바삭하게 구워 일명 날개 달린 만두로 모양내는 것도 잊지 않았다.

숙주나물무침과 맥주맛 알코올음료도 곁들여 조촐하지만 월급날에 어울리는 화려한 식단으로 준비했다.

"꼭 가게에 온 것 같네. 당신 만두는 맛있어서 밖에 나가 사 먹을 필요가 없어."

저렇게까지 기분 좋은 모습을 보니 마음이 아팠지만 미즈호는 이제 하루도 못 기다리겠다.

저녁을 반쯤 먹었을 무렵, 미즈호는 젓가락을 내려놓았다.

"여보, 정말 미안…."

"응? 뭐가?"

"오늘은 월급날이고 모처럼 기분 좋은 날이라 이런 얘기 하고 싶지 않지만, 그래도 꼭 해야겠어. 나 꼭 듣고 싶어. 그 카드 결제… 어떻게 된 거야? 이번 달도 지난달과 마찬가지로 3만이었지? 내가 아무리 생각을 해봐도 계산이 안 맞아. 혹시, 리볼빙인 거야? 정말로, 정말로 이런 거 물어서 미안해. 하지만 한 번만, 확인시켜 줘. 확인만 시켜주면 나 앞으로 두 번 다시는 말 안 꺼낼게. 절대로, 당신 탓 안 할 테니까 부탁이야."

차마 유타의 얼굴을 보지 못하고 자신이 정성 들여 만든 만두를 쳐다보면서 단숨에 말하는데 눈물이 흘러나왔다.

"미안해. 근데 빚이 있다면 알려줘. 이건 나나 당신만을 위한 게 아니야. 우리 아이… 게이타를 위해서야. 이 아이 대학까지 보내고 싶어. 하지만 이대로는 우리 학자금보험 말고는 저축도 못 하고 있잖아. 이번 기회에 돈 생각도 확실하게 하고. 재정비하고 싶어."

유타가 한숨을 깊이 내쉬었다.

"그렇게까지 말하면, 당신… 치사하다."

미즈호는 겨우 고개를 들었다. 아들을 들먹이니 효과가 있는 듯하다.

"나도 노력할게. 게이타를 어린이집에 맡기고 일해도 되고."

"근데 카드 이용 내역, 나 잘 몰라. 몇 년째 안 보고 있고, 명세서도 안 와."

"전에 온라인으로 확인할 수 있다고 했잖아."

마지못해 그는 스마트폰을 꺼냈다.

그 이후가 또 문제였다. 종이 명세서에서 온라인으로 바꿨을 때 딱 한 번 로그인하고 한 번도 안 봤는지 "어디를 봐야 하는지 모르겠어" "비밀번호 기억이 안 나"라며 불평하더니 미즈호가 스마트폰 화면을 엿보려 하자 정색하며 손으로 쳐냈다.

하지만 그러는 사이에 그가 신용카드로 리볼빙한 경위를 캐물어 알아낼 수 있었다.

학생 때 아이폰의 기종 대금이 무료인 계약을 휴대전화 회사와 했을 때 새로운 신용카드를 발급해 결제하는 것이 조건이었던 모양이다.

"리볼빙으로 결제된다는 말 못 들었어?"

"글쎄. 기억 안 나… 휴대전화 결제가 매달 8천 엔 정도고, 결제액 3만 엔까지는 수수료도 안 드니까 일반 카드와 같다고 했던 거 같은데. 아무튼 이건 괜찮다고."

"괜찮긴 뭐가 괜찮아."

"근데 그게 그렇게 나쁜 건가. 정액 결제면 구독 같은 거잖아. 영원히 매달 3만 엔만 내면 되는 거 아냐?"

유타는 몇 번이고 억지를 쓰며 확인하는 손을 멈추었다.

미즈호는 그 말에 갑자기 자신감이 사라졌고, 사실은 남편의 설명을 그대로 믿는 편이 자신도 훨씬 편했다. 하지만 "일단은 지금 내야 할 돈이 얼마나 남았는지 확인한 후에 생각해 보자"라며 어르고 달랬다.

겨우 카드 회사의 사이트를 찾아 몇 개의 비밀번호를 시도한 후 그는 손을 멈추고 스마트폰 화면을 응시했다. 가만히 있기에 미즈호도 옆에서 들여다볼 수 있었다.

"2백28만…?"

미즈호가 유타의 얼굴을 무심코 쳐다보자 그도 눈을 크게 뜨고 있었다.

그 뒤로는 몰아치는 거센 파도의 나날이었다.

먼저 다음 휴일에 미즈호와 유타는 게이타를 데리고 신용카드 회사로 가 '리볼빙 거래명세서'라는 것을 뽑았다.

전화상으로 들은 그대로 리볼빙 수수료라는 이름의 금리는 15퍼센트였다.

"2백28만의 15퍼센트는 34만2천 엔이 됩니다. 그걸 열두 달로 나누면 2만8천5백 엔이 되니까…."

"2만8천5백 엔이라면."

"즉, 매달 결제되고 있는 3만 엔은 수수료 분이 2만8천5백 엔이고, 원금 결제는 1천5백 엔이라는 말입니다. 대략적이지만."

그 말은 곧 빚의 원금은 아주 조금밖에 줄지 않는다는 말이다. 더구나 매달 사용하는 금액이 있으니 수수료 분은 더욱 늘어나고 있을 것이다.

"수수료를 줄이려면 빨리 전액을 지불해야 합니다."

그나마 다행인 건 담당자가 다정한 분위기의 중년 여성이라 친절하게 상담에 응해주었다는 것이다.

"지금 이대로라면, 하루에 1천 엔 정도의 이자… 수수료를 지불하고 있는 셈이니까요."

어디를 찾아봐도 그런 돈은 없다.

끙끙 앓다가 시댁에 의논해 봤다. 대학 시절 보내주는 생활비가 부족할 때 카드를 사용한 적도 있는 모양이다. 결코 유타의 부모가 나쁘다는 건 아니지만, 이유를 설명하고 돈을 빌려달라며 고개를 숙였다.

그러나 단박에 거절당했다.

"두 사람은 이제 어엿한 성인이니 알아서들 해결해라."

시어머니가 웃음기 없이 말했다.

"그렇지만…."

"도와주고 싶어도 형편이 안 되는구나. 우리도 돈이 없을뿐더러, 노후 대비도 해야 하잖니."

"정말로 죄송해요. 하지만 지금 상태로는 매달 이자만 내는 상황이에요. 꼭 갚을게요."

"애, 돈이 없대도."

줄곧 고개를 숙이고 있던 유타가 "그 노후 자금을 잠깐만 빌려주면 안 돼요?"라며 툭 말했다.

옆에 있던 시아버지가 "퇴직금에서 조금" 하며 입을 열었을 때였다.

"퇴직금? 그 돈이 지금 어딨어!"

"뭐?"

"그러니까, 그게 없다는 말이야! 노후는 나중에 너희들에게 도움받을 생각이니 정신들 똑바로 차려라."

평소 점잖게 구는 시어머니가 어처구니없는 소리를 질렀다. 미즈호는 이날 시어머니의 굳은 얼굴을 죽을 때까지 잊지 못하리라는 생각이 들었다.

싱글 맘으로 자신을 키워준 친정엄마에게 돈 이야기를 꺼내봤자 소용없을 터였다. 하지만 누구라도 붙들고 하소연하고 싶은 심정이라 아들과 둘이서 친정에 갔다.

"이거 써라."

이야기를 끝내자 엄마는 통장을 내밀었다. 들고 펼치니 1백 30만 엔 정도의 잔고가 있었다.

"내가 이 돈을 어떻게 써. 엄마가 모은 돈이잖아."

"다른 방법이 있니? 일단은 급한 불부터 꺼야지."

통장을 보면 금방 알 수 있다. 엄마가 매달 1만 엔, 2만 엔씩 모은 돈이었다.

"정 안 되겠으면, 여기 들어와서 살래? 유타야 불편하겠지만 신주쿠까지 못 다닐 거리도 아니고, 내가 게이타를 돌봐주면 네가 나가 일할 수도 있잖니. 집세도 안 들고."

이 집을 팔 수도 없으니 지금으로서는 이 방법밖에 없지만, 하고 엄마는 작게 덧붙였다. 친정은 부모님이 결혼할 때 샀던 중고 주택으로, 이혼 후에는 엄마가 혼자서 고생하며 대출금을 갚아왔다. 말하자면 엄마의 마지막 보루였다.

엄마에게 빌린 1백30만과 남은 보너스 40만, 미즈호가 모아놓은 자금이며 남은 돈 등 집안을 싹싹 긁어모은 10만을 들고 다시 카드 회사를 찾아갔다. 나머지는 분할로 내기로 했다.

루이비통 지갑은 한 번도 사용하지 못하고 중고마켓에 팔았다. 아까워서 아직 상자에서 꺼내지도 않았는데. 10만 엔짜리 지갑이었지만 'M.H'라는 이니셜을 넣은 게 원수가 되어 좀체 좋은 가격을 못 받았다.

내놓을 때 상품 사진을 찍기 위해 지갑을 상자에서 꺼냈다. 상자, 주머니, 종이 가방까지 전부 그대로였다. 버리거나 잃어버리지 않아 다행이라고 진심으로 생각했다. 그것들이 있는 것과 없는 것의 가격 차이가 크다. 그리고 하와이 매장에서 구매했을 때의 영수증도 개인 정보 부분은 매직으로 지운 뒤 사진을 업로드하기로 했다. 정규 매장에서 구매했다는 확실한 증거가 된다.

사진을 찍기 위해 그것들을 테이블에 진열하는데 가슴이 뭉개지는 것 같았다. 장지갑을 들고서 "이 정도는 괜찮겠지" 하며 뺨에 가져갔다. 숨을 크게 들이마시며 냄새를 맡았다. 가죽과 비닐이 뒤섞인 듯한 냄새가 났다.

사용하고 싶었다. 함께 시간을 보내고 함께 나이 들어가고 싶었다. 이 지갑은 미래의 행복에 다가가게 해줄 거였는데.

9만9천 엔에 내놨으나 내놓은 지 1분도 지나지 않아 '6만 엔에 구매되나요?'라는 가격 인하 협상을 요청하는 메시지가 왔다.

'아직 새 제품이고, 방금 내놓은 거라 6만은 어렵습니다.'

굴욕적인 기분을 누르며 답장을 보냈다.

'근데 이니셜이 들어가 있네요? 이러면 사는 사람이 별로 없을 거예요.'

'9만 엔 이하로는 안 됩니다.'

'그럼 6만2천 엔은 어떠세요?'

대답하기도 싫었다.

다음 날에는 '5만5천 엔에 안 될까요? 부탁합니다!' '6만5천 엔에 부탁해요' '6만3천 엔에 월말까지 예약 걸어둘 수 있을까요?' 하고 잇달아 채팅이 왔다.

모두 뻔뻔스러운 이야기뿐이어서 살을 에는 듯했다.

사흘 정도 그런 채팅이 이어지자 정신적으로도 녹초가 되어 '7만 엔에 바로 판매 부탁드립니다'라는 문장에 '알겠습니다. 그럼 7만 엔에 양도하겠습니다' 하고 대답해 버렸다. 그러자 '역시 6만8천 엔에 부탁드립니다. 이번 달 힘들어서요'가 곧바로 왔다.

왠지 새 루이비통 지갑이 점점 더럽혀지는 느낌이었다. 루이비통을 사고 싶어 하는 인종은 이렇게 후안무치하나.

대답을 망설이는 사이 '제가 마침 이니셜이 똑같아서요, 아껴 쓸게요. 잘 부탁드립니다!' 하는 채팅이 왔다. 나도 모르게 등 떠밀리듯 '알겠습니다'라고 대답하고 말았다.

가격을 내리자 순식간에 '판매 완료' 마크가 붙었다.

그걸 본 순간, 미즈호 안에서 울컥 올라온 건 슬픔 이상으로 어딘가 안도감이 드는 기분이었다.

중고마켓의 채팅창을 다시 읽었다. 며칠 사이에 많은 사람이 이 지갑에 몰려든 증거가 남아 있었다. 새 지갑을 단돈 1엔이라도 싸게 손에 넣으려 애원하고 위협하고 스스로를 비하하고…. 개중에는 자기 뜻대로 되지 않음을 알게 되자마자 저를 업신여기는 사람도 있었다.

꼭 무슨 만담이나 콩트 같아서 무심코 작게 웃음이 터졌다.

"결국 나와는 어울리지 않았는지도 몰라."

후련한 마음으로 지갑을 포장했다.

동시에 언젠가 반드시 되돌려주고 싶은 마음이 생겼다. 그것은 무엇에 대한 마음일까. 지갑에 몰려든 사람들인지, 이 지갑 자체인지, 돈인지, 카드 회사인지. 남편인지, 남편의 부모인지, 아니면 자기 자신인지.

미즈호는 아직 알 수 없었다.

제 2 화

지갑은 속인다

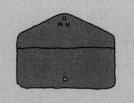

새 루이비통 지갑을 6만8천 엔에 구해 미즈노 후미오는 "예스!"를 작게 외치며 책상 아래로 승리의 포즈를 취했다.

억눌린 목소리였을 텐데 옆자리의 젊은 회사원으로 보이는 여자가 힐끗 쳐다보더니 조용히 혀를 찼다. 연분홍빛 블라우스, 옅은 갈색 머리칼은 어깨 부근에서 곱게 컬이 말려 있다.

짜증 나. 너처럼 구혼 활동 파티 대신에 지갑 세미나에 와 있는, 외모도 성격도 못생긴 여자와는 절대로 결혼 안 하니까 명심하라는 마음을 담아 째려봤다.

하지만 이 세미나에 4천9백80 엔이나 냈으니 귀담아듣지 않으면 돈 아깝다. 후미오는 눈앞의 강사, 하이퍼 스페셜 지갑 어드바이저인 젠자이 나쓰미에게로 눈을 돌렸다.

"지갑이란 돈의 모든 원천입니다. 지갑이 가난한 사람에게 풍요로운 미래는 오지 않습니다. 프렌치 레스토랑에서 계산할 때 벨크로 지갑을 펼치는 남자와 결혼하시겠습니까? 안 하겠죠?"

젠자이 나쓰미가 최근 지갑과 결혼을 주제로 한 『결혼하고 싶은 여자는 핑크색 지갑을 써라』라는 책을 낸 뒤로 갑자기 세미나 수강자 중 노처녀 직장인으로 보이는 여자가 늘었다. 그 책이 제법 팔리는지 세미나도 구혼 활동을 의식한 이야기가 많다.

"뭐, 제 세미나 수강생 중에 벨크로 지갑을 사용하는 사람은 없겠지만…."

큰 회의실을 가득 메운 수강생들은 웃음을 터뜨렸다.

그녀가 트위터에 '벨크로 지갑을 사용하는 남자는 평생 연 수입 3백만 이하에 결혼도 못 한다'라고 올려 화제가 되었고, 그 덕분에 '지갑 어드바이저'로 데뷔한 건 모두가 다 아는 사실이다. 그 전까지는 별 볼 일 없는 풍수가로 인터넷에 운세 기사를 주로 써오던 작가였는데, 그 트위터 하나로 지금의 위상을 잡은 것이다.

인터넷 여명기에 개인 의견을 쓸 수 있는 게시판을 만들고 그걸 매각해 대부호가 된 유명 기업가가 '나는 벨크로 지갑을 사용하고 있고 연 매출 20억 엔을 버는데? 아내는 미루쿠 구루미인데?'라면서 젠자이의 트위터를 리트윗한 것도 한몫했다.

미루쿠 구루미는 안 팔리는 성인아이돌에서 인디아이돌이 되고 우연히 행사에서 알게 된 기업가를 손에 넣었다. 그 후 성인아이돌들로 구성한 아이돌 그룹을 만들어 남편의 막대한 자금을 바탕으로 아키하바라에 큰 극장까지 세운 수완가인 연예인 출신

사업가다. 미인에 수완도 좋은 아내가 있고 지금도 컨설팅으로 돈을 버는 사업가가 사용하고 있다면 벨크로 지갑이 어쩌고저쩌고하는 이야기는 거짓이라는 말이 된다. 하지만 젠자이 나쓰미는 전혀 동요하지 않고 약삭빠르게 그의 트윗을 리트윗해 더욱 많이 퍼졌다.

그들을 보고 있으면 자신도 언젠가는 SNS에서 주목을 받거나 창업해 일확천금을 노릴 수 있지 않을까 싶다. 그 계기는 아주 가까이에 있는 것 같기도 하고 터무니없이 멀리 있는 듯도 하다. 하지만 로또 당첨보다는 확률이 높지 않을까.

갑자기 스마트폰이 울려 핏기가 가실 만큼 놀랐다. 세미나 시간에 전화는 집중 모드로 설정해 두는데, 방금은 젠자이의 말을 메모하느라 해제되어 있었다. 황급히 소리를 껐으나 회의실 사람들의 이목을 끌고 말았다.

그러나 젠자이는 이런 일에는 익숙한 모양인지 후미오 쪽을 흘끗 쳐다보기만 할 뿐 아무 일도 없었던 것처럼 이야기를 이어갔다. 그녀가 이쪽을 보고 있는지 아닌지 몰라도 후미오는 몇 번이나 고개를 숙였다.

젠자이 나쓰미는 지갑을 깨끗한 상태로 놔둘 것, 지갑 곳곳에 무엇이 들어 있는지 어느 때고 말할 수 있도록 정리해 둘 것, 무엇보다 지금 얼마 들어 있는지 바로 말할 수 있을 것 등의 이야기들을 했다.

"지갑 속은 여러분의 머릿속입니다. 지갑이 정돈되어 있다는 것은 여러분의 머리도 항상 현명하며 맑다는 말입니다."

후미오는 오늘 루이비통 지갑을 산 자신이 자랑스러웠다. 앞으로 선생님의 말대로 소중하게 써야지. 내 머리는 이제 루이비통과 같은 일류 브랜드다.

오늘의 젠자이는 지갑 얘기뿐만 아니라 성공으로 이끄는 SNS 사용법도 살짝 언급했다. 반드시 매일 업데이트할 것, 자신의 강점을 발견할 것, 효율성 높은 질 좋은 트윗을 하루에 한 번은 올릴 것, 악플을 두려워하지 않을 것.

젠자이는 마지막으로 "제가 왜 이런 성공 비결을 여러분에게 빠짐없이 몽땅 털어놓을까요? 비결을 가르쳐주면 혹시나 여러분이 제 라이벌, 위협이 될지도 모르는데"라면서 회의실을 구석구석 둘러봤다. 수강생들이 대체 무슨 말인가 싶어 의아해하는데 이내 젠자이가 말했다.

"그건 여러분이 절대로 하지 않을 걸 알고 있기 때문입니다. 제가 이런 이야기를 해도 여기에 있는 백 명 중 집에 돌아가자마자 지갑을 정리하고 곧장 SNS 업로드를 하는 사람은 열 명이 될까 말까죠. 그중에서 1년 이상 지속하는 사람이 한 명은 되려나요? 배운 대로 행동하는 사람은 거의 없습니다. 그걸 알기 때문에 저는 여러분들에게 다 알려주는 겁니다."

젠자이는 히죽 웃었다. 기분 나쁜 웃음이었다.
세미나가 끝나자마자 회의실을 나와 복도에서 아까 걸려 온 연락처로 전화를 걸었다.

"큰일 났어요."

너머에서 고이시 료헤이의 목소리가 떨리고 있었다.

"뭐가?"

"뭐냐니요, 후미오 씨 뭐 하고 있었어요?"

목소리가 약간 불만스럽다.

"금융 관련 세미나 들었어."

"역시, 후미오 씨는 스마트하시네요. 과연 대학 나온 능력자."

료헤이는 진심으로 감탄한 목소리였다.

"뭐래. 무슨 일인데?"

매정하게 대답하면서도 이 무리와 어울리는 이유는 이런 점이라고 생각한다. 후미오를 숭배하며 늘 치켜세워 준다. 정말로 자신을 의지하고 있는 게 느껴진다.

"다카가 이번 달 8만 엔을 못 낼지도 모른대요."

다카는 료헤이의 고향 친구로 이름은 다카하시 오사무다. 둘이 항상 붙어 다녀 후미오와도 여러 번 만났다.

"뭐? 큰일이잖아."

"그래서 전화했죠."

"어떡하냐?"

"일단 어떻게 해야 좋을지 후미오 씨와 의논하고 싶은 모양이에요. '고타로'로 올 수 있어요?"

'고타로'는 가부키초의 지하에 있는 바로, 이들의 외상이 유일하게 통하는 가게다. 거의 틀어박혀 있는 수준이다.

"오늘 밤?"

"네."

"그래, 알았어."

오늘 밤은 집에 돌아가 자산관리사 공부를 할 생각으로 책도 샀는데, 하는 수 없이 알겠다고 했다.

세미나가 있던 오테마치에서 지하철을 타고 신주쿠로 갔다. 이미 9시가 넘은 시간이었다. 가부키초에는 다양한 종류의 호객꾼이 서 있었지만 후미오에게 말을 거는 일은 없었다. 눈이 마주쳐도 바로 외면하거나 오히려 히죽거렸다. 후미오 역시 이 거리에서 호객꾼으로 서 있던 적이 있다. 같은 부류끼리 서로 알아보는 거겠지. 그 특유의 느낌을. 혹은 얼굴을 기억하고 있을지도 모르고. 이곳을 안전하게 걸어갈 수 있는 건 좋지만, 조금 씁쓸하다.

가게로 가기 전에 대부업체에 들러 카드로 6만8천 엔을 빌렸다. 이제는 너무 익숙해서 제 은행 계좌에서 인출하는 감각과 별반 다르지 않다. 그 길로 편의점으로 가 중고마켓에 입금했다. 판매자에게 돈이 넘어가는 것은 물건을 받고 후미오가 거래를 종료시킨 뒤지만 먼저 입금해야 발송이 된다.

후미오가 '고타로'에 도착하자 이미 구석진 4인 테이블석에 료헤이와 다카가 심각한 얼굴로 마주 앉아 있었다.

'고타로'는 남장 여자 주인이 하는 가게다. 왜인지 주인은 료헤이만 마음에 들어 한다. 오늘도 주인은 카운터 구석에서 유리잔을 닦고 있다가 후미오가 들어오자 웃음기 없이 인사했다.

"어이."

테이블 옆에 서서 말을 걸 때까지도 인기척을 못 느낀다.

"아, 후미오 씨."

료헤이가 얼른 일어나 "수고가 많으십니다" 하며 고개를 숙였다. 그는 고등학교 때 야구부에 있었다고 했는데, 그래서 그런지 예의가 굉장히 바르다.

전에는 저럴 때마다 "동기잖아, 말 놓으라니까"라고 했지만 이것도 익숙해져 이제는 그러려니 한다.

다카는 앉은 채로 울적하게 후미오를 올려다볼 뿐이었다. 료헤이의 부탁으로 일부러 와줬더니. 평소였다면 화가 치밀었을지도 모르나 이상하게 신경이 안 쓰인다. 그는 남자가 봐도 묘한 색기가 있는 남자였다. 희고 길쭉한 얼굴에 무척 말랐으며 늘 열이 나 있는 것처럼 나른해 보였다. 매일같이 몸이 아파 기분이 좋은 건 1년에 단 며칠뿐이라고 전에 말한 적이 있다.

료헤이와는 호객 일을 하던 때에 알게 되었다. 후미오가 학비를 못 내게 되어 대학을 중퇴하고 처음 한 일이 호객꾼이었다. 료헤이는 후미오가 아르바이트를 시작하고 며칠 후에 들어왔다. 나이는 두 살 차이가 나지만 경험은 비슷했다. 그런데도 그는 늘 후미오를 치켜세우며 예의 바르게 대했다. 료헤이는 원래 모든 사람에게 그랬지만. 그 태도와 더불어 160센티미터가 조금 넘는 작은 체형, 둥근 얼굴로 료헤이는 언제나 모든 사람의 '후배'를 자처했다.

"후미오 씨가 와줘서 살았다."

료헤이의 표정이 풀린다.

"거봐, 다카, 내 말이 맞지? 후미오 씨 와줬잖아. 역시 좋은 사람이야. 후미오 씨에게 물어보면 뭐든 다 아니까."

열심히 말을 걸어도 다카는 엷은 미소만 지었다.

"그래서, 무슨 일인데? 큰일 같아 보이던데."

"아까 전화로 말했잖아요. 다카가 이번 달에 8만 엔을 못 낸다고."

료헤이는 입을 삐죽이며 말했다.

"제 말 안 들었어요?"

평소에는 예의 바른 료헤이지만 자기 생각대로 안 될 때는 갑자기 이런 표정을 지을 때가 있었다.

후미오는 문득 료헤이가 정말로 자신을 존경하고 있는지 의문이 들었다. 번지르르한 말로 그저 이용하고 있는 게 아닐까.

하지만 그런 생각은 자기 자신을 깎아내릴 뿐만 아니라 료헤이의 근본적인 무언가를 의심하게 되기에 조금 두렵다. 그의 외모나 태도에 줄곧 드러나는 성격이랄까, 인간성…. 게다가 누구에게나 공손하고 사람이 좋으나 살짝 빈틈 있는 똘마니 기질. 그런 걸 모두 뒤집기가 두려운 거다. 그래서 생각하지 않으려고 했다.

"아니, 전부터 다카가 매달 내는 8만 엔, 그게 무슨 돈인지 실은 나 자세히 들은 적이 없어. 무슨 돈이야?"

"아, 우리가 설명을 안 했던가요? 죄송합니다, 죄송해요."

료헤이는 금방 평소의 사람 좋은 얼굴로 머리를 긁적이며 숙였다.

"다카가, 돈이 없어서."

돈이 없는 건 모두의 공통 사항이었다. 신주쿠 가부키초에 있는 소위 날티 나는 정장을 입은 20대 남자들은 거의 모두가 빚을 지고 있다고 말해도 과언이 아니다.

"어떤 사람에게 50만 엔을 빌렸어요."

다카가 아무 설명도 없이 말을 꺼냈다.

"다카, 그거 말고 다른 빚도 있어?"

무심코 후미오가 되물었다. 그의 빚이 50만뿐일 리가 없다.

료헤이는 대부업체에 200만, 지인과 친구, 여자에게 250만 엔정도의 빚이 있다. 후미오 자신은 학자금 150만, 대부업체에 90만, 그리고 최근에 시작한 FX(Foreign Exchange, 외환 증거금 거래) 정보 서비스 판매 대출이 40만 엔 정도 남아 있다.

"대부업체에 100, 외상이 300 정도."

다카는 곱상한 얼굴 그대로 표정 변화 하나 없이 시원스레 말했다.

외상이라는 건 다카가 짧게 일했던 호스트클럽에 진 빚이다. 대부분의 여자 손님들은 외상으로 마신다. 월말에 그걸 회수하는데 회수를 못 하면 그 돈은 담당 호스트의 빚이 된다.

다카는 넘버원은 못 됐지만 넘버 쓰리 정도는 늘 차지하던 호스트였다. 손님 수는 적어도 막대한 돈을 쓰는 여자가 항상 따랐다. 그러나 희한하게도 그의 손님은 뻔질나게 드나들다가 끝에 가서는 죄다 정신이 이상해졌다. 특히 열성적이었던 삼십 대 후반의 핑크색 옷만 입던 여자는 도치기에서 차를 몰고 두 시간을 달려와 몇백만 엔을 쓰고는 마지막에 튀었다. 그땐 하는 수 없이 다카가 호스트 동료에게 빌린 차를 타고 셋이서 한여름 뜨거운 날에 도치기에 있는 그녀의 본가까지 찾아갔다. 에어컨이 없는 집에는 연금으로 근근이 사는 아버지만 있을 뿐, "내 목숨이라도 가져가게!"라는 말을 듣고 물러설 수밖에 없었다. 차마 탈탈 털어오지 못한 세 사람이었다.

"여자한테는?"

다카는 호스트를 관둔 뒤 여자의 집을 전전하고 있었다.

고개를 갸웃거리며 대답했다. "한 500 정도?"

아마 그는 여자가 꾼 돈은 빚으로 치지 않을 것이다. 그의 돈 이야기는 전부 끝자리가 없어서 어림잡아 계산했지만, 신경 쓴들 별수 없다.

"어쨌든 그런 연유로 외상값을 내지 못해 다카가 50만을 빌렸는데요."

료헤이가 마치 만담하듯 설명한다.

"누구한테?"

"호스트클럽 사람한테 소개받은 사람."

다카가 담담하게 대답했다.

그가 하는 말은 도무지 종잡을 수가 없다. 같은 호스트 동료라는 말인가.

"다음 달에 갚기로 했는데 못 갚으면 매달 8만 엔을 내면 기다려 준다는 약속을 해서."

"뭐?"

저도 모르게 후미오가 되물었다.

"그러니까 매달 8만 엔을 지불하면 기다려 준다고요."

다카가 재차 설명했다.

"아니, 그게 무슨 말이야? 기다려 준다니. 50에서 8만을 빼고 42만이라는 말이야?"

"아뇨. 그 사람은 50만을 딱 채워서 주지 않으면 안 받아요."

당연하다는 듯이 다카는 말을 이었다.

"이번 달은 결국 그 8만도 못 내게 돼서."

"참나, 그게 몇 달째인데?"

다카는 가느다란 손가락을 접으며 세었다.

"다섯 달인가."

"그럼 벌써 40만이나 냈잖아. 본래라면 10만이 남았겠네. 이상하지 않아?"

다카는 고개를 갸웃거린다.

"규칙을 그렇게 정한 거라."

"무슨 소리야? 완전 말도 안 되는 금리잖아…. 아니지, 그건 금리라고도 할 수 없지."

아무리 생각해도 말이 안 된다. 그 정도는 자산관리사 자격증을 갖고 있지 않아도 알 수 있다.

"대체 빌려준 그 사람 어떤 사람이야?"

"잘 모르지만, 규슈 쪽 사람인가 봐요."

규슈? 왜 규슈 인간이 가부키초의 다카에게 돈을 빌려줬을까. 더욱 수상하다.

"나도 잘은 모르겠지만, 그걸 먼저 갚는 게 좋지 않겠어? 아무튼 무슨 수를 써서라도 50만을 맞춰서 한 번에 내는 게 좋겠네."

료헤이와 다카는 서로 마주 보았다.

"나도 도울 테니까⋯."

순간 오늘 중고마켓에서 구매한 루이비통 장지갑이 떠오른다. 그걸 취소하면 그가 다음에 낼 8만에 보탬이 되는데. 그렇지만 그건 내 손에 넣고 싶다. 빚을 내서라도, 대출을 받아서라도.

돕겠다고 했지만 그럴 돈도 없다.

"돈을 빌린 게 저 혼자가 아니니."

"혼자가 아니라니?"

다카는 말수가 적어서 거북이처럼 이야기가 한 발짝씩밖에 안 나간다.

그는 원래 이런 사람이지만 얼굴이 곱상해서 참아줄 만했었다. 하지만 오늘 밤은 조금 성가시다. 왜지? '지갑 세미나'가 끝난 뒤여서일까.

"소개해준 사람도 그 사람한테서 50만 엔을 빌렸어요."

"흠."

"같이 빌렸기 때문에 빌려준 거예요. 그래서 갚을 때도 같이 주지 않으면 안 받는다고 해서."

"그 부분을 어떻게 부탁하거나 협상할 수 없어?"

정말이지 이 이야기는 아무리 생각해도 이상하다, 너무 이상하다고 여기면서 말을 이어갔다.

"같이 빌린 사람도 그 사람을 만난 적이 없어서."

"뭐? 그럼 돈을 어떻게 갚고 있는데? 아니, 8만을 어떻게 주고 있어? 계좌 송금?"

"아뇨, 어떤 장소에."

그 뒤로 다카는 입을 다물어버렸다. 어지간히 그 장소나 방법을 알리고 싶지 않은 모양이다.

하지만 "다카, 자세히 얘기해 주지 않으면 방법이 없어. 후미오 씨밖에 의논할 사람이 없으니까"라는 료헤이의 말에 마지못해 입을 열었다.

"어떤 장소에 가방이 놓여 있는데, 매달 거기에 넣기로 되어 있어요."

"8만 엔을?"

"네."

대체 그게 무슨 방식이야. 수상하고 이상한 걸 넘어 어쩐지 섬뜩했다.

"그 장소는?"

"어느 절 경내의 툇마루 아래에 작은 가방이 놓여 있어요."

"그럼 그 사람이 때가 되면 가지러 오는 거야?"

"아마도."

"혹시 거기 절 사람인 거 아냐?"

"그건 아닌 것 같아요."

후미오는 머리를 싸매고 싶어졌다. 그런 거래라면 설령 50만 엔을 넣어 건네도 "그런 돈 몰라, 돈 안 들어왔어"라고 잡아떼면 그만이다.

"어째야 하나."

자신의 목소리는 거의 탄식에 가까웠다. 그때 료헤이가 갑자기 낄낄 웃기 시작했고 다카도 그의 얼굴을 보고는 웃음을 터뜨렸다.

왜 뭐가, 라고 물을 기력도 없었다.

도망치고 싶은 생각뿐이다.

이 세계에서 도망치고 싶다. 이 무리에서 도망치고 싶다. 이런 말도 안 되는 방식으로 돈을 빌리는 인간들에게서 도망치고 싶다.

자신은 이런 곳에 있을 사람이 아니다. 물론 그들을 좋아한다. 정확히 말하자면 지금 자신에게는 이들 말고는 친구가 없다. 그래도 도망치고 싶다. 자신은 이렇게까지 수준이 떨어지지는 않았다고 생각한다.

그래도 대학 문턱은 밟았으니까.

그렇지만 종종 생각한다. 자신도 이미 이 바닥까지 떨어진 게 아닐까.

아까 '젠자이 나쓰미의 지갑 세미나' 때 봤던 못생긴 여자랑은 '결혼 안 한다'고 순간적으로 생각했지만, 사실은 '결혼 못 한다'가 맞지 않을까 싶다. 그렇게 세련된 웨이브 머리를 한 여자가 자신을 상대해 줄 리가 없다.

어디 그 여자뿐이겠는가. 자신은 평생 결혼은 불가능할지도 모른다. 빚도 있는 데다 앞으로 안정된 직장에 들어갈 희망도 없다.

결혼할 생각도 없을뿐더러 그 여자를 좋아하는 것도 아닌데 그런 생각이 들자 갑자기 겁이 났다.

후미오의 절망적인 기분을 아는지 모르는지, 눈앞의 두 사람은 돈벌이 이야기로 이야기가 옮겨 갔다. 이번 달 8만 엔은 어쩔 작정인지.

"역시 임상시험 일이 제일 편하지 않아? 병원에 가만히 누워 있으면 되니까."

"그건 안 돼. 전에 검사하러 갔는데 너무 건강해서 큰돈은 못 받았어."

"나는 괜찮지 않을까?"

"아, 다카는 병약하니까 질병 같은 게 있어서 비싼 임상시험을 받을 수 있을지도? 아, 안 되겠다. 병약하니 위험하잖아. 다카,

혹시나 죽으면 어떡하노."

료헤이가 맞는지 틀렸는지 모를 오사카 사투리 같은 말투로 이랬다저랬다 하며 두 사람은 낄낄 웃어댔다.

"그러고 보니 얼마 전 인터넷에서 '매달 30만 엔 무조건 보증, 부업에 최적'이라고 하는 비싼 note 봤었어요."

다카가 말한다.

note란 인터넷상의 읽을거리로 무료로 읽을 수 있는 것도 있지만, 돈을 내지 않으면 읽을 수 없는 것도 있다.

"3만 엔 엔이라 조금 비싸긴 했지만 샀어요."

"샀어?"

멍하니 이야기를 듣고 있던 후미오도 3만이라는 금액에 깜짝 놀라 자기도 모르게 소리를 냈다.

갑자기 후미오가 소리를 내서인지 다카가 우중충한 얼굴로 쳐다본다.

"무슨 내용이 들어 있었어?"

"뭐, 이것저것."

"그런 거 위험하지 않아? 정말로 3만 엔의 가치가 있어?"

"FX 다단계에 42만 엔을 낸 후미오 씨에게 들을 말은 아닌 것 같네요."

료헤이가 실실 웃으며 말한다.

아픈 곳을 찔린 후미오는 "그건 지금 확실하게 원래대로 만회하고 있어"라고 응수했다.

"아무튼, 무슨 내용이 있었어?"

"음, 그게 '안라쿠 되팔기'라고 아세요?"

"안라쿠라면, 온라인 판매 회사?"

"네. 거기 포인트를 사용한 방법이에요. 안라쿠의 '사자 사자 역전'이라는 세일 기간이 있는데, 그걸 이용하면 열 배나 스무 배의 포인트가 붙어서 그때 한꺼번에 쇼핑해 포인트를 모으고 게임기나 명품 같은 걸 사서 그걸 다시 중고 사이트에 팔아 돈을 벌 수 있어요."

설명을 들으니 어디서 들은 적이 있는 이야기였다.

"즉, 리셀러네."

"아니죠, 포인트도 받을 수 있으니. 그 포인트로 다시 안라쿠에서 물건을 살 수 있고."

"그렇군."

"그거 하는 사람들 처음에는 조심스레 월 10만 엔 정도로 하다가 쉽게 버니까 지금은 매달 수십만씩 사는 모양이에요."

"그래도 어떤 상품을 사느냐가 문제겠네. 재고가 쌓이면 방법이 없잖아."

"그야 닌텐도 스위치나 플레이스테이션, 아이폰처럼 팔릴 만한 건 얼마든지 많죠. 그 note에 계속해서 돈을 내면 지금 제일 잘 팔리는 품목을 알려주나 봐요."

"흠."

요즘엔 뭐든 돈을 내야 하는구나 하고 후미오는 생각했다.

"음식이나 음료, 생활용품은 뭐든 안라쿠에서 살 수 있고, 직장인이나 주부도 할 수 있어서 부업으로도 쏠쏠하게 벌 수 있대요."

"와아, 그럼 다카도 해?"

"아뇨, 집에 스위치가 산처럼 쌓여 있으면 짜증도 나고 발송해야 하는 그런 수고도 귀찮아서요."

3만 엔이나 주고 note를 샀으면서 결국 안 하는 모양이다.

생각해 보면 그렇게 번다는 사람이 왜 note로 상품을 팔겠는가. 같은 일을 하는 사람이 늘면 경쟁률만 높아지는데. 그 부분이 되팔기와 FX의 차이라고 후미오는 스스로를 이해시켰다.

그나저나 정말로 어디에 있는 걸까. 우리의 돈이 될 원천은.

미즈노 후미오는 기타칸토 지방에서 태어났다.

아버지는 초밥 요리사였다. 아버지가 일하는 국도변의 초밥집에는 키가 크고 덩치도 있고 목소리도 큰 주인이 있었다. 아버지는 많은 초밥 요리사 중 한 명에 불과했다. 아버지는 주인과는 정반대로 마르고 키도 작은 데다 약했다. 후미오는 몇 번인가 엄마를 따라 초밥집에 간 적이 있었는데, 그때마다 아버지는 항상 주인에게 혼이 났었다. 그래서 그 초밥집에 가는 게 달갑지 않았다.

후미오가 초등학교 2학년 때 엄마가 주인과 달아나 버려, 후미오의 아버지는 아내와 일자리를 한꺼번에 잃었다. 아버지는 그 이후 본인의 잘못도 아닌데 무슨 이유에선지 그 동네의 음식점에서는 일을 할 수가 없었다. 하는 수 없이 일용직 일자리를 구했지만 허약한 아버지는 금방 몸이 망가졌다.

그때까지 살던 역 앞 빌라에서 나와 단층 공영주택에 살게 되었다. 그 무렵부터 집에는 '민생위원*'이라는 사람이 드나들기 시작했다.

주인의 아내는 연상의 아내로 기가 센 여자였다. 주인이 떠난 뒤에도 사람을 고용해 초밥집을 이어갔다. 그러나 당연히 후미오의 아버지는 잘렸다. 그 집의 세 아들들은 어릴 땐 애들을 괴롭히더니 커서는 불량배가 되었다. 막내는 후미오와 동갑이었다. 후미오는 그 동네를 떠날 때까지 내내 그들에게 괴롭힘을 당했다.

주변 사람들의 말을 통해 후미오는 아버지와 자신이 기초생활수급비인가 하는 것을 받고 있다는 사실을 알게 되었다. 아버지는 몸뿐만 아니라 정신도 병들었는데, 기운을 차리면 아주 잠시 토목 현장에서 일하다가 또 금방 앓아누웠다.

엄마를 빼앗은 남자의 아들들에게 얻어터지면서 후미오는 남자는 강해져야 한다고 생각했다.

열여덟 살에 고등학교를 졸업한 뒤 후미오는 민생위원에게도 알리지 않고 곧장 도쿄로 향했다. 집에 일할 수 있는 사람이 있으면 기초생활수급비를 못 받게 되거나 감액이 되기 때문에

---

* 빈곤자에 대한 생활 보조 등을 보살피기 위하여 지방 자치 단체가 민간인에게 위촉한 직위

아버지가 부탁했다. 10년 이상 생활보호를 받으며 아버지는 이미 그것 없이는 살 수 없는 사람이 되어 있었다. 그 대신 아버지는 몰래 모은 20만 엔을 쥐여주었다.

일단 입시를 보고 이른바 삼류로 불리는 대학에 들어갔다. 그때는 어쨌거나 대학을 안 나오면 취직을 못 한다고 생각했다. 학자금을 빌리고 아르바이트를 하며 교외 캠퍼스에 가끔 얼굴을 내밀었다. 중국이나 한국, 그리고 태국과 베트남, 인도네시아에서 온 유학생뿐인 학교였다. 일본인 학생만 있는 테니스 동아리에도 들어가 잠시 청춘을 느낀 적도 있었지만, 2학년 겨울 독감에 걸려 일주일간 아르바이트를 쉬게 되면서 많은 일들이 한꺼번에 차질을 빚게 되었다. 저축해 둔 돈이 전혀 없었던 후미오는 5만 엔의 월세를 내지 못하고 학비도 못 내게 돼 하는 수 없이 역 앞의 대부업체에서 연리 13퍼센트의 돈을 빌렸다. 다음 달부터 그 변제가 시작되었고 여태 해오던 술집과 패스트푸드점의 아르바이트로는 생활을 감당할 수 없게 되고 말았다.

대학을 관두고 인터넷으로 고수입을 구가하던 호객일 아르바이트를 시작했다. 거기서 료헤이를 만났다.

이들이 들어온 회사는 뭔가를 전문적으로 판매하는 회사는 아니었다. 사무실에 가면 그날 모아야 할 손님을 알려준다. '2, 30대 여자'나 '노인' 등. 그런 사람들을 지시받은 장소로 데려가면 그 이후의 계약은 다른 사람이 했다. 한 명을 데리고 가면 대체로 1만 엔을 받고, 계약이 성사되면 그 내용에 따라 3만에서 5

만 엔 정도 더 성공 보수를 받을 수 있다.

"근데 정말로 제대로 계산되고 있을까요? 저쪽에서 '계약이 안 됐다'고 말하면 확인할 방법이 없잖아요."

함께 일하던 료헤이는 늘 불평했다. 료헤이는 작은 체구와 동그란 얼굴이 상대에게 위압감을 주지 않는지 의외로 좋은 성적을 내고 있었다. 하지만 지정된 장소로 몇 명을 데려가도 계약 보너스를 받는 일은 드물었다.

"뭐, 그 부분은 회사에서 알아서 잘하고 있겠지."

후미오의 성적은 좋지도 나쁘지도 않다. 그래도 한 명이라도 걸려들면 1만 엔을 받으니, 10분에 한 명을 데려간다고 치면 시급 6만이라는 소리다. 물론 그렇게 데려갈 수 없지만 딱 한 번 한 시간에 세 명을 데려간 적이 있었는데 그때는 등이 오싹해지는 이상한 고양감을 느꼈다. 어딘가 도박 같은 중독성이 그 일에는 있었다.

"그보다 그날그날 내용이 다른 호객은 비효율적이지 않아? 노인과 젊은 여자를 잡는 요령이 다르잖아. 확실하게 전속으로 잡아서 직접 계약까지 가져가는 방법이 전문성이 높을 텐데."

"역시 후미오 씨는 머리가 좋네요."

그 무렵부터 료헤이의 아첨꾼 체질은 발군의 실력을 발휘했다.

"그럼 우리 회사 말고 늘 신세 지고 있는 회사 한 군데에 고용해 달라고 하면 되잖아요? 왜 그 그림이나 미용 상품 파는 회사 있잖아요."

"그렇긴 하지."

료헤이가 자신의 대답을 제대로 듣고 있었는지는 모르겠다. 그때 그는 금발에 가까운 갈색 머리에 핑크 숄을 두르고서 작은 여행 가방을 끌고 가는 이십 대로 보이는 여자를 발견하고 다가갔기 때문이다. 그 뒷모습을 보면서 저 녀석은 떨어뜨릴 수 있겠다고 후미오는 생각했다.

그 이후 줄곧 세일즈나 영업으로 불리는, 사람에게 물건을 사게 하는 일을 해왔다. 고용은 정규직인 곳도 비정규직인 곳도 있었다. 부동산, 백과사전, 영어 교재, 미용 기구…. 변변한 학력도 없는 후미오에게는 세일즈 말고는 회사에 들어갈 방법이 없었다. 사람들은 좀처럼 후미오한테서 물건을 사주지 않았다. 후미오는 이해할 수 없었다. 후미오는 뭐든 갖고 싶다. 원룸도 외제차도, 영어를 구사할 수 있게 될지도 모를 가능성도, 돈만 있으면 무조건 살 것이다. 그런데 사람들은 돈이 있는데도 안 산다.

그러다가 대학 시절 선배에게 FX 정보 서비스를 권유받고, 자신이 또 다른 손님을 확보하면 계약금의 일부를 받을 수 있다는 말을 들었을 때, 여태까지의 경험으로 감이 왔다. 자신도 인터넷으로 FX나 비트코인 기사를 읽고 공부해야겠다고 생각하던 참이기도 했다. 공부도 되고 이게 나중에 일도 되면 일석이조다.

지금은 아직 이 일만으로는 생활이 안 돼서 다시 술집 아르바이트로 되돌아간 상태였다.

"에어컨 가게가 수입이 짭짤한가 봐."

멍하니 생각에 잠겨 있는 후미오에게 료헤이와 다카의 목소리가 들려왔다.

"에어컨? 에어컨 판매?"

"아니, 에어컨 설치 말이야. 그게 장난 아닌 모양이야. 봄부터 여름까지 몇 달간 왕창 번대. 1년에 몇 달 벌고 나머지는 놀면서 생활할 수 있대."

"그거 좋네, 가부키초보다 안전해 보이고."

"그렇긴 한데 날도 덥고 에어컨이 너무 무거우니까 육체적으로도 엄청 고되다고는 하더라."

"아, 그렇겠네."

"뭐, 정말로 하고 싶지는 않아."

"후미오 씨, 회사 안 차릴래요?"

뜬금없이 다카가 말했다.

"엥? 갑자기?"

"회사 차리면 돈을 빌릴 수 있어요. 우리가 개인으로 대출을 받으려면 이자가 15퍼 정도 되잖아요. 근데 회사를 차려 그 운용 자금으로 빌리면 금융 공고 같은 데서 3퍼, 아니 잘하면 1퍼로 빌릴 수 있는 모양이에요."

"정말?"

"네."

"근데 어떤 회사를? 회사를 차리려면 무슨 사업이 있어야 할 거 아냐."

"그렇죠. 뭐, 대충 인터넷 관련 앱을 만든다든가, 어떠세요? 후미오 씨 머리 좋으니까 생각해 보세요."

"근데 그거 위법 아니야? 가짜로 만드는 건."

"글쎄요. 빌린 돈을 갚으면 문제없지 않을까요?"

사실 다카의 이야기는 절반만 듣고 있었지만, 마음이 살짝 동했다.

"조금만 더 힘내보죠. 네? 얼마 안 남았어요. 사토 학생의 장점은 잘 알고 있습니다만, 조금만 더 힘내면 우리의 목표점까지 도달할 수 있어요. 거기까지 얼마 안 남았어요. 그렇죠?"

얼굴을 들여다보듯 쳐다보자 눈앞의 대학생 남자는 눈을 치켜뜨며 후미오를 힐끗거리고는 작게 고개를 끄덕였다.

"그럼 반성회를 잠시 가져볼까요. 그러니까 사토 학생은 여기서 사고 여기서 팔았죠."

후미오는 태블릿으로 달러와 엔이 표시된 차트를 보면서 가리켰다.

"왜 여기서 샀나요?"

"싸져서…."

겨우 들릴 정도의 작은 목소리였다.

"네. 그 생각은 나쁘지 않네요. 다만 그 시기가 말이죠. 뭐든 타이밍이 중요해요. 우리는 때를 내 편으로 만들어야 해요. 거기에는 이유. 이유가 중요하고요. 전에 한 말 기억하죠? 행동할 때는 반드시 열 가지 이유를 노트에 적어보라고. 적어봤어요?"

"일단은요…. 열 개는 다 못 적었어요."

"보여줘요."

사토 아무개는 쭈뼛거리며 수첩을 꺼냈다.

흐릿하다. 집중해서 안 보면 보이지 않을 정도의 글자였다.

가격이 내려갔다.

109엔이 되었다.

어제보다 23전* 떨어졌다.

내일은 아르바이트가 있다.

"가격이 내려갔다기보단 엔화가 많이 올랐다는 건데, 뭐 됐고. 이거 처음 세 개는 거의 똑같은 말이네요. 이것도 됐고. 마지막의 내일은 아르바이트가 있다는 말은 무슨 의미예요?"

"내일은 아르바이트가 있어서 못 사니까 오늘 사자는 의미로."

"아, 이렇게 하는 게 아니고."

후미오는 짜증을 얼굴에 드러내지 않으려 노력했다. 사토 아무개는 FX를 시작한 지 아직 한 달밖에 안 됐다.

"이렇게 하는 게 아니라, 예를 들면 내일은 미국 연방준비제

---

* 엔의 100분의 1

도이사회(FRB)의 발표가 있으니 비싸지지 않을까, 싸지지 않을까, 이런 식으로 적는 거예요. 이것도 뭐, 됐고요."

후미오는 이어서 태블릿으로 그가 판 시점을 가리킨다.

"왜 여기서 팔았나요?"

"3만 엔이나 손해를 봤으니까요."

이건 확실한 이유였다.

"아, 그렇네요. 그건 좋아요. 적자가 더 늘어나지 않도록 출혈을 막는다, 손절매한 것이죠. 그런데 그 이유는? 확실하게 생각했어요?"

"네, 적었어요."

사토는 다음 페이지를 가리켰다.

'직감'이라 쓰여 있었다. 역시 흐릿한 글자였다.

"직감, 직감이군요. 그것도 괜찮지만."

사실은 머리를 부여잡고 싶어졌다. 분명하게 논리적으로 생각해서 사고파는 것을 매일 알려줬건만, 전혀 이해를 못 했다.

이 인간 한번 확실하게 혼내줘야 하지 않을까.

사토 아무개는 후미오가 FX 정보 서비스를 구매한 뒤 소개할 회원을 물색하다가 중퇴한 대학 친구에게 소개받은 후배다. 후미오가 카페로 친구를 불러냈을 때 "미안, 나 지금 돈이 없어서"라며 도망치고 대신 소개받은 남자였다. 그런 장소에 금방 올 만한 순진한 성격 덕분에 바로 계약이 성사되었다. 하지만 첫 고객이 돼준 건 좋으나 FX 성적도 안 좋고 다른 회원도 불러오지 않는다.

이 정보 서비스는 42만 엔에 정보를 산 후에도 세심한 지도와 철저한 애프터 관리를 선전 문구로 삼고 있다. 실제로는 그렇게 해서 구매한 후에도 회원들을 북돋우며 또 다른 사람에게 정보 서비스를 팔아 자신도 소개자도 이익을 얻는다.

실제로 사토가 구매해 줘 후미오는 8만 엔의 포상금을 받았었다. 그리고 후미오에게 정보 서비스를 소개해준 대학 선배에게는 4만, 심지어 그 선배에게 이걸 팔고서 지도하고 있는 '티처'로 불리는 사람에게는 2만, 티처들에게 판매한 '코치'에게는 1만 엔이 돌아간다. 오늘은 코치인 야나기 하라 씨가 와서 후미오 옆에 앉아 있었다. 후미오에게 이걸 소개해 준 선배보다 두 단계 높은 사람이 야나기 하라다. 야나기 하라는 코치인 동시에 도쿄 북부의 티처들을 책임지고 있는 지도자로 가끔 후미오나 선배 교육을 위해서도 와준다.

레벨이 낮은 사람에게는 가끔은 엄한 말로 지도하는 태도도 중요하다는 말을 들었다. 기본적으로는 미소로 대해야 하지만 한 번쯤은 화를 표출해도 될 것 같다.

사토 학생, 생각이란 걸 하고는 있어요? 정말로 결과를 내고 싶긴 해요? 노력하지 않으면 아무것도 시작이 안 돼요.

그런 말을 퍼부으려고 숨을 삼켰을 때 야나기 하라가 "미즈노 씨, 잠깐만" 하면서 끼어들었다.

야나기 하라는 전설의 인물이었다. 작년에는 세계에서 두 번째로 상품을 많이 팔았다고 한다. 오늘은 연청색의 알로하셔츠에 반바지, 비치 샌들의 편안한 복장이었다. 풍성한 갈색 머리칼이 잘 어울렸다.

"사토 학생, 이제 곧 취업 준비해야겠군."

사토가 고개를 들고는 끄덕였다. 대체 이 사람은 무슨 말을 꺼내는 거야 하는 얼굴로. 후미오도 갑자기 주제가 바뀐 것에 다소 놀란 참이었다.

"어때? 잘될 것 같나?"

"뭐, 지금은 학생 우세 시장이라 적당히 넣을 수 있는 곳이 있으면 좋겠다 정도."

후미오는 자신이 사토의 얼굴을 우거지상으로 보고 있다는 걸 깨닫고 황급히 표정을 풀었다.

자신과 같은 삼류 대학이지만, 그는 시골에 계신 부모님이 생활비를 보태주고 있어 아르바이트도 하지 않고 팔자 좋게 졸업해 '그럭저럭 괜찮은' 취직을 할 수 있다. 참 인생 불공평하지.

"그렇군, 그립네."

야나기 하라는 싱긋 웃는다.

"나도 딱 회사 합격했을 무렵이었지, 이 정보 서비스를 만난 게."

"그러셨어요?"

"제법 큰 회사에 합격했었지. 어딘지 아나?"

두 사람은 나란히 고개를 흔들었다.

"리크루…."

"우와!"

야나기의 말은 채 끝나기도 전에 지워졌다. 후미오와 사토의 커진 목소리 때문에. 그는 쓴웃음을 지었다.

"거참, 시끄러워. 목소리 커."

"근데 거기 엄청난 회사잖아요."

그렇지, 하고 야나기 하라는 새침한 얼굴로 아이스커피를 마셨다.

"부모도 기뻐했고, 순풍에 돛 단 듯 순조로웠어. 그때 이걸 만나고 망설였고, 망설인 끝에 결국 이 길을 택했지. 그때 그 선택의 갈림길로 인생이 얼마나 바뀌었는지를 늘 생각해. 하지만 정말로 이 길을 선택하길 잘했다고 생각하네. 스스로의 선택에 박수를 쳐주고 싶어. 잘했다고 칭찬해 주고 싶어. 그때의 나에게 고맙다고 진심으로 감사해하고 있지. 뭐가 다르냐고? 돈 버는 방법이 다르지. 지금 동기를 보면 월수입이 30만 엔 정도야. 일반 동창은 18만이라던가. 그런데 나는 그 네다섯 배를 벌어. 보너스도 빵빵하게 들어오고. 심지어 매일 이런 옷을 입지. 분명 주변 사람들은 내가 이렇게 버는 줄 모를 거야."

야나기 하라는 수줍은 듯 자기 복장을 가리켰다.

"부모님이 하와이를 좋아해서 어릴 때부터 매년 하와이에 갔었지. 언제나 하와이 같은 기분으로 살고 싶다네, 평생. 그 꿈을 이루고 있지. 더구나 언제고 원하는 때에 하와이에 갈 수 있고. 오늘이든 내일이든. 동창이 갑갑한 양복 차림으로 악착같이 일하고 있을 때 말이야. 이 모든 건 다 그때 한 선택 때문에. 단 하나의 선택이라네."

"야나기 하라 씨, 돈을 그렇게나 많이 벌어요? 부럽습니다."

그 목소리는 후미오의 몸속 깊은 곳에서 자연스럽게 나왔다.

"오히려 나는 자네들이 부럽군. 사토 학생은 아직 본격적인 취업 활동을 시작하기도 전에 이걸 만났잖나. 망설일 필요가 없지. 나는 역시 조금 망설였으니까."

야나기 하라의 이야기 도중부터 사토의 표정과 안색이 순식간에 변해가는 걸 느꼈다. 야나기 하라는 사토에게 "정말 열심히 하고 있으니 회원 한정 메일링 목록을 추천해 주겠네"라는 말로 꾀었다.

"이건 매일 8시 반과 15시에 오늘의 FX 정보를 보내주는 거지. 회비는 매달 3만 엔. 이걸 읽고 움직이기만 되면 되니 사토 학생도 쉽게 할 수 있을 걸세."

사토는 그 자리에서 유료 메일링 목록을 계약하고는 환한 얼굴로 "열심히 하겠습니다" 말하고 돌아갔다.

"야나기 하라 씨, 감사합니다."

사토가 메일링 목록을 계약해 준 덕분에 후미오에게도 얼마의 돈이 들어오게 돼 있었다.

그는 이미 스마트폰을 꺼내어 손가락을 움직이고 있었다.

"그게 정말이세요?"

"뭐가?"

"리크루트에 합격했는데 관둔 거요."

"거짓말 같나?"

"아뇨…."

거짓말이라고 생각해 물은 게 아니다. 단지 이야기를 이어 가려고 꺼낸 말이었는데 야나기 하라의 목소리가 차가워서 후미 오는 초조했다.

잠시간 야나기 하라가 입을 다문 채로 스마트폰을 움직이 는 시간이 이어졌다.

"저쪽."

야나기 하라가 여태 사토가 앉아 있던 맞은편 의자를 가리 켰다. 후미오는 황급히 그쪽으로 자리를 옮겼다. 하긴 앞에 사람 이 없는데 남자 둘이 나란히 앉는 건 좀 이상하지.

야나기 하라 앞에서 두 손을 무릎에 올려놓고 가만히 그의 스마트폰 조작이 끝나기를 기다렸다. 딱히 바른 자세를 강요한 것도 아닌데 자연스레 몸에 힘이 들어갔다.

"미즈노, 자네는 코칭 공부를 하는 게 좋겠군."

그제야 야나기 하라가 말을 걸어줬다. 눈은 스마트폰을 향 한 채로.

"코칭은 세계적인 자격증이 하나 있지. 그리고 그보다 조금 작은 단체가 발급하는 자격증이 있고. 그 두 개의 장점을 살린 걸 우리 회사에서 하고 있다네. 정보 서비스 검정고시를 실시하고 있으니 따보는 게 어떻겠나? 그러면 더 높은 곳으로 올라갈 수 있지. 다 해서 30만 엔 정도였던가." 후미오는 자기도 모르게 고개를 끄덕이고 있었다.

티처나 코치들에게는 적당히 맞장구쳐 주고 있지만 후미오는 사실 한동안 FX를 안 하고 있었다.

정보를 구매하고 공부를 시작한 당시에 계좌에 10만 엔을 넣고 20배의 레버리지를 걸어 달러와 엔을 거래하다가 순식간에 4만 엔을 날렸다. 자신에게는 FX 재능은 별로 없는 것 같았다. 그래서 앞으로는 FX 자체보다도 정보 서비스를 권유하는 쪽으로 벌고 싶었다. 코칭으로 그 실력이 늘면 바랄 게 없다.

8시 넘어서 아르바이트를 마치고 돌아왔다. 아카바네역에서 걸어서 12분, 월세 4만5천 엔의 빌라가 후미오의 집이다. 우편함에 수취인 부재중 안내서가 들어 있었다. 초조한 마음으로 펼치자 중고마켓에서 온 물건이라 쓰여 있었다.

"아싸."

주먹을 불끈 쥐었다.

바로 안내서에 적힌 전화번호로 전화를 걸었다.

"네."

기분이 언짢은 듯한 남자 목소리가 들렸다.

"아카바네기타의 미즈노인데, 택배 지금 가져다줘요."

"네?"

"그러니까, 미, 즈, 노, 아카바네기타 2번길요. 택배 왔었잖아요. 종이 들어 있던데. 그래서 전화했으니까 빨리 가져다줘요."

"당일 택배 접수는 6시까지입니다. 6시까지 연락을 주셨어야죠."

"뭐? 그쪽이 부재중 안내서를 넣어놔서 내가 전화한 거잖아. 루이비통 지갑이라고. 빨리 가져와요."

"그러니까, 내일 이후가 돼야."

"그니까, 오늘, 지금, 가져오라고요."

"오늘은 안 됩니다. 제일 빨라도 내일 오전 중으로 갈 수 있습니다."

"내일은 일이 있다고요."

"그러면 서비스 센터로 연락하세요."

"당신, 설마 내 지갑 훔치는 건 아니겠지?"

전화가 뚝 끊겼다. 화가 나 다시 걸었지만 통화 연결음만 울렸다.

하는 수 없이 서비스 센터로 전화를 걸었고 결국 내일 오전 중에 택배를 받기로 했다. 빨리 지갑을 만나고 싶은데 뜻대로 안 된다. 전화를 끊고 한숨을 내쉬었다.

다음 날 격렬하게 초인종을 울리는 소리가 나서 후미오는 잠에서 깼다. 티셔츠에 트렁크 차림으로 몸을 질질 끌 듯 걸어 나가 문을 열었다. 시계를 보니 10시 전이었다.

"택배요."

불퉁한 채로 대답도 하지 않고 소포를 잡아당기듯이 받고서 사인을 했다.

배달한 남자는 후미오 또래로 보였다. 전에 '일본의 택배 기사 대부분은 대졸이다. 고객의 요청대로 시간을 지켜 배달하려면 머리를 써야 하므로 대졸이 아니면 할 수 없어서다'라는 내용의 기사를 인터넷으로 읽은 적이 있는데, 사실일까. 어쨌든 그걸 읽은 후로 대학을 중퇴한 후미오는 그들에게 불친절해졌다.

아무튼 소포를 잡아 찢듯이 열자 택배 기사 생각은 날아갔다.

루이비통 장지갑은 얇은 종이에 정성스럽게 싸여 있었다. 지갑 외에 상자며 종이가방뿐만 아니라 신용카드 영수증도 판매자의 개인 정보 부분이 검게 칠해져 있는 것 말고는 다 갖춰져 있었다. 판매자의 말대로 미사용 신제품으로 보였다.

후미오는 옷을 입고 그 장지갑과 부속품을 들고 밖으로 나왔다. 자전거를 타고 역 앞까지 달려 명품도 매입하는 전당포로 뛰어 들어갔다. 기다랗고 좁은 방 같은 가게의 맨 안쪽에 후미오와 또래로 보이는 젊은 남자가 앉아 있었다.

"이거 얼마에 팔릴까요?"

들고 온 지갑과 종이가방을, 영수증만 빼고 전부 그 남자 앞에 꺼냈다.

차분히 감정하는가 싶었더니, 지퍼 부근만 힐끗 쳐다보고는 "2만8천 엔이요"라고 대답했다.

"네? 너무 싸. 짝퉁이에요?"

"아뇨, 진짜예요. 근데 이니셜이 각인되어 있어서 매입하게 되면 가격이 그렇게 돼요."

"잠깐 보고도 바로 아는군요."

"이게 일이니까요."

직원은 살짝 자만한 표정으로 말했다.

"봉투랑 다 있어도 그 가격이에요?"

뭐야, 그런 거면 가격 좀 더 내릴 걸 그랬다 싶어 기분이 가라앉는다. 하지만 진품인 것만은 확실해 보였다.

"뭐, 많이 쳐서…."

직원은 한 번 더 장지갑과 부속품을 쳐다봤다.

"2만9천 엔입니다."

"그렇군요…. 그럼, 조금 더 생각해 볼게요."

물건을 가방에 도로 넣었다.

"2만9천5백 엔. 어떠세요?"

방금까지만 해도 가볍게 응대하더니 갑자기 물고 늘어졌다.

"조금만 더 생각해 볼게요."

가게를 나서는데 입구 쪽에 루이비통 장지갑이 장식되어 있었다. 시리즈는 다르지만 크기는 같은 거였다. 조금 낡은 느낌도 드는데 7만9천 엔의 가격표가 붙어 있다. 매입은 2만 엔대라도 팔 때는 이 정도의 가격을 매기는 것이다. 7만 엔 남짓에 산 자신은 틀리지 않았다.

후미오는 갑자기 몸이 가벼워지는 느낌이 들었다.

실제로 팔 생각은 전혀 없었다. 단지 중고마켓에서 물건 거래를 확정 짓기 전에 진품인지를 알고 싶었을 뿐이다. 스마트폰을 꺼내어 앱으로 거래를 완료하는 수령 버튼을 누르려다가 잠시 생각하고는 관뒀다. 이체를 끝내긴 했어도 버튼을 누르면 돈이 순식간에 저쪽으로 가버릴 것만 같았다. 마감 기한까지 아슬아슬하게 버텨야지. 판매자는 애가 타겠지. 전당포에서 3만 엔이 안 되는 가격에 팔리는 물건을 7만 엔 가까이 판 벌이다.

확 그냥 건너뛰고 싶은 기분으로 자전거가 있는 곳으로 돌아가는데 "후미오 아니야?" 하고 뒤에서 누가 말을 걸었다. 돌아보니 고향 친구 노다 유이치로였다.

"노다…?"

노다는 중학교 동창으로 같은 야구부였다. 후미오는 선배와 동급생에게 괴롭힘을 당해 일찌감치 야구부를 나왔는데 확실히 노다는 정규 선수가 되지 못해도 끝까지 남아 있었다.

"이야, 오랜만이네. 마침 잘됐다, 한잔하러 가자."

"한잔이라니, 일은 어쩌고?"

1년 전쯤에 역 앞 광장에서 그가 "후미오 아니야?" 하고 말을 걸어왔었다. 번호 교환만 하고 그걸로 끝이었다.

"오늘 토요일이잖아."

노다가 태평하게 웃는다.

그는 확실히 학군 내 두 번째로 커트라인 높은 고등학교에 진학해 도쿄의 중간급 사립대를 나와 중견 전자기기 회사에 취직했다. 여기 아카바네에 회사 기숙사가 있다고 전에 말했었다.

"아, 그러네."

최근에는 요일이고 뭐고 엉망진창인 날들을 보내고 있다.

"일정 있어?"

"없긴 한데."

"그럼 한잔하자. 이 동네 가성비 좋은 술집에 가고 싶었는데 혼자서는 좀체 못 들어가서. 안 그래도 톡 보냈는데 너 씹더라."

결국 노다의 안내로 서서 마시는 한 술집에 들어갔다. 전부터 인터넷으로 알아보던 가게라고 한다.

"여기에 산 지 2년 정도 됐는데 이렇게 낮에 술집에 온 건 거의 처음이야."

노다는 맥주의 흰 거품을 입술 위에 묻히며 말했다.

"나도."

아카바네가 이런 술집이나 주점이 많은 동네라는 건 알고 있었는데 대낮부터 고주망태가 된 노인들이 많이 모인 가게에 혼자서 들어갈 용기는 없었다.

"후미오, 왜 그래?"

"아니⋯."

눈이 시렸다.

노다는 자신과 처지가 비슷했다. 중학교 1학년 때까지는 성적도 별반 차이가 안 났다.

그런데 그는 대학을 나와 회사를 다니고 있다. 그것도 기숙사가 있는 복리 후생이 탄탄한 회사에. 전에 만났을 때 "회사 기

숙사에 살고 있어"라는 한마디에 코를 한 대 얻어맞고 피맛이 나
는 듯한 충격을 받았다.

만약 길이 조금만 달랐다면 아니, 아주 조금 옳은 방향으로
나아갔다면 나도 손에 쥘 수 있었던 미래일지도 모른다….

료헤이 무리와 함께 있으면 거기서 벗어나고 싶다. 하지만
노다와 있는 것도 불편해서 못 견디겠다.

"잠깐만, 미안."

황급히 화장실로 갔다. 개인용 칸에 들어가 가방에서 방금
감정받은 장지갑을 꺼내 자신이 사용하던 인조가죽 지갑에서 내
용물을 끄집어내어 모두 옮겼다. 여태 반지갑에 접힌 채 들어 있
던 지폐는 펴서 넣었다.

"미안, 많이 기다렸지. 실은."

화장실에서 돌아와 앉을 겨를도 없이 말했다.

"나 창업해."

"오오!"

"동료랑 회사 차리기로 했거든."

"대단하네. 어떤 회산데?"

"앱 만드는 회사. 인터넷상의 획기적인…."

술집 벽에 붙어 있는 여행사 포스터가 눈에 들어왔다. '하와
이 5박 7일, 8만9천 엔부터'라고 적혀 있었다.

"여행 관련 시스템을 만들어."

"우와, 멋지다!"

후미오는 가방에서 루이비통 지갑을 꺼냈다.

"곧 그 동료들과 회의가 있어서 나 먼저 가도 될까?"

"아, 미안. 억지로 끌고 와서. 후미오, 굉장한 지갑 갖고 있네."

노다가 눈을 휘둥그레 뜨며 쳐다본다.

"그거 비싸지?"

미소로 화답하며 말했다. "여긴 내가 낼게."

"뭐? 아냐, 아냐. 반반 내야지."

"괜찮아. 회사 차릴 거라 돈 있어."

사실 회사를 차리는 데 돈이 얼마나 필요한지도 모른다.

미안하다는 노다의 목소리를 뒤로하고 테이블을 떠났다. 그가 루이비통 지갑을 칭찬해 준 걸로 뭐랄까, 술값을 낸 의미가 충분했던 것 같다.

"아, 이거 언제까지 기다려야 해?"

"후미오 씨, 조용히 하세요. 밤에는 목소리가 울리니까."

후미오와 료헤이는 절 경내의 어둠 속에 쭈그리고 있었다.

다카의 변제액 8만 엔은 결국 료헤이가 대출업체에서 빌려왔다. 다카는 이미 빌릴 수 있는 금액을 초과해 버렸다면서 더는 빚을 내고 싶지 않다고 투덜대며 료헤이를 이용한 것 같다.

8만 엔을 시키는 대로 본전 툇마루 아래에 놓여 있던 작은 가방에 넣고 근처에서 감시하며 누가 찾으러 오는지 알아내기로 했다. 상대를 보고 나서 다음 대책을 생각하기로 했다.

"아이 진짜."

후미오는 자기 다리를 찰싹 때렸다.

"쉿."

료헤이가 무서운 얼굴로 노려본다.

"모기는 왜 이렇게 많아."

"후미오 씨가 술을 마셔서 체온이 높아 모기가 자꾸 꼬이잖아요."

이런 곳에서 어떻게 하룻밤을 보낼 수 있겠냐며 후미오는 도수가 센 스트롱제로 맥주와 훈제 오징어를 편의점에서 사 왔다. 료헤이 것도 사 왔는데 그가 완고하게 거절해 두 캔을 다 마셔버렸다. 취했는지 머리가 멍하다.

작은 가방이 놓인 장소가 보이는 범위에 숨을 만한 곳이 없어 결국 정원수 사이에 몸을 숨겼다.

"모기 정도는 때려잡아."

"그러면 소리가 울리잖아요."

"그나저나 다카는 어떻게 된 거야?"

"오늘 감기 걸렸대요."

화가 나 입을 다물어버렸다. 후미오의 무언의 저항을 느꼈는지 료헤이가 변명하듯 말했다.

"다카, 요즘에 계속 기침이 심상치 않더라고요. 얼마 전에도 목이 아프다고 했잖아요?"

아무리 그래도 자기 일이면서 친구에게 밤새 불침번을 시키다니, 대체 무슨 생각인지.

"겨울보다 나아요."

"몰라."

어느덧 한밤중을 지나고 있다. 한 시간쯤 전에 확인했을 땐 8만 엔은 그대로 들어 있었다.

"그나저나 다카는 왜 그런 위험한 데서 돈을 빌렸지?"

료헤이는 입을 다문 채 대답하지 않았다.

후미오는 다시 어둠 속에서 눈을 굴렸다. 경내의 툇마루 근처에만 전등이 있어 희미하게 밝다. 작은 가방을 직접 볼 수는 없어도 사람이 드나드는 건 알 수 있다.

스마트폰이 '띵' 하고 작은 소리를 냈다. 보니 중고마켓 앱에서 온 알림이었다. 열어보자 루이비통 장지갑 판매자에게서 '자꾸 죄송합니다. 물건은 받으셨나요? 확인하시면 수령 평가 부탁드립니다'라는 메시지가 와 있었다. 비슷한 메시지가 며칠 전부터 여러 차례 와 있었다. 무시하고 화면을 껐다.

"다카 불쌍한 놈이에요."

료헤이가 불쑥 말했다.

"얼굴이 너무 곱상해서 뭘 해도 안 돼요."

"뭐? 그 반대겠지. 얼굴이 곱상하니까 뭘 해도 잘되잖아. 호스트클럽에서도 실적이 좋았고."

"아뇨, 그게 늘 역효과를 내는 놈이에요. 호스트도 결국에는 빚만 지고. 이상한 친구만 생겼으니."

"그렇게 생각할 수도 있겠네."

절반은 흘려들으며 루이비통 판매자를 생각했다. 분명 빨리 입금해 달라고 안달이 났을 테지. 이니셜이 각인된 새 지갑을 사용도 못 해보고 내놓다니, 어차피 궁지에 내몰린 인간이다. 남자인지 여자인지 모를 그 인간의 기분과 작은 운명을 지금 제 손안에 쥐고 있다고 생각하니 어쩐지 통쾌했다.

이야기를 나누는 사이에 하얀 덩어리 같은 것이 경내로 들어왔다.

하얀 원피스를 입은 긴 머리 여자였다. 멀리서 본 거지만 마른 체형에 이십 대로 보였다. 그녀는 정성스레 손을 씻고는 공손히 기도를 올렸다.

뭘 비는 걸까. 얼굴은 잘 안 보여도 어딘지 모르게 예쁜 사람 같았다. 몸짓이 아름답다.

하지만 그녀는 불전함 앞에서 손을 합장하고 선 채 미동도 없었다.

후미오와 료헤이는 몇 번이나 얼굴을 마주 보았다. 10분쯤 지난 무렵부터 후미오는 시계를 들여다봤다.

20분이 지났을 무렵에는 어쩐지 섬뜩해졌다. 인간이 저렇게 미동조차 없을 수 있나 싶었다. 30분이 지났을 땐 걱정이 들었다.

"죽은 거 아냐?"

"네?"

"죽은 거 아니겠지."

목소리가 들릴지도 모른다는 걸 신경도 쓰지 않고 후미오는 료헤이에게 말했다.

"무슨 소리예요, 서 있잖아요."

료헤이의 목소리가 살짝 떨렸다.

"그렇긴 한데, 갑자기 선 채로 죽는 일 같은 건 없겠지?"

"몰라요."

"료헤이 검색해 봐, 선 채로 죽을 가능성 같은 거."

"싫어요. 스마트폰 불빛 때문에 들킬 수도 있어요."

그녀가 들어온 지 40분이 지났을 때 더는 견딜 수가 없었다.

"나 갈래."

"안 돼요, 후미오 씨."

료헤이가 후미오의 팔을 잡아당겼다.

"저 혼자 두지 마세요."

"아니, 저 여자가 저기에 있으면 찾으러 올 것도 안 온다니까. 오늘 밤은 텄어."

"하지만."

료헤이가 입술을 깨문다. 그러나 강하게 부정은 안 한다. 그도 같은 생각을 하고 있겠지. 그리고 저 여자가 왠지 섬뜩한 것도 마찬가지일 것이다.

"다음 달에 다시 오자. 다음 달에도 기회는 있어."

"그래도."

"그럼 한 시간 정도 자리를 비우자. 어디 가서 밥이라도 먹

자. 그리고 다시 돌아오는 거야. 그때도 8만 엔이 들어 있으면 다시 망을 보면 되잖아."

료헤이는 잠시 망설이다가 "알았어요"라고 대답했다.

두 사람은 살며시 일어났다. 왜인지 그 여자에게 들키면 위험할 것 같았다. 더구나 그녀가 계속해서 기도에 열중하고 있으니 놀라게 해서는 안 될 것 같기도 했다.

발소리를 내지 않고 걸어가 그녀의 뒤쪽을 지나 경내를 빠져나가려 했다.

여자는 여전히 미동도 없이 기도 중이다.

살금살금 그녀의 곁을 지나칠 때 무심코 그쪽을 쳐다보았다. 옆모습이 보였다.

웃고 있었다. 왜인지 그녀는 히죽거리며 손을 합장하고 있었다.

"으악."

비명을 지르고선 후미오는 달리기 시작했다. 료헤이도 뒤늦게 "후미오 씨" 부르며 뒤를 쫓았다.

"기다려요. 후미오 씨."

그 소리에도 절대 뒤돌아보지 않고 후미오는 계속해서 내달렸다.

"우리 또 한잔할까?"

노다에게서 톡이 온 건 절 사건이 있고 나서 2주쯤 지난 뒤였다.

료헤이와는 절 사건 이후로 한 번도 만나지 않았다.

달리는 데 정신이 팔려 자기도 모르게 놓치고 말았다. 그대로 지금까지 쭉 연락을 안 했다. 딱 한 번 정보를 팔던 도중에 전화가 걸려 왔지만 받지 못했고, 다시 걸지도 않았더니 그 이후로는 연락을 해오지 않았다. 어쩌면 화가 나 있을지도 모른다. 그렇게 도망친 후미오에게 료헤이와 다카는 질렸을지도 모르고. 그 사실을 확인받을까 두려웠다. 2주간의 이별이 지금의 후미오에게는 거의 영원한 이별처럼 느껴졌다. 손을 놓으면 더는 잡아줄 상대가 없다.

후미오는 아카바네의 술집에서 느낀 묘한 불편함을 떠올리며, 그러나 사람이 그리운 별수 없는 마음 때문에 결국 '좋아'라고 답장을 보내고 말았다.

그러자 곧바로 노다에게서 전화가 걸려 왔다.

"내가 들었는데, 너 무슨 FX 알려준다며?"

자신도 모르게 입을 다물었다.

이상한 일이다.

줄곧 계약을 따내고 싶어서 연락이 닿는 범위의 친구들 거의 모두에게 "우리 한번 볼까? 요즘 어떻게 지내?" 하면서 그들을 꾀어내던 시기도 있었다. 그러나 적적함으로 사람을 찾고 있을 때 일 이야기를 상대가 먼저 해오면 어쩐지 배신당한 기분이 든다.

문득 야나기 하라의 알로하셔츠의 화려한 무늬가 떠올랐다.

"어, 뭐."

불쾌감을 누르며 대답했다. 여기서 계약을 못 따내면 자신은 정말 쓸모없는 놈이라고 생각했다.

전에 FX 정보 판매와 관련해 노다에게 연락하지 않은 건 그가 아카바네에 살고 있어서다. 근처에 살고 있어서 언젠가 우연히 마주치게 될 만한 사람과는 팔든 못 팔든 간에 어색해질 것 같았다.

"그런 교재 같은 걸 알려준다며. 사카이야한테 들었어."

사카이야는 시나가와에 사는 친구로 역시 같은 야구부였다. 한번 메구로의 카페 툴리스에서 만나 정보에 관해 잠시 설명을 시작하자마자 "아, 그런 거 관심 없어"라며 쌀쌀맞게 일어섰었다.

"제대로 된 일을 해."

요시다 회사 가방인 검은 비즈니스백을 등에 메듯 든 사카이야에게 그런 모멸스러운 말도 들었다.

그에게 이야기를 들었다면 이미지가 좋을 리가 없다.

'1학년 초반에 잠깐 야구부에 있었던 미즈노 후미오 기억해? 그 녀석 지금 무슨 다단계 같은 거 하고 있던데. 조심들 해.'

그런 이야기를 하면서 동창들이 연민의 웃음을 띠는 장면까지 상상이 되었다.

"나도 FX에 관심이 좀 생겨서. 알려주라."

"정말?"

당황스러웠다. 하지만 여기서 기죽으면 지는 거다. 야나기 하라가 될 수 없게 된다. 만약, 만에 하나 잘 안 되면 아카바네를 뜨면 그만이다. 그에게서 8만 엔이 들어오면 이사비는 된다.

"그럼, 보자."

지난번과 같은 가게에서 보자는 노다의 말에 순간 조금 차분하게 앉아서 이야기를 나눌 수 있는 장소가 좋겠다 싶었다. 자신이 술값을 내도 된다. 그런 싸구려 술집에서는 바로 튈 가능성이 있다.

하지만 저쪽에서 이렇게까지 물고 늘어졌으니 계약을 따는 건 시간 문제로 여겨 좋다고 대답했다.

"그럼 내일 7시에 볼까?" 후미오가 제안했다.

"어? 내일 토요일이잖아. 낮에 보자."

"내일은 오후에 이래저래 볼일이 있어서…."

"토요일도 바쁘네. 피곤하겠다. 그럼 알았어."

전화를 끊고 침대에 아무렇게나 드러누웠다.

드디어 두 번째 계약을 따낼 것 같아 살짝 흥분된다.

실은 좋은 이야기는 이뿐만이 아니었다.

료헤이와 만나지 않게 된 후로 갑자기 야나기 하라와 만나는 일이 잦아졌다.

절에서 온 다음 날, 야나기 하라에게서 "막판 스퍼트를 어떻게 올리는지 보여줄 테니 오게"라는 연락이 와서 지정된 신주쿠의 카페로 가니 그 앞에 두 명의 대학생이 앉아 있었다.

실제로 야나기 하라가 두 학생과 동시에 계약하는 모습을 보여줬다. 처음에는 주저하던 두 사람이 야나기 하라의 "나는 합격한 직장을 관두고 이걸 시작해서 지금은 가고 싶을 때마다 하와이에 갈 수 있다"라는 단골 멘트를 듣고는 눈을 반짝이며 계약했다. 학생이 돌아간 후 "대단하네요" 하고 감탄하자 야나기 하라는 "응" 하고 고개를 끄덕였다.

"커피 한 잔에 1천 엔도 넘는 이런 신주쿠의 카페는 네트워크 비즈니스의 계약을 위해 존재하지."

"그래요?"

"주변을 둘러보게."

휴일 오후의 카페에는 손님이 빼곡히 몰려 있었다. 여성끼리 온 화려한 손님은 즐거운 듯 웃음을 터뜨리고 아줌마들 무리는 쉴 새 없이 수다를 떨고 있다. 그리고 그중에는 확실히 서류를 펼쳐놓고 한쪽이 청산유수로 이야기를 쏟아내는 테이블이 있었다.

"메구로나 나카메구로는 스타벅스에서도 계약이 되지만 신주쿠는 안 돼. 이런 카페여야 해."

"이유가 뭔가요?"

"글쎄. 아마도 분위기 때문이겠지."

후미오는 스마트폰을 꺼내어 방금 들은 말을 메모했다.

"다음에 가능성 높은 고객 있으면 넘길 테니까 미즈노 자네가 해보게. 아, 물론 옆에서 내가 도와줄 테니."

"그래도 괜찮나요?"

"응."

"왜 그렇게 챙겨주시나요?"

"최근에 독불장군처럼 굴지 말고 아랫사람을 잘 키워야 한다고 본부에서 뭐라더군."

"그러세요…."

야나기 하라 같은 사람이 자신을 선택해 줬다고 생각하니 기쁨이 솟구쳤다.

"그 대신."

"네."

"내가 소개한 고객과 계약이 성사되면 인센티브의 반을 내게 주겠나?"

순간 망설였다. 회사에서 그런 걸 허용하는지 몰랐으니까.

"네…."

"그럼 그렇게 알고."

실제로 야나기 하라는 내일 오후 고객을 소개해 주기로 했다. 그 후에 노다와 만난다.

확실하게 계약을 성사시키고 노다와 맛있는 술을 마시자, 아무 생각 않고 중학교 동창과 즐겁게 마시면 된다, 거기에 계약까지 하면 바랄 게 없다.

오늘 밤은 일찍 자자, 침대 위의 전등을 껐다.

술집에서 노다는 처음부터 가장 비싼 모둠회와 가게에서 가장 비싼 술 닷사이*를 찬 걸로 주문했다.

"나는 하이볼이면 돼. 그리고 감자튀김."

"에이, 왜 이래? 맛있는 술 마시자."

그 말에 조금 망설이다가 닷사이를 주문하기로 했다.

루이비통 장지갑 속에 38만 엔이 들어 있는 것을 떠올렸기 때문이다. 오늘 야나기 하라에게 소개받은 상대를 계약까지 이끌어 얻은 돈이었다. 4만 엔은 그 자리에서 야나기 하라에게 떼였다. 계약서와 돈은 후미오가 맡아 본부로 다시 가져가기로 했다.

노다는 막 계약을 성사한 후미오보다 더 들떠 있었다.

"후미오도 맘껏 마셔. 오늘은 내가 살 테니까."

"무슨 좋은 일이라도 있어?"

그러자 그는 후미오의 등을 툭 쳤다.

"앞으로 일어나지 않을까. 우리 둘 다 말이야. 나는 너한테 FX를 배우고 너는 나한테 팔아 돈 벌고."

흠칫했다. 노다는 이 다단계 구조를 알고 있는 건가.

"그렇게 못 벌어."

자신도 모르게 작게 말했다.

"괜찮아, 괜찮아. 나 정말로 배워보고 싶어서 그래."

"그럼 설명 시작할까."

노다는 닷사이를 입에 머금은 채로 고개를 끄덕였다.

---

* 일본 프리미엄 사케 브랜드

"우리 시스템은 FX 정보만 파는 게 아니야. 여태껏 축적해 온 노하우를 모두 파는 거지. 이건 기업 비밀의 하나이기도 한데, 미국에 존 레이라는 사람이 FX 여명기에 한 달 만에 13억5천만 엔을 벌어 전설이 된 사람이야. 그 사람… 뭐, 말하자면 길지만, 어릴 땐 엄청 가난해서 빈민가 같은 데서 살았대, 아버지도 형도 어릴 때 마약 과다 흡입으로 죽었고. 엄마만 남은 그가 농구 특기로 대학 장학금을 받고 MBA를 따서 창업을 했는데 그것도 리먼 쇼크로 망했지. 하지만 FX로 100억 정도 벌고 난 이후에 '나 혼자만이 아니라 온 세상 사람을 풍요롭게 하고 싶다, 돕고 싶다'고 해서 시작한 게 이 시스템. 일본에서는 우리밖에 안 하고 있어. 이건 곧 존 레이의 두뇌를 여기."

그러면서 노다의 관자놀이를 가리켰다.

"여기에 채워 넣는 셈이지. 정보를 파는 것에서 그치지 않고 그 이후에도 존 레이의 말을 정기적으로 메일을 보내는 시스템이라…."

"알았어, 알았어."

노다가 웃으며 살짝 가로막았다.

"뭔가, 되게 좋네. 해볼게."

"어?"

너무 어이가 없어 놀랐다.

"그러니까, 그거 계약한다고."

"괜찮겠어? 이거 42만 엔이야."

"어, 얼마 전에 받은 보너스 안 써서 그걸로 충당하면 돼."

보너스가 제대로 나오는 회사에 있구나. 12월이 되면 또 받겠지, 그런 생각을 하자 옛 친구를 꼬드긴다는 죄책감도 조금은 희미해진다.

"그럼 42만 엔인데, 친구니까 39만 엔에 해줄게."

깎은 3만 엔은 자신이 충당할 생각이었다. 그래도 인센티브 8만 엔을 받으면 5만 엔이 남는다.

"그럼 잘 부탁할게."

노다가 손을 내밀기에 꽉 맞잡았다.

"우리 조용한 가게로 가자. 내가 살게. 계약서도 써야 하고."

새로운 계약서와 인주는 항상 들고 다니라는 야나기 하라의 가르침이 있었다. 카페에서든 유흥업소든 비행기 안에서든, 언제 어디서든 영업을 할 수 있다. 그때 계약서가 없어서 후일로 미루게 되면 대부분은 생각을 번복한다면서.

"아이, 알았다니깐. 이따가 쓸게."

"그래 부탁할게."

"그 전에 화장실 좀."

노다가 자리를 비운 사이에 야나기 하라에게 톡을 보냈다.

— 지금 만난 친구 계약 따냈습니다.

— 하루에 두 건인가, 대단하군.

역시 자네로 하길 잘했어. 자네 운이 참 좋았어.

답장은 바로 왔다. 그때 다시 중고마켓 앱 알림이 왔다.

'부탁합니다! 상품 받았으면 수령 평가 눌러주세요! 계속 안 해주시면 중고마켓에 신고하겠습니다!'

피가 배어 나오는 듯한 메시지를 보고 조금 안쓰러워졌다. 일이 잘 풀리니 마음이 너그러워지는구나. 이 장난감도 충분히 즐겼고, 휘파람을 불며 후미오는 수령 평가 버튼을 눌렀다.

노다가 돌아와 교대로 자신도 화장실에 갔다.

시원하게 비우고 나오자 테이블에 노다가 안 보였다. 술이며 회는 테이블에 그대로 있었고 회의 일부는 마르기 시작했다. 발밑에 있던 그의 회사 가방도 안 보인다.

전화라도 하러 나갔나 싶어 혼자서 홀짝였다. 아직 촉촉한 부분의 회를 한 점 골라 먹고 술로 흘려보냈다. 미지근해졌어도 닷사이는 맛있었다.

"여기에 있던 사람, 모르세요?"

옆 테이블을 닦으러 온 젊은 필리핀 여성 직원에게 물었지만 고개를 가로저을 뿐이었다. 스마트폰을 꺼내어 톡을 보냈다. '노다? 지금 어디야? 갔어?' 읽지 않는다.

무슨 일 생겼나. 혹시 후미오가 화장실에 간 사이에 마음이 바뀌어서 도망친 건지도 모른다.

짧게 혀를 찼다. 역시 그 자리에서 바로 계약서를 썼어야 했는데.

직원을 향해 손을 들었다.

"여기요, 계산이요."

핏기가 가신 것은 그때였다.

후미오의 가방 안에 지갑이 없었다.

루이비통 장지갑은, 그날 야나기 하라에게 소개받은 고객 한테서 받은 38만 엔과 함께 사라지고 없었다.

"후미오, 뭐 하는 거야. 얼른 실외기 가져와."

호통이 떨어지는데도 대답조차 안 나왔다.

빌라의 좁은 계단을 혼자서 실외기를 들고 올라가기를 오늘만 세 번째다.

낮 기온이 35도를 넘겠다고 오늘 아침 뉴스에서 그랬다. 지금은 오후 2시. 어쩌면 40도가 넘을지도 모르겠다.

노다에게 지갑을 도둑맞은 뒤 후미오는 아르바이트도 다단계도 전부 때려치웠다. 그리고 에어컨 설치 회사에 수습생으로 취직했다.

인터넷으로 찾아보니 에어컨 설치 회사는 많았고 미경험자를 받아주는 곳도 제법 있었다. 그중에서 하치오지의 이 회사를 선택한 건 사장이 블로그를 하고 있었는데, 에어컨 설치 일에 관한 다양한 글을 올렸기 때문이다. 거기에는 '제2종 전기공사사'나 '전기공사 시공관리기사' 자격증을 따는 것도 도와준다는 내용이 있었다.

"왜 이 일을 하고 싶나요?"

면접에도 들어온 사장은 툭 까놓고 물어왔다.

장래성이 있어서라고 말하려 했지만 결국 "돈을 벌 수 있을 것 같아서입니다"라고 솔직하게 말했다.

거짓말을 하는 것에 지쳐 있었다.

"돈이 그렇게 필요해요?"

질문이 이어지자 더는 숨기기도 귀찮아 빚이며 친구에게 지갑을 도둑맞은 일까지 전부 털어놓았다.

"솔직히 우리 업계도 당장에 많은 돈은 못 벌어요. 수습생 기간에는 일급이 1만 엔, 회사에 들어와도 첫 달은 20만 엔 정도. 뭐, 그래도 대졸 초임 정도는 되고, 10년쯤 하면 연 수입 7백만 엔 정도는 되는데…. 회사 차려 나가면 그야말로 3개월에 수백만 엔은 벌 수 있을 거예요. 그렇지만 당장은 불가능합니다."

후미오는 잠시 망설이다가 "저… 갖고 싶어서요"라고 중얼 댔다.

그러고는 무심코 말한 뒤 깨달았다. 돈을 벌 수 있을 것 같아서가 아니라 자신도 뭔가, 하나라도 자신 있게 할 수 있는 것이 갖고 싶었다는 것.

사장은 그런 후미오의 얼굴을 응시하다가 알았다며 채용해 주었다.

빚은 더 늘었다. 노다에게 빼앗긴 38만 엔에 야나기 하라에게 떼인 4만 엔. 그나마 코칭 계약을 아직 하지 않아 다행이었다. 42만 엔은 다시 대부업체에서 빌렸다. 앞으로 매달 조금씩 갚아 나가는 수밖에 없다. 지금의 자신은 이제 월급으로 들어올 20만 엔 말고는 소득이 없으니까.

후미오는 만사가 싫어졌다. '언젠가 부자가 될 수 있다'고 꿈꾸던 일이나 수월하게 돈이 들어오기만을 계속 바라던 일이나, 친구를 속이고 속는 것이.

그나저나 실외기는 무겁다. 더운 날씨에 낑낑대며 짊어지고 있으면 숨도 잘 안 쉬어진다. 꿈이니 희망이니 하는 말이 안 나올 정도다.

함께 움직이는 사수는 곧 예순이다. 경험이 풍부해서 회사 차려 나가면 지금의 두 배는 벌 수 있을 텐데 영업이나 사람과 어울리는 게 싫어서 아직도 이 회사에 있다고 했다. 사장 말에 의하면 "말수는 적어도 기술은 확실하니 제대로 배울 수 있을 거예요"라고 하는데, 요 며칠 에어컨과 실외기를 옮기는 일만 시킨다.

"다음은 회사용이니까 잘 봐둬."

설치가 끝나고 트럭 조수석으로 돌아오자 사수가 나직이 말했다.

"네?"

"가정용 에어컨이 쉽지만, 그것만 먼저 해버리면 회사용은 하질 못해. 회사용을 먼저 확실하게 익혀 두면 가정용은 식은 죽 먹기지."

그가 처음으로 해준 조언 같은 말이었다.

"그리고 옆에서 잘 봐둬. 실외기만 옮긴다고 끝이 아니야. 잘 보고 외워둬."

"네."

적당히 대답하며 후미오는 트럭 창밖을 내다봤다. 국도 246호선은 오늘도 혼잡하다. 다음 현장도 역시나 덥겠지. 비나 한차례 쏟아지면 좋겠는데.

"성실히만 하면 이 일은 집 한 채 마련하고 딸내미 대학에 보낼 정도는 되니까."

운전석 사수의 말이 귀에 들어왔다.

"따님분이 대학생이세요?"

"조치*에 다니네."

그가 웃는 얼굴을 처음으로 본 것 같았다.

"대단하네요."

자신도 언젠가, 가족을 가질 수 있을까.

창밖의 구름 한 점 없는 하늘은 평소와 같았다. 그 한없이 맑은 푸른 하늘이 후미오는 어쩐지 예뻐 보였다.

---

* 일본 명문 사립대학

제 3 화

지갑은 훔친다

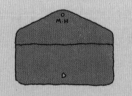

인생은 5천만 엔을 만드는 게임.

노다 유이치로의 트위터에 고정된 트윗이다. 수천 번 리트윗되고 1만 개 정도의 '좋아요'가 찍혔다.

　매일매일 새롭게 화제에 오르는 트윗들 사이에서는 대수롭지 않은 숫자지만, 노다가 트위터를 해온 몇 년간 가장 화제가 되었던 트윗이라 기념비적으로 고정해 놨다.

　실제로 그렇게 생각하고도 있고.

　1천만 엔도 1억 엔도 아니고, 3억 엔도 아닌 '5천만 엔'이라서 좋았다.

　사람의 일평생 임금이 2억 엔 내지 3억 엔이라고들 하지만 1억 엔까지 모을 수 있는 사람은 그리 많지 않을 것이다. 하지만 5천만 엔이라면, 이십 대부터 많은 것을 포기하고 노력하며 투자를 하면 얼추 가능할지도 모르는 숫자다. 그래서 공감을 불러일으킨 게 아닐까.

5천만이면 시내에 빌라 한 채를 살 수 있다. 23구라면 중고, 교외로 나가면 신축으로. 수익률이 8에서 10퍼센트일 경우 연간 4백만에서 5백만 엔이 손에 들어오는 셈이다. 검소한 생활을 지속하면 충분히 살아갈 수 있는 액수다. 더욱이 그걸 담보로 빌라를 한 채 더 살 수도 있다.

JT*나 우체국은행, NTT** 등의 탄탄한 주식에 넣고 배당금 생활도 할 수 있다. 달러와 엔에 주의를 기울이면 미국 ETF(상장투자신탁) 같은 것도 괜찮다고 본다.

아, 물론 주택이나 아파트를 사도 된다. 그러면 어쨌든 집세가 비싼 도쿄에서 일해서 번 만큼은 마음대로 쓸 수 있다.

모든 재산을 한 곳에 투자하지 않아도 될 것이다. 3천만 엔으로 아파트를 사고 나머지 2천만 엔은 JT 주식에 넣고 연간 1백20만 엔의 배당금을 받는다. 집세가 들지 않고 월 10만 정도의 불로소득을 얻을 수 있으면 그럭저럭 즐거운 생활을 보낼 수 있을 것이다.

물론 도쿄가 아니어도 된다. 지방에 마음에 드는 동네를 찾아 거주하면서 그곳에 몇 개의 투자 건물을 사 유유자적한 삶을

---

* 일본담배산업
** 일본 최대 통신 업체

사는 것도 좋은 인생이다.

다시 말해 5천만 엔이 있으면 조기 은퇴할 수 있고, 세미리타이어(semi-retire)* 하고 소일거리만 하면서 사는 것도 괜찮다. 설령 조기 은퇴하지 않아도 그만큼 자산이 있으니 회사를 언제고 관둘 수 있다고 생각하면 상사에게도 당당히 굴 수 있다. 마음속에 사표를 품고 있는 것과 마찬가지다.

그런 의미의 5천만이었다.

이십 대에 그 깨달음을 얻은 자신을 주변보다는 조금 우위에 있는 인간이라고 생각했고 바로 반년 전까지만 해도 자신 역시 가볍게 거기에 도달할 수 있다고 믿었다.

취직한 회사에는 다행히 아카바네에 기숙사가 있어 매달 1만 엔의 기숙사비를 내면 세 평 크기에 작은 주방과 로프트가 딸린 빌라에 살 수 있었다. 식비는 자기 부담, 급여는 실수령 22만 엔 정도. 밥을 해 먹고, 기숙사비와 식비, 휴대전화 요금 이외에는 모두 저축하고 있었다. 매달 10만 엔 이상은 계좌에 남겨두었던 것 같다.

'당신의 U@주식 투자로 세미리타이어'가 노다의 계정명이다. 팔로우가 2천 명, 팔로워가 3천 명 남짓인 그저 그런 계정이었다.

---

* 조기 은퇴를 하지만 완전히 생계 활동을 멈춘 것은 아니고, 파트타임 아르바이트나 투자 소득 등으로 일정 수입을 얻는 것을 말한다

그런데 몇 개월 전을 마지막으로 지금은 아무것도 올리지 않고 방치 상태다.

— 실패했습니다. 당신의 U는 결국 퇴장합니다.

여러분 짧은 시간이었지만 감사했습니다.

트위터를 볼 일은 없어도 마지막으로 올린 트윗은 기억하고 있다.

후미오의 낡은 가방에서 루이비통 지갑을 훔친 후, 노다는 곧장 아카바네역으로 향했다. 제일 먼저 들어온 전철을 타고 신주쿠에서 내렸다. 익숙한 동쪽 출구로 나와 혼잡함을 틈타 눈에 띈 맥도날드로 들어갔다. 1백엔짜리 아이스커피를 주문하고 2층으로 올라가 창가 카운터석에 앉았다.

아래를 내려다보니 다양한 음식점이며 가전제품점, 그리고 오가는 사람들이 보였다. 잠시 그 모습을 바라보고 있으니 겨우 심장 박동이 잦아들었다.

가방 지퍼를 열자 그것이 보였다.

지갑이 반짝반짝한 게 틀림없이 새것으로 보였다. 가방에 넣은 채로 손을 집어넣어 열어보았다. 금색 글자로 'M.H'라는 이니셜이 새겨져 있는 게 보여 무심코 얼굴을 찡그렸다. 뭐야 이 자식, 이니셜 새겼네, 이러면 내가 못 쓰잖아, 팔아도 돈도 안 되겠네. 더구나 M.H라니, 미즈노 후미오잖아, 순서 바뀐 거 아냐?

"바보 같은 놈, 촌스럽기는. 사용하긴 글렀네."

작은 소리로 말했는데 옆에 앉아 있던 면접용 정장을 입고 있는 여대생이 흘끗 쳐다보았다.

지폐가 들어 있는 부분을 벌리자 1만 엔짜리 지폐가 빼곡하게 들어차 있었다.

"아싸."

더는 소리를 안 내려고 했는데 무심코 나왔다. 후미오가 지갑을 열었을 때 살짝 보여서 기대는 하고 있었지만, 기대 이상이다.

끼익 하는 소리에 고개를 들자 여대생이 의자를 끌고 일어나 나가는 참이었다.

이젠 상관없다, 어차피 두 번 다시 만날 인간도 아니고. 그보다 돈이 궁금했다. 역시 마흔 장쯤 돼 보인다. 그 녀석 돈이 있을 것 같기는 했어도 이 정도일 줄은 몰랐다. 이걸로 제법 버틸 수 있겠다.

최근 일주일간 마찬가지로 친구를 불러내어 화장실에 가는 등 짧은 틈을 타 돈을 지갑에서 빼낸 뒤 모습을 감추는 짓을 이어 왔다. 빌릴 수 있는 곳은 전부 다 빌려서 이제는 이런 짓 말고는 현금을 손에 넣을 방법이 없었다.

그 이후 친구에게 몇 번이나 전화가 걸려 왔지만 무시했다. 돈을 도둑맞은 옛 친구들이 눈치채고 트위터에 '그 녀석 수상하니까 조심해'라고 올린 것을 그제 발견하고 더는 이 짓도 못 하겠다고 생각했다.

체념하면서 마지막으로 후미오를 불러냈는데 바로 나와주었다. 후미오가 다단계를 하고 있다는 소문이 나서 동창들은 아무도 상대해 주지 않았다. 옛날부터 늘 바보 취급을 당하던 놈이었다. 틀림없이 내 악평도 모를 거다.

그래도 가게에 도착할 때까지는 긴장이 됐다. 혹시 동창들과 함께 기다리고 있거나 경찰에 연락해 잠복하고 있으면 어쩌지 하는 생각에 무서웠다.

하지만 그 녀석은 아무런 경계도 없이 바보처럼 나왔다. FX 정보 서비스? 웃기고 있네. 나는 주식 프로라고. 한때는 45만 엔의 자금을 4천만 엔까지 불렸다고. 내가 텐 배거*라고. 트위터에서도 많은 사람들이 팔로우해 주었고 그 유명한 상장 천재인 '데스'와 '아라시'한테도 리트윗을 받은 사람이야.

그 바보가 FX 설명을 할 때 몇 번이나 웃음이 터져 나오려는 걸 참느라 고역이었다. 네가 나한테 투자 이야기를 한다고? 참나, 백 년은 됐다 그래. 그래서 무심코 도중에 막고 말았지만, 그런 바보 같은 이야기를 잘도 참았지 내가.

머릿속으로 후미오에게 욕을 퍼부었더니 마음이 차분해지고 조금 유쾌하기까지 했다. 하지만 그건 마약과 같아서 아이스커피를 홀짝이다 머리가 텅 비는 순간 불안감이 더욱 엄습해 왔다.

요 며칠은 괜찮다. 하지만 그 후에는? 이젠 동창들에게서 돈도 못 훔친다. 후미오가 마지막이었다.

그나저나 오늘 밤은 어떻게 하지? 어디서 묵어야 하나?

---

* 대박 종목을 뜻하는 주식 용어

아까 후미오와 마셨더니 배는 안 고프다.

회사 기숙사는 어제 나왔다. 어젯밤은 만화카페에 묵었는데 오늘 밤은 안 될지도 모른다. 그런 곳은 신분증이 필요하고 감시 카메라도 작동한다. 만일 동창에게 피해 신고를 당하면 단번에 잡힐 것이다.

노다는 다시 가방 안을 쳐다봤다.

현금이 있을 때 지방으로 이동해야겠다. 하아, 한숨을 내쉬며 지퍼를 닫고 가방을 어깨에 둘러메고서 일어났다.

방금 나온 신주쿠역으로 가서 시나가와까지 가는 표를 현금으로 샀다. 전에는 신용카드 기능이 있는 자동 충전식 교통카드를 이용했지만 카드 한도액까지 다 사용해 버려 잔고도 없었다.

시나가와역으로 가는 승강장 의자에 앉아 화면이 다 깨진 스마트폰을 꺼내어 응시했다. 지금 여기서 모든 데이터를 지우고 버리고 가야 하지 않을까 하는 생각이 들었다.

후미오와 전화한 뒤로 전원은 켜지 않았다. 그동안에도 많은 동창과 동료에게서 전화가 걸려 온 것을 알고 있다. 하지만 누구도 자신을 걱정해서 전화해 준 게 아니라는 것도 알고 있다.

전화 기능은 상실한 지 오래다. 오히려 갖고 있으면 GPS로 위치 추적을 당할지도 모른다. 하지만 스마트폰을 버리면 대체 내게 무엇이 남을까.

전화번호며 메일 주소뿐만 아니라 그 외에도 이런저런 정보가 들어 있는데, 그런 변명을 하면서 가방에 도로 넣는다.

뭐 후미오야 그렇다 쳐도, 다른 친구에게는 몇천 엔부터 많아 봐야 2만 엔 정도밖에 안 훔쳤다. 고작 그 정도 액수로 경찰에 신고하는 인간은 없을 거라고 믿는 게 지금으로선 최선이었다.

노다도 원래부터 주식 투자를 해왔던 건 아니다.

처음에는 사소한 것부터 시작했다.

회사에 입사하자마자 노후를 생각해 저축을 해왔었다. 반년 만에 예금이 30만 엔이 쌓이면서 아주 작은 욕심이 났다.

은행의 정기예금도 좋지만, 수익률이 0.1퍼센트도 안 되는 정도다. 조금 더 돈을 불릴 방법이 없을까.

아베노믹스*로 세상이 떠들썩하던 시대였다. 주식은 무서운데, 거기까지 안 가고도 다른 방법이 있지 않을까. 그러던 차에 남성 잡지의 머니 특집에서 본 '증권투자신탁'이라는 것에 빠지게 되었다.

매달 5만 엔씩의 저금을 수익률 7퍼센트로 돌리면 30년 후에는 6천만 엔이 넘는다… 그 기사 옆에는 점점 수치가 높아지는 그래프가 함께 붙어 있었다.

즉, 지금과 비슷하게 저축해 나가면 자신은 쉰이 넘어 6천만 엔의 돈을 손에 쥘 수 있는 것이다.

---

* 20년 가까이 이어져 온 디플레이션과 장기 침체에서 벗어나 경기 회복을 위해 벌였던 아베 정권의 대규모 금융완화 정책을 일컫는 말이다

줄곧 자신의 미래에 비관적이었다. 이대로 평생 일해도 연금도 별로 못 받을 것 같고, 노후는 혼자서 고독하게 죽어가겠지 싶어 반쯤 포기했었다. 그랬는데 30년 후 6천만 엔 정도의 돈이 수중에 남을 가능성이 생기자 갑자기 눈앞이 활짝 열린 것 같았다.

기사에는 이어서 전 세계나 미국 주식에 폭넓게 투자하는 유형의, 수수료도 거의 안 드는 투자신탁 수익률이 대체로 그 정도라고 했다. 물론 그 기사 옆에는 '투자에는 환율이나 경기의 영향이 미치므로 요주의!'라는 주의사항이 수영복 차림의 여성이 그려진 일러스트의 말풍선처럼 표시되어 있었고 당연히 리스크가 따른다는 것쯤은 노다도 알고 있었다.

하지만 해보는 수밖에 없지 않나. 왜냐면 자신 같은 사람들은 이제 승진이나 연금 같은 것을 기대할 수 없는 세대다. 스스로 보호하는 수밖에. 그것만 모아두면 어떻게든 되지 않을까.

노다는 취급하고 있는 투자신탁의 종류가 많고 수수료도 싼 온라인 증권 S에 계좌를 개설했다. 매달 5만 엔 중 2만 엔을 전 세계의 주식에 투자하는 인덱스펀드, 2만을 미국 주식 S&P500과 연동된 인덱스펀드, 1만 엔을 토픽스와 연동된 인덱스펀드에 적립하기로 했다.

이게 또 당시에는 재미있게도 수익이 불어났다.

엔저가 계속되고 닛케이 평균도 2만 가까이 올라갔다.

눈에 띄게 불어나는 잔고를 보며 노다는 5만 엔이던 입금액을 8만 엔으로 늘렸다.

낭비는 일절 하지 않게 되었다. 친구와 술 한잔하는 일도 없고 회사 회식도 되도록 거절했다. 중고 밥솥을 중고마켓에서 구매해 밥과 낫토, 달걀, 레토르트 된장국으로 식사를 해결했다.

그 무렵부터 트위터를 시작했다.

처음 계정명은 'U@20대 절약 월급쟁이'였다.

마찬가지로 투자신탁에 투자 중인 사람을 중심으로 절약 계정과 미국 주식 계정, 적립식 투자 계정 등을 닥치는 대로 팔로우했다. 덕분에 투자나 절약 지식, 미국의 개별주, 우대주, 직장인도 할 수 있는 부업, 고향 납세*, NISA**, iDeCo***를 이용한 절세 방법 등의 정보도 속속 들어왔다.

절약 계정에는 여성도 많아 주부나 직장인에게 알뜰 요리를 배우거나 신용카드 포인트를 모으고, 휴대전화 앱으로 알뜰 할인 쿠폰을 받는 방법도 알게 되었다. 요리 솜씨와 레퍼토리도 확 늘었다. 콩나물을 맛있게 볶는 방법이나 콩싹을 키우는 방법을 배워 영양소 균형도 챙겼다.

단순히 한 권의 잡지 기사로 시작하게 됐지만 노 로드, 즉 매입 시 수수료가 부과되지 않는 인덱스 적립식 투자신탁이라는

---

*   고향 또는 임의의 지자체에 기부를 하여 그 기부금액을 실제로 거주하는 지자체에 신고함으로써 공제받을 수 있는 제도
**   소액 투자 비과세제도로, 한국의 ISA와 유사하다
***   개인형 확정기여연금제도로, 일본에서 개인이 자발적으로 가입하여 노후 자금을 준비할 수 있는 제도

요즘 방식이 그렇게 틀리지 않다는 것도 알게 되었다.

어쩌면 그때가 가장 즐거웠을지도 모르겠다.

경기는 줄곧 상승세를 타고 있었고 트위터의 투자 계정에도 활기가 붙었었다.

모두 투자하고 있는 자신들을 자랑스러워하며 투자를 하지 않는, 의욕 없고 공부도 안 하는 그 외의 많은 사람들을 조금 우습게 여겼다.

— 얼마 전 후배가 "○○씨, 저축하세요?"라고 묻기에
   '엥? 어떻게 알고 있는 거지?' 싶어 불안했는데,
   "S&P500 같은 거 조금"이라고 대답했더니
   "저도 가르쳐주세요"라고 하길래 저가 SIM과 고향
   납세와 iDeCo 구조만 알려주면서 "여윳돈만이라도
   NISA에 넣어 보지 그래?" 하고 조언했다.
   하지만 "아, 저는 못할 것 같네요"라는 마지막 말에
   맥이 탁.

— 결국 못 깨닫는 놈은 끝까지 못 깨닫는다.
   평생 시시한 것(대출로 집을 사고 차를 사고 보험에
   든다)에 돈만 쓰다가 빠듯한 노후를 보낼 게 뻔하지.

그런 트위터가 몇천 개의 '좋아요'를 받았었다.

노다도 말이 조금 심하지 않나 싶으면서도 자연스레 손가락이 '좋아요'를 누르고 있었다. 역시 어딘가 투자하고 있는 자신을 자랑스러워하는 마음이 있었을지도 모른다. 그들의 바이블은

『부자 아빠 가난한 아빠』로, 대부분이 그 책을 프로필에 애독서로 올려놨었다.

노다는 밥을 해 먹는 것뿐만 아니라 광열비와 휴대전화 요금도 절약하고 휴일에는 도서관에서 빌린 투자 관련 책을 읽으며 보냈다.

그렇게 1년쯤 지나 저금이 1백만 엔을 넘겼을 때부터 지금껏 즐거웠던 절약과 투자 적금 생활에 이따금 얼얼한 통증을 느끼기 시작했다.

투자신탁이나 절약 계정 사람들은 다른 투자 계정에 비하면 의외로 온순한 사람이 많은 듯했으나, 그래도 가끔 삼십 대에 자산 3천만 엔 있습니다, 스물일곱에 자산 2천만 엔인데 너무 적나요, 와 같이 부채질을 하는 건지 자기 자랑인지, 과시하는 인간이 나타났다. 온순하게 절약 생활을 하던 사람들이 의외로 높은 보수를 받는 엘리트라는 사실도 조금씩 알게 되었다.

트위터에 언뜻언뜻 보이는 말들에서 연 수입 1천만 엔 이상의 부자 냄새가 풍겼다. 눈매를 가린 유럽 여행 가족사진이 아무렇지 않게 올라오자 속이 소란스러워졌다. 지금껏 자신과 비슷한 나이의 독신 월급쟁이로 생각했던 상대였는데.

자신의 속성을 밝히고 있는 페이스북만큼은 아니더라도 익명의 트위터 사람들도 허세를 부리는구나 싶어 슬퍼졌다. 노다도 학창 시절에 페이스북 계정을 만들어 주변 사람들과 어울렸지만 갈수록 자랑 대회가 되는 것에 염증을 느껴 동창회 연락 용도로만 사용했다.

　연 수입 1천만 엔, 부자, 명문대 졸업…. 그런 사람들을 자신의 입금 능력으로는 도저히 못 따라잡는다. 겨우 찾은 안주의 땅에 외풍이 부는 것 같았다.

　주식 투자는 무서워 줄곧 자제했지만 우대주에 관심을 갖기 시작한 게 그 무렵이었다. 뭔가로 역전해야 한다는 초조함도 있었을지 모른다.

　조금 알아보고서 노다는 일본 맥도날드 주식을 갖고 싶어 견딜 수가 없어졌다. 우대를 받는 데 필요한 1백 주에 40만 이상이 들지만, 반년에 한 번 뭐든 원하는 버거와 사이드 메뉴와 음료를 받을 수 있는 티켓이 6장 딸려온다. 해 먹는 것에 질려 가끔은 외식하고 싶을 때 맥도날드면 딱 좋다.

　투자를 시작하고 1년가량 지난 12월 말, 우대 권리가 떨어져 주가가 조금 하락한 지점에서 보너스 40만 엔을 사용해 맥도날드 주식을 샀다. 그런 금액을 한번에 투자한 적은 없다. 정말로 밑져야 본전의 심정이었다.

　그런데 다음 해 바로 그 주식이 5만 엔 정도 쑥 올랐다. 그렇다면 우대 티켓을 받을 것도 없이 맥도날드에 갈 수 있겠다고 생각해 노다는 매각했다. 불과 몇 주 만에 40만 엔이 45만 엔이 되었다.

　그것이 주식과의 첫 만남이었다.

시나가와역에 도착하자 발은 자연스럽게 신칸센 승강장으로 향했다.

　도중에 화려한 기념품 매장과 붐비는 도시락 매장을 지나다가 문득 지금 자신에게는 기념품을 사서 건넬 만한 상대가 없다는 생각이 들었다.

　매표소의 노선도를 올려다봤다.

　대체 어디로 가나….

　오사카? 히로시마? 아니면 규슈 쪽으로?

　이상하게 머리가 어지럽다. 술기운이 이제야 도는 건가.

　"괜찮으세요?"

　정신을 차리고 보니 매표소 앞에 쭈그리고 앉아 있던 노다에게 유니폼을 입은 역무원이 허리를 숙이고 얼굴을 들여다보고 있었다.

　"아, 괜찮습니다."

　왜인지 창피해 견딜 수가 없어 황급히 일어섰다.

　"구호실에서 잠시 쉬시겠어요?"

　"아니요, 정말로 괜찮습니다."

　노다는 친절한 역무원을 뿌리치고 도망치듯 방금 온 길을 되돌아 기념품 매장과 나란한 카페를 발견하고 들어갔다. 정통으로 커피를 내리는 전문점이었는데 대충 가게 이름을 딴 블렌드를 주문했더니 6백 엔이나 했다.

　그것을 오가는 사람이 보이는 창가에서 마셨다.

　대체 어디로 도망 쳐야 할까. 커피로 조금은 머리가 맑아질

줄 알았으나 혼돈은 깊어만 갔다.

이 가게에서도 루이비통 장지갑을 꺼내 거기서 1만 엔 지폐를 빼내 계산했다. 잔돈은 지폐와 짤랑대는 동전으로 무거웠지만 아무 일도 없었던 것처럼 장지갑은 그것을 삼켰다.

정신을 차리니 자신이 멍하니 가방 안의 그것을 쳐다보고 있었다. 후미오는 어떻게 이런 비싼 지갑을 샀을까 하면서.

후미오와는 중학교 1학년 때 같은 반이었다.

처음부터 '루저' 같은 남자애였다.

입학식이 끝나고 각자의 반에 들어왔을 때 모두 같은 초등학교에서 올라온 친구들과 인사를 나누고 떠들어대는데 후미오만 멍하니 혼자 있었다. 노다는 그가 멀리서 왔거나 전학 온 인간인가 생각했을 정도다. 후미오도 야구부에 들어왔으나 첫 1학기에만 있다가 금방 관두고 말았다.

누가 먼저랄 것도 없이 후미오가 기초생활수급 보호를 받고 있다는 소문이 돌았다. 어릴 때부터 일부 남자애들에게 엄청난 괴롭힘을 당했다는 것도.

그러나 그런 소문 때문만이 아니라 후미오는 원래부터 조용해서 누구와도 친구가 되지 않았다. 왠지 모든 것을 포기하고 받아들이는 것처럼 보였다.

하지만 그 일이 없었다면 그가 좀 더 편하게 중학교 시절을 보냈을지도 모를 사건이 하나 있었다.

1학년 문화제를 앞두고 후미오가 느닷없이 반의 문화제 실행위원 후보에 든 것이다. 그런 귀찮은 일은 아무도 하려고 들지 않았기 때문에 바로 결정이 났다.

반은 쉬는 시간이 되면 남녀별로 몇 개의 그룹이 만들어진다.

실행위원이 정해진 그다음 주 여태 어떤 그룹에도 끼지 못하던 후미오가 그룹마다 말을 걸어왔다.

"지금, 반에서 뭘 할 건지 설문조사 하고 있어요!"

꼼꼼하게 메모지와 펜까지 챙겨서. 한동안 말이 없던 사람이 낸 갑작스러운 목소리가 예상외로 크고 높은, 비정상적으로 날카로운 목소리였다.

후미오는 먼저 교실 앞쪽에 모여 있던, 미술부와 꽃꽂이부에 소속된 여자 중에서도 얌전한 무리에게 말을 걸었다. 그녀들은 예의 발랐고 수수하며 착한 애들이어서 말을 걸기 수월했을 것이다.

그녀들은 후미오의 날카로운 목소리에 당황해하며 서로의 얼굴을 쳐다보면서도 무시하지 않고 "찻집이나 전시 같은 거?"라고 대답했다.

"찻집과 전시! 알겠습니다!"

이상하게 들뜬 후미오의 목소리가 반에 울리자 반 전체가 미묘한 잔물결 같은 웃음에 휩싸였다.

그는 이어서 그 옆에 진을 치고 있던 탁구부와 배구부 여자 애들이 있는 곳으로 갔다. 반의 우두머리급 무리는 아니지만 밝은 아이들이 모여 있는 그룹이다.

"이번 문화제 말인데, 우리 반에서도 뭔가 하려고요! 희망하는 게 있나요?"

그때는 이미 반의 모두가 후미오를 주목하고 있었을 것이다.

요상하게 날카로운 목소리, 희한하게 정중한 말투, 묘하게 들뜬 얼굴…. '저렇게 되고 싶지 않은 중학생'의 표본이었다.

지금도 후미오가 왜 그런 식으로 문화제 행사를 정하려고 했는지 궁금하다. 조회는 매일 아침에 빠짐없이 했고, 그게 아니어도 방과 후에 따로 시간을 내어 담임 선생님 앞에서 희망사항을 취합해 결정할 수도 있었다.

후미오는 일단 모두의 제안을 들어보고 정리해서 조회 시간에 결정하려 했을지도 모른다. 지금으로서는 아무것도 알 수 없지만.

"미즈노, 문화제 행사 그거 꼭 해야 해?"

반에서 가장 화려한 여자 무리가 그에게 말을 걸었다.

그녀들은 궁도부 단원이었는데, 궁도부는 우리 학교가 유일하게 시 대회에서 상위권에 파고들 수 있는 동아리여서 남자도 여자도 태도가 거만했다.

그러나 후미오에게는 들리지 않은 모양이었다. 반에서 중간 레벨의 여자에게 말을 거느라 정신이 없어 다른 데까지 신경쓸 겨를이 없어 보였다.

"야, 미즈노, 미즈노."

반에서 가장 인기 많은 미인에 성적도 그럭저럭 좋은 아사기가 점차 짜증이 올라오고 있음을 알 수 있었다. 그녀로서는 후미오 같은 녀석에게 무시당할 수는 없다고 생각했을 것이다.

"야, 미즈노, 미즈노, 미즈노!"

마지막으로 고함 소리가 나오고서야 후미오가 돌아봤다.

"네?"

"그러니까, 그거 꼭 해야 하냐고?"

"아….."

후미오는 말을 더듬었다.

"무조건이야? 그게 법으로 정해져 있어?"

아사기는 히죽이며 후미오를 궁지로 몰았다.

노다는 그때 깨달았다. 펜과 메모지를 들고 있는 후미오의 손이 부들부들 떨리고 있다는 것을. 아니, 분명 반의 모두가 눈치채고 있었을 것이다. 찍소리도 못 하고 몸이 딱딱하게 굳은 후미오의 손만이 움직이고 있었다.

"무조건은 아닌데요."

들릴 듯 말 듯 작은 목소리로 후미오는 겨우 말했다.

"그럼 하지 말자. 우리는 너랑 달리 동아리 활동도 바쁘고 귀찮아. 하지 말자."

"하지만….."

"안 하고 싶은 사람!"

아사기가 제멋대로 결정을 종용하자 반 애들 전체가 일제히 손을 들었다.

그때 종이 쳤다. 완벽한 타이밍에 모두가 웃음이 터졌다.

다음 수업이 때마침 담임의 사회 수업이었다.

"왜들 그러니?"

교실에 들어온 삼십 대의 젊은 남자 담임은 반이 술렁대는 분위기를 느꼈는지 그렇게 물었다.

순간의 침묵 후 아사기가 대답했다.

"선생님, 문화제 반 행사 꼭 해야 해요?"

"응?"

선생님은 난처한 표정으로 모두를 둘러봤다.

"무조건은 아니지만, 모처럼이니 하는 게 어떨까?"

그러고는 아무 일도 없었다는 듯이 수업이 시작되었다.

그 뒤로 문화제가 끝날 때까지 반 분위기가 어색하게 흘렀다. 문화제 준비에 관해 후미오는 두 번 다시 말을 꺼내지 않았고 위원이 되기 전보다도 조용해졌다. 분명 상처받았을 것이다. 하지만 담임이 하는 게 어떻겠냐고 했으니 어떻게 되려나…. 그때 아사기의 표결로 결정이 난 건가? 다들 궁금했으나 아무도 말을 꺼내지 않았고 아무것도 하지 않은 채로 일주일, 이 주일의 시간이 흘러 문화제 당일까지 와버렸다.

우리 반은 다른 반이 귀신의 집이며 찻집 같은 즐거운 이벤트를 기획해 연일 저녁 늦게까지 진행하는 모습을 그저 지켜만 봤다. 동아리에서 따로 하는 애들은 그나마 나았지만 동아리에 들지 않은 애들은 할 일도 없었다.

담임이 문화제를 며칠 앞두고 "너희들 정말로 할 의욕이 없구나" 하고 조회 시간에 쓴웃음을 지었을 때, 모두 어딘가 불편해 보였다. 당시에는 분위기에 휩쓸려 손을 들었지만 뭐라도 하는 게 좋았을까, 다들 그렇게 생각하기 시작했다.

문화제 당일 후미오를 학교에서 보는 일도 없었다. 아마도 결석했겠지.

아사기를 원망해야 맞는 일인데 누구도 그런 말은 꺼내지 않았다. 왜냐면 다들 손을 들었으니까. 다 자업자득인 일인데도 왠지 모르게 모두 후미오를 원망했다.

그런 놈이 문화제 실행위원이 아니었다면, 그런 식으로 진행하지 않았다면 자신들의 '청춘의 한 페이지'를 장식할 수 있었을 텐데, 하고 말이다.

그날을 기점으로 후미오는 확실히 반의 중심인물이 되었다.

문화제 탓은 아니겠지만, 그 반은 지금껏 단 한 번도 동창회를 한 적이 없다. 반 애들끼리 결속감도 없었고 후미오 일도 꺼림칙했다.

후에 그 이름이 들려온 게 페이스북의 메시지였다.

— 미즈노인가 뭔가, 무슨 위험한 다단계 하더라.
   연락받고 나갔더니 꼬드기더라고. 다들 조심해.

그런 글들이 일제히 날아왔다.

— 미즈노가 누구?

— 왜 그 있잖아, 문화제 실행위원.

그 말에 모두가 무릎을 탁 치는 소리가 들리는 듯했다. 아, 걔, 하고 말이다.

이미 연락이 간 동창에게 누군가가 물었다.

— 목소리는 평범했는데 여전히 들떠 있더라,
　 무조건 수익 나는 FX 상품이라고 하던데.

— 그거 위험한 거잖아, 무슨 말 같지도 않은.

— ㅋㅋㅋㅋㅋ.

사실 아카바네에서 후미오와 스친 적이 있었지만 왜인지 노다는 그 말을 꺼낼 수 없었다.

왜 그랬을까 하고 노다는 생각했다.

— 지금 같은 동네에 살고 있어서 종종 마주쳐.
　 한 번은 인사했어.

라고 말하면 분명 '미즈노, 어땠어?', '지금 뭐 하고 산대?' 하고 시시콜콜하게 물을 게 뻔했고 거기서 모두에게 정보를 제공하기도 싫었다.

역시 후미오를 한때 무시했던 것을 후회하고 있었나.

커피는 특별 로스팅이라는데 맛있다는 생각이 안 들었다. 오히려 향도 맛도 없었다. 감기 기운 때문일지도 몰랐다.

노다는 벌써 몇 번째 가방 안을 쳐다봤다. 그것은 역시나 거기에 있었다.

나도 그런 일이 없었다면 후미오의 지갑을 훔치는 일은 없었다. 그 일은, 노다가 맥도날드 주식을 매수하고 몇 달이 지난 후였을 때다.

심야 방송에 주식 투자 풍운아로 아라시 이케다라는 남자가 나왔었다. 노다도 그 방송을 보고 싶어 본 건 아니다. 야근으로 심야에 퇴근하고 와서 출출해 편의점 앱의 쿠폰으로 받은 컵라면을 먹었다. 면을 후루룩 삼키면서 채널을 이리저리 돌리다가 '주식 투자로 수억의 재산을 모았다…'라는 내레이션이 들려 손을 멈췄다.

그 남자는 아파트의 방으로 보이는 곳에서 얼굴은 모자이크 처리된 채 작년에는 1억 엔 정도의 수익이 났다며 담담하게 말했다. 방송에서는 그의 생활을 좇았는데 그만한 재산을 갖고 있으면서도 월세 10만 엔의 집에 살고 점심은 상자째 구입한 미역 컵라면이었다.

그 컵라면 종류가 자신이 먹고 있는 것과 같은 1백58 엔짜리여서 노다는 묘한 친근감을 느꼈다.

아라시 이케다는 올해는 지금까지 5천만 엔 가까이 손실을 냈지만 별로 신경 쓰지 않는다는 것, 전체 3억 엔 가까운 자금이 있다는 것, 돈이 있어도 '물욕이 전혀 없어서' 딱히 갖고 싶은 것은 없다, 다만 자신이 이 세상에 태어난 의미를 찾기 위해 여러 벤처 회사에 투자하고 있다고 말했다.

허세가 아니라 솔직한 인물로 보였다.

"저는 아마 결혼도 안 하고 아이도 안 만들 것 같네요. 다만 주식에 집중해 돈은 벌 수 있어요. 그렇다면 제가 할 수 있는 사회 공헌이란 게 세상을 더 좋게 만들 수 있는 기업에 투자하는 것밖에 없어서. 뭐 그쪽은 솔직히 아직 플러스가 거의 안 나서 이익은 안 돌아왔지만 신경 안 써요."

노다는 이 사람, 자신과 닮았다는 생각이 들었다.

물론 주식 재능은 전혀 수준이 달랐지만 가족에 대한 기대가 없는 부분이라든가. 하지만 사회공헌까지는 생각한 적이 없었다. 그렇게까지 여유가 없었지. 엄청난 사람이라고 생각하며 면이 불어터지는 것도 모를 만큼 빠져서 봤다.

노다는 트위터에서 아라시 이케다를 검색해 팔로우했다.

다음 날부터 그의 트위터를 체크했다.

아라시 이케다는 역시 반복적으로 '사회 공헌을 하고 싶다'고 말했다. 기업뿐만 아니라 블랙 기업에 다니는 젊은 청년이나 싱글맘 등 개개인에게도 뭔가 할 수 있는 일이 없을지를 생각하고 있다고 했다. '결국 그런 사람에게 주식 하는 법을 알려줄 수밖에 없다고 생각합니다'라고 적혀 있었다.

얼마 후 그는 하나의 종목을 지정했다.

— 정보가 들어왔습니다. Q, 올 것 같네요.

Q는 바이오주였다. 노다가 검색해 보니 1백 주에 8만 엔 정도로, 못 살 것도 없는 금액이다. 하지만 처음에는 그렇게 쉽게 손을 댈 수가 없어 그저 지켜만 봤다.

그런데 실제로 아라시 이케다가 트윗한 이후 Q는 순식간에 값이 올랐다. 9만, 10만, 11만….

'왜 그때 안 샀을까.' 노다가 입술을 깨무는 동안 며칠 사이에 12만 엔 가까이 올라갔고, 아라시가 '이제 끝이 보이네요. 조심하세요'라고 말하자 이번에는 주가가 주욱 내려가더니 6만이 되었다.

다음 날 트위터의 그의 타임라인은 그야말로 극찬 아라시였다. '아라시 씨 덕분에 10만 엔 이익. 이걸로 다음 군자금이 생겼어요' '싱글 맘입니다. 수중에 돈이 없어 1백 주만 샀는데 덕분에 3만 정도를 벌었습니다. 이걸로 딸아이 수학여행 보낼 수 있게 되었습니다. 감사합니다' 이런 트윗을 그는 수십 개나 리트윗했다.

— Q축제 즐거웠네요. 다음 축제도 기대해 주세요!

그의 트윗에 '감사합니다! 또 부탁드립니다', '기다리고 있겠습니다. 아라시 씨만 믿고 가겠습니다!' 하는 말들이 이어졌다.

노다는 맥도날드 주식을 팔아 얻은 45만 엔을 움켜쥐고서 가만히 다음 '축제'를 기다렸다. 그러나 다음 주의 '정보가 들어왔습니다. A입니다. 저도 파이팅 할 테니 여러분도 파이팅 하세요'라는 트윗에 한동안은 반응하지 못했다.

A도 바이오주로 1백 주에 4만 정도였다. 아라시는 자신의 호언장담대로 바이오에 강했다. 어쩌면 뭔가 비밀 정보가 들어오는 연줄이 있을지도 모른다고 멋대로 예상했다. 1천1백 주 정도는 살 수 있겠다고 생각했지만 실제로 산 건 2백 주뿐이었다. 맥도날드 주식밖에 사본 적 없는 노다에게 이름도 모르는 회사

의 주식을 사는 건 모험이었다.

이 또한 그다음 날부터 5만, 6만으로 오르더니 7만 엔까지 왔을 때 아라시는 '조심하세요'라고 트윗했다.

노다는 당장 매도하였고 단 이틀 만에 6만 엔을 벌었다.

기쁜 마음이야 당연히 있었지만, 가장 먼저 몰려든 감정은 속상함이었다.

자신은 그때 왜 아라시를 믿지 않고 전액을 A에 걸지 않았나. 1천1백 주를 샀다면 30만 엔 이상의 이익이 났을 텐데…. 이것이 아라시가 말하는 '기회의 손실'이라고 생각했다. 안 되는 인간은 눈앞에 기회가 있어도 모른다.

다음 축제 때는 당연히 51만 엔, 전액을 걸었다. 그다음 축제 땐 순조롭게 이익을 내던 투자신탁을 해지하고 수중에 있는 돈 전부를 집어넣었다. 거기에 다음 축제 때까지 노다는 증권회사에 새로 계좌를 신청해 '신용거래*'를 할 수 있도록 했다. 그래서 증권회사의 계좌에 있는 금액의 약 세 배의 거래가 가능해졌다.

신용을 사용하게 되면서 노다의 재산은 비약적으로 늘었다. 자산은 4천만 엔 가까이 되었다.

트위터의 계정명도 '당신의 U@주식 투자로 세미리타이어'로 바꿨다. 그리고 프로필에는 '20대 독신 월급쟁이입니다. 아라시 이케다 씨의 삶을 꿈꾸며 주식 투자를 시작해 45만→4천만이

---

* 신용으로 돈을 빌려 주식을 거래하는 것

되었습니다. 30대 FIRE를 노리고 있습니다. 다 같이 천하를 손에 넣읍시다!'로 썼다.

노다는 업무 중에는 물론이고 하루 종일 아라시의 트윗을 체크하고 그가 무슨 말을 할 때마다 '좋아요'를 누르고 '역시 아라시 씨네요! 저도 본받고 싶어요!' 식으로 아라시를 치켜세우는 댓글을 달며 리트윗했다.

여전히 낭비는 하지 않았다. 조금이라도 돈이 있으면 아라시가 추천하는 주식을 사려고 했다. 주식 투자 자금 외에는 모두 쓸데없는 돈으로 여겼다.

절약 생활은 변하지 않았는데 트위터의 절약 동료는 조금씩 줄어갔다. 지금껏 팔로우해 주며 '함께 노력해요'라던 절약 계정이 하나둘씩 사라졌다. 팔로우를 취소당했단 사실을 깨달았을 때는 충격을 받았지만 갈수록 무감해졌다. 반대로 아라시를 팔로우하고 그의 트윗을 리트윗하는 '동료'가 생겼기 때문이다.

— 친구는 결국 때마다 어울리는 사람이 달라진다. 자연스럽게. 몇 달 전에 잘 맞는다고 생각되던 사람이 오늘은 안 맞는 일은 지극히 보통이다. 나는 계속해서 팔로우 상대도 바뀐다. 옷을 갈아입듯이.

어느 날 올라온 아라시의 트윗에 1백만 번의 좋아요를 누르고 싶은 심정이었다. 노다도 자신의 팔로워를 모두 교체할 정도로 싹 정리했다. 대부분이 월급쟁이의 조기 은퇴를 꿈꾸는 파이어족이었다.

자산이 3천만 엔을 넘겼을 때, 50만 엔 정도 하는 손목시계를 샀다. 스스로에게 주는 포상으로. 그것을 사진으로 찍어 트위터에 올렸다.

— 지금까진 아무것도 안 샀는데, 3천만 돌파 기념으로
   딱 하나 나에게 선물을.

아라시의 많은 신도들에게 '좋아요'를 받았고 '역시. 동경합니다! 저도 이어가겠습니다!' 하고 댓글을 달아준 사람도 있었다. 노다 자신도 왠지 신도를 품은 듯한 기분이 들었다.

그래, 그때는 그게 '노력의 결과'라고 생각했다. 자신의 노력이자 자신의 재능. 급기야 자신을 '주식의 천재'라고까지 생각했었다. 그냥 그 사기꾼이 시키는 대로 주식을 샀을 뿐인데.

그날은 오전장에 아라시가 지정해준 R이라는 회사 주식에 자금을 전액 신용으로 집어넣었다. 오후 2시경 잠깐 트위터를 훑었을 때만 해도 별다른 소식은 없었다. 아라시도 평소의 미역 라면을 먹고 빈 용기를 올린 정도였다. 그 사진은 '아라시 신의 탁발'로 불렸고 신도들은 어김없이 '좋아요'를 눌렀다. 오늘은 '조심하세요'는 없어 보였다. 보통 축제는 며칠간 이어지는 게 당연했기 때문이다.

실제로 그날은 아무 일도 없이 끝났고 '축제'는 이틀째로 접어들었다. 오전 10시경, 증권회사의 앱을 열자 거기에는 4천9백만 엔의 숫자가 보였다.

'다 왔다.'

업무 중인 것도 잊고 PC 너머 상사 몰래 트윗해 버렸다.

— 저 어쩌면 오늘 중으로 5천 갈지도 모르겠습니다.

그렇게 올린 트윗 위에 자신의 고정 트윗이 있었다.

— 인생은 5천만을 만드는 게임.

그렇다면 자신은 승리한 것이다.

그러나 몰락은 생각보다 빨리 왔다. 너무도 쉽게. 너무나도 평범하게.

오후가 되자마자 아라시는 '슬슬 조심하세요'라고 트윗을 올린 모양이다. 노다는 회의 중이라 그것을 놓쳤다. 더구나 회의가 끝나고 과장에게 붙들려 "요즘 좀 늘어진 것 같다?" 하면서 30분 정도 질책을 받았다. 업무 중에 딴짓하는 모습이 들켰나 보다. 회의실에서 나가려는데 한 기수 선배가 노다를 불러 세우더니 말했다. "지금부터 이시바시시스템에 가야 하니까 따라와."

그리고 오후장이 끝나기 직전인 오후 2시 반경, 이시바시시스템을 나와 회사로 들어가는 전철 안에서 선배의 이야기를 들으며 앱을 켜자 레버리지를 걸어두고 투자를 했던 노다의 계좌는, 반토막… 2천5백만 엔 정도가 되어 있었다.

그때 바로 주식을 전부 팔았더라면, 지금도 그 생각을 한다.

그랬다면 출혈은 멈출 수 있었을 테고 재기의 가능성도 보였을 것이다.

반면 그때의 자신은 역시 못 했을 거라는 마음도 든다. 주식을 시작한 지 고작 1년 몇 개월, 신용을 시작하고 1년쯤 되던 시기다. 당장에 손절매할 용기는 없었다.

전철 안에서 노다는 스마트폰을 떨어뜨릴 뻔했다. 옆에서 선배가 계속 말을 걸어왔지만 내용이 머리에 하나도 안 들어왔다.

조금 전까지만 해도 5천만 엔 가까이 잔고가 있던 계좌가 절반이 됐다. 뭔가 착오겠거니 생각했다. 하지만 몇 번을 봐도 그대로였고, 그 몇 분 동안에도 숫자는 계속해서 떨어지고 있었다.

"어이, 노다, 괜찮아?"

정신을 차려보니 선배가 자신의 어깨를 흔들고 있었다.

"안색이 안 좋은데, 창백해. 빈혈 있어?"

노다는 살짝 웃어 보였다.

"괜찮습니다. 속이 조금 안 좋아서요."

거짓말은 아니었다. 토할 것 같았다.

"다음 역에서 내려 조금 쉬었다 가도 될까요?"

함께 내리려는 선배를 뿌리치고 혼자 내렸다. 역의 벤치에서 한동안 머리를 부여잡았다.

그러는 사이에 오후장이 끝나고 노다의 계좌는 2천만 엔이 되어 있었다.

다음 날이 되어서도 노다는 여전히 손절매를 하지 못했다. 어쩌면 다시 오르지 않을까 하고 바랐다. 하지만 R의 주가는 전혀 오를 기미 없이 쭉쭉 내려갔다. 그다음 날에는 추가증거금이 발생했다. 추가로 증거금을 안 넣으면 강제 결제되어 적자나 빚이 확정된다.

　— 실패했습니다. 당신의 U는 결국 퇴장합니다.

　여러분 짧은 시간이었지만 감사했습니다.

마지막으로 올린 트윗이 이때다. 그 후부터가 그야말로 생지옥이었다.

은행, 카드 대출, 사채, 가족… 온갖 곳에서 돈을 빌려 간신히 증권회사에 돈을 냈다. 그래도 R의 주가는 계속해서 내려갔고 결국 손절매하게 되었다. 3백만 엔 이상의 빚만 남았다.

당연히 빌린 돈의 상한 기한은 금방 닥쳐왔고 노다는 매일같이 돈을 마련하느라 뛰어다녔다.

회사에도 가불을 부탁했다가 거절당하고 이야기가 새어나갔는지 상사며 동료들이 데면데면 대하기 시작했다. 게다가 유일하게 친했던 동기에게도 돈을 빌려달라고 했다가 거절당하고 그다음 날 상사에게 불려갔다. 사내에서 돈 빌리지 말라며 호되게 혼나자 더는 회사에 있기 괴로웠다. 고심 끝에 사직서를 내자 일주일 이내로 기숙사에서 나가라는 통보를 받았다. 아무도 말려주지 않았다.

그 일주일 동안 학창 시절 친구들을 최대한 불러내어 돈을 훔쳤다.

전 재산을 잃고 나서야 아라시 이케다에 대해 자세히 찾아봤다.

그러자 이름만 검색했는데도 악평이 줄줄 나왔다.

— 아라시, 그 인간 조심해. 작전세력이야.

작전세력이라는 말조차 노다는 몰라서 검색했다. '인위적으로 만든 상장, 주가 조작하는 사람'인 듯했다.

— 아라시, 아직도 그러고 다니냐?

— 아라시 경찰 조사 받았다는 소문이 있어.

— 대박. 큰일 날 뻔했네.

— 소개한 방송국은 책임이 없나? 믿을 수가 없네.

다 짜고 치는 고스톱 아냐?

왜 이런 악평들이 과거에는 안 보였는지 모르겠다.

아니, 어쩌면 봤을지도 모른다. 그때는 그에 관한 부정적인 평가는 봐도 머리에 들어오지 않았다.

점차 그의 수법을 알게 되었다. 아라시는 자신이 결정한 주식을 '이 주식 올 것 같다'라는 말로 지목한다. 그러고는 자기 자산도 이용해 대량으로 매수한다. 가격이 올라가는 것을 보고 그의 수만 팔로워들도 함께 산다. 다 올랐을 시점에 '조심하세요'라고 말한다. 물론 본인은 그 전에 팔고 나가기 때문에 손해를 보는 일은 없다.

식은 죽 먹기보다 쉬운 일이다. 아라시는 상장 천재가 아니었다. 물론 노다 자신도 천재가 아니었고.

주가 조작은 적발이 어려워 체포까지 가는 건 드문 듯했다. 트위터와 블로그 덕분에 시장을 조작하는 일은 더욱 쉽고 교묘해졌다.

하지만…. 노다는 생각한다.

아직도 아라시 이케다를 정말로 나쁜 놈으로 여기지 않는다.

자신이 서툴렀을 뿐, 개중에는 잘 이용하고 빠져 한밑천 마련한 녀석도 많을 것이다.

대체 그게 뭐가 나빠?

우리 세대는 그렇게라도 안 하면 절대로 부를 가질 수 없는데.

본인이 피해자이면서도 노다는 그렇게 생각할 수밖에 수 없었다. 아니, 피해자라고도 생각하지 않았다. 자신은 자신 때문에 넘어졌다.

노다는 가방에서 루이비통 장지갑을 꺼냈다. 안에서 돈만 빼냈다. 그것을 자신의 패브릭 반지갑으로 옮겼다. 대학 때부터 사용하던, 모서리가 다 닳은 지갑이다. 고급 시계를 샀을 때, 자산이 5천만 엔이 되면 다음에는 명품 장지갑을 사려고 마음먹었었다. 하지만 그 기회는 오지 않았다.

'후미오, 미안하다. 돈은 가져갈게. 이건 내가 살려면 꼭 필요하거든. 나는 이제 필요한 건 무조건 가지기로 했어. 그렇게라도 안 하면 이 세상을 살아나갈 수 없으니까. 너도 그 사실을 명심해.'

지갑 속에는 대부업체 카드만 달랑 한 장 들어 있었다. 이것도 가져갈게. 어쩌면 앞으로 사용할 수 있는 때가 올지도 모른다.

'이제부터 나는 악마가 되어야만 해. 안 그러면 살아갈 수 없어 후미오. 너도 알고 있잖아. 실패하고 속는 놈이 바보야.'

생각해 보면 후미오는 노다가 유일하게 깔볼 수 있는 남자였다. 물건처럼 다룰 수 있는 남자였다. 그래서 동창 중 누구에게도 그의 존재를 알리지 않았는지도 모른다.

텅 빈 지갑을 들고 노다는 카페를 나왔다. 신칸센의 환승구로 가 오사카행 표를 사서 개찰구 안으로 들어갔다.

장지갑을 버리려고 했지만 개찰구 내에는 쓰레기통이 안 보였다.

'후미오, 우린 같은 부류니까 이런 건 버릴게. 어차피 이니셜이 새겨져 있어서 팔아봤자 돈도 안 되고. 전당포 카메라에라도 찍혔다간 꼬리가 잡힐지도 모르니까.'

쓰레기통을 찾아 어슬렁대는데 곧 오사카행 신칸센이 도착할 시간이었다.

눈앞에 서점이 보였다. 주로 문고나 잡지를 취급하는 서점이다.

역내에 쓰레기통은 없을지도 모른다. 곧장 가게에 들어가 산처럼 쌓인 문고본 위에 장지갑을 몰래 내려놓았다.

'책을 읽을 만한 인종은 루이비통 지갑을 훔치지 않고 잘 전달하겠지. 그러면 지갑만큼은 후미오에게 돌아갈지도. 그 정도는 해주자.'

그러고는 그대로 신칸센 승강장으로 향했다.

문득 자신이 두고 온 것이 시한폭탄이고 서점이 폭발하는 그림이 떠올랐다. 하얀 연기, 사방으로 날리는 책과 잡지, 흩날리듯 떨어지는 문고본 페이지. 대체 어디서 튀어나온 상상인지 모르겠지만 노다는 어쩐지 유쾌해서 후후후 웃으며 에스컬레이터를 타고 내려갔다.

"신주쿠에 '철도 분실물 벼룩시장'이 있대, 가자."

스마트폰을 보고 있는 남편이 해맑게 말했을 때, 하즈키 미즈호는 순순히 고개를 끄덕일 수 없었다.

유타의 빚이 발각되고 10개월, 친정 엄마한테 돈을 빌리고 집 안의 돈 될 만한 것들을 죄다 팔아 현금을 만들어 돈을 긁어모았다. 신용카드 회사에는 간신히 지불했지만 다 갚은 게 아니어서 아직도 빚이 있다는 사실은 변함없다.

엄마에게는 매달 2만 엔씩 갚고 있다. 송금할 때마다 톡으로 '고마워'라고 아주 짧게 오는 연락이 괴롭다. 이모티콘이 아니라 매번 글자뿐이다. 감사해야 할 사람은 난데…. 고마움, 미안함, 걱정… 여러 감정이 교차했다.

그런데 유타를 보고 있으면 마치 그 일은 없었던 듯싶다. 빠듯하게 생활은 유지해도 저축까지는 도무지 할 수 없는 상황이면서.

미즈호의 안색을 눈치채고서 그는 당황하듯 말했다.

"가끔은 기분 전환하자. 절약 말만 들어도 숨 막힐 지경이야."

얼굴뿐만 아니라 온몸에서 핏기가 가시는 듯했다. 손끝이 차가워진다. 그 상황을 만들어 낸 장본인이 대체 누군데.

"접이식 우산 사고 싶어. 46엔부터라는데."

유타가 미즈호에게 스마트폰 화면을 내밀어 보였다.

제 눈치를 보면서도 왠지 모를 느긋한 모습에 맥이 풀린다. 확실히 그의 접이식 우산은 얼마 전에 고장이 났는데 아직 새것을 사지 못했다. 계속 장우산을 사용하고 있지만 그것만으로는 불편하겠지.

그리고 남편의 태평한 태도에 도움을 받고 있는 부분도 부인할 수는 없었다. 이 일로 그까지 짜증을 냈다면 집은 더욱 힘들었을지도 모른다.

신주쿠까지면 남편은 정기권이 있으니 미즈호의 교통비만 나간다.

"우산값 생활비로 계산해 주면 안 돼? 필요 경비 명목으로."

전철 안에서 그는 뻔뻔스럽게 제안해 왔다.

"안 돼."

짧게 대답하고서 안고 있는 아들의 얼굴을 들여다보았다.

하와이에 갔을 때보다 제법 컸다. 흔들리는 전철 안에서도 기분 좋게 꾸벅꾸벅 잘 잔다.

이 아이를 맡기고 일할 만한 데가 없을까 하는 것이 지금 가장 큰 현안이다. 어린이집과 일자리를 찾고 있다.

분실물 벼룩시장 장소는 역에서 멀지 않은 주상복합 빌딩에 있었다.

사람들로 바글바글했다. 유타가 가리킨 우산 매장은 맨 앞쪽에 자리했는데 매장 중 가장 성황을 이루고 있었다.

유타가 우산을 펼쳐 살펴보는 모습을 뒤에서 멍하니 바라봤다.

팻말에는 '우산 46엔부터'라고 적혀 있었지만 물론 그렇게 싼 건 비닐우산과 같은 일부고, 가장 많은 가격대가 5백 엔이다. 그래도 "어머, 이렇게 좋은 우산이 5백 엔이야"라며 중년 여성들이 우산을 폈다 접었다 하면서 떠들고 있다.

즐거워 보이네…. 그런 생각이 든 순간, 미즈호는 가슴이 조금 답답해졌다.

5백 엔이면 우리 가족 세 사람분의 저녁 식비와 맞먹는 금액이다. 그렇게 쉽게 쓸 수는 없다.

저 사람들은 분명 우산 같은 건 몇 개나 갖고 있겠지. 있어도 '싸니까' '귀여우니까' '사는 게 즐거우니까' 하면서 또 산다.

지금 자신에게는 그럴 여유도 없다.

미즈호는 그녀들 옆에 있기가 괴로워 유타의 등에 대고 말했다. "잠깐 바깥 둘러보고 올게." 유모차를 밀며 인파를 헤치고 나아갔다.

벼룩시장은 초등학교 교실 두 칸 정도의 크기에 다양한 매장으로 나뉘어 있었다. 옷이 선반에 널려 있는 곳이 있는가 하면 가방이 빼곡하게 놓여 있거나 이어폰이 산더미처럼 쌓여 있는 상자도 놓여 있었다.

가장 구석에 쇼윈도가 진열돼 있어 한층 밝게 빛나고 있었다. 딱히 보려는 생각 없이 시선을 던졌는데 액세서리며 시계가 유리 케이스 안에 전시되어 있었다. 살 수 없다는 것을 알면서도 무심코 들여다봤다.

작은 보석이 박힌 반지나 목걸이가 서로 뒤엉켜 있었다. 이것들도 분명 누군가의 소지품이었을 것이다, 아직 찾고 있는 사람도 있을 텐데, 그런 생각이 들자 가여웠다.

더 앞으로 나아가자 케이스 안에 명품 지갑이 죽 늘어서 있었다.

오래 써서 낡은 것도 있고 비교적 깨끗한 것도 있다. 루이비통도 있었다. 아픈 기억이 떠올랐다.

보지 말걸. 그런데도 눈을 뗄 수가 없다. 마치 구매할 생각이라도 있는 것처럼 차근차근 케이스 안을 들여다봤다.

루이비통만 모아둔 곳에 살짝 낡은 3단 지갑이 포개어져 있었다. 모두 5천 엔 정도다.

순간적으로 이 가격이면 갖고 싶다는 생각이 들었다. 안 돼, 안 돼. 5백 엔짜리 우산도 못 사는데.

그러다가 그것들과 조금 떨어진 곳에서 물건 하나를 발견했다. 사용감이 거의 없는 새 장지갑 하나가 특별하게 빛나고 있었다.

'루이비통 다미에 거의 신제품 M.H 이니셜 있음'

4만9천 엔의 가격이 붙어 있었다.

숨이 안 쉬어질 정도로 깜짝 놀랐다. 아니, 아무리 그래도 똑같아 보이지는 않는다.

하지만 일본에 M.H 이니셜이 각인된 루이비통 장지갑이 얼마나 있을까.

"어떠세요?"

매장 여성이 말을 걸어왔다.

"그거, 거의 새것이나 다름없어요. 이니셜이 새겨져 있어서 값이 싼 거지, 절대로 그 가격에 살 수 있는 물건이 아니에요."

미즈호가 아무 말도 안 했는데 그녀는 열쇠로 케이스를 열어 안에서 지갑을 꺼내주었다.

"보세요, 사용감이 하나도 없죠?"

그녀는 지갑을 펼쳐 금색 글자로 각인된 M.H를 보여주었다.

같은 거다. 자신이 하와이에서 산, 이니셜을 새긴…. 하지만 바로 되팔 수밖에 없었던 그 지갑임을 직감적으로 느꼈다.

이유는 모르겠다. 하지만 각인된 위치도 똑같았고 부드러운 가죽의 느낌도 낯익었다.

손으로 만져봤다.

너 왜 지금 여기에 있는 거니, 대체 무슨 일이 있었니? 어쩌다가 아무한테도 쓰이지 못하고 이런 곳에.

그날 발송하기 전 몇 번이고 쓰다듬으며 볼에 갖다 댄 지갑이었다.

"뭘 보는데?"

갑자기 뒤에서 들려온 말소리에 깜짝 놀랐다. 남편이었다. 팔목에 접이식 우산이 든 비닐봉지를 걸고 있었다.

"그런 거 살 돈 없잖아. 봐봤자 시간 낭비지."

유타는 웃었다. 마치 하와이에서 루이비통 지갑을 사고 미즈호가 팔아야만 했던 일도 기억하지 못하는 듯했다.

미즈호는 그것을 여성에게 돌려주고 벼룩시장을 떠났다.

유타가 무슨 말을 해댔지만 귀에 들어오지 않았다.

저 지갑을 샀을 때의 자신과 지금의 자신, 아무것도 바뀌지 않은 것 같았지만 확실히 바뀌고 말았다.

봐봤자 시간 낭비라고 매정하게 말한 옆의 남편을 쳐다봤다.

더는 됐다 싶었다.

자신은 이제 이 남자에게 인생을 휘둘리지 않는다. 아니, 이 남자뿐만 아니라 그 누구에게도 휘둘리지 않을 것이다.

유타가 싫어진 건 아니다. 그런 의미가 아니다.

다만 누군가로 인해 자신의 인생이 흔들리고 싶지 않은 것이다. 이 남자 때문에 가난해지고 싶지 않다. 단지 그뿐이었다.

"이쿠시마 씨가 집을 내놨어."

엄마가 말했다.

분실물 벼룩시장에 갔다 온 다음 주의 일이었다.

다달이 엄마에게 계좌 이체로 빚은 갚고 있지만 가끔은 직접 건네주고 싶어 친정에 갔다. 몇 달에 한 번씩은 그렇게 하고 있다. 잠시 이야기를 나누고 엄마가 만든 반찬이며 안 입는 옷을 받아 돌아간다. 숨통도 트이고 엄마도 손자를 만나 기쁜 모양이었다.

"오늘 기운이 없어 보이는구나."

엄마가 손자를 안고 어르며 말했다.

"기운이 없기는, 아니야." 하고 대답하면서도 알고 있었다. 분실물 벼룩시장에서 장지갑을 본 이후로 내내 울적한 상태다.

"이쿠시마 씨가 누구야?"

마음을 가다듬고 물었다.

"왜 있잖니, 옛날에 파트타임 같이했던 사람."

"아."

아버지와 이혼하고 엄마는 온갖 파트타임을 뛰었는데 아마도 가장 오래 했던 역 앞의 마트 파트타임 때 같이했던 사람이다. 엄마보다 열 살 정도 많았고 기억으로는 후지미노에 살고 있었다.

"왜? 이사 가?"

"거긴 역에서 좀 멀잖니. 역에서 더 가까운 딸네 근처 빌라에 전세로 이사했대. 그 사람도 남편이 죽고 혼자라 주택보다는 그게 편하다고."

"그렇구나."

그러고 보니 엄마를 따라 그 집에 한 번 놀러 간 적이 있었다. 착한 아줌마였고 이것저것 간식도 내준 기억이 난다.

"그게 말이야, 처음에는 4백80만 엔에 내놨는데 좀처럼 안 팔려서 3백80만 엔까지 내렸더니, 왜 그 희망가라고 하니? 사고 싶어 하는 사람이 2백만 엔은 어떻겠냐고 했다네."

"뭐? 2백만 엔? 3백80만 엔에서 2백만 엔은 심하지 않아?"

"그렇지? 2백만 엔은 너무 싸지, 사람을 바보로 보냐며 화가 뻗쳐 거절했다는데, 그 이후로도 사겠다는 사람이 없어서. 지금은 2백10만 엔이면 팔겠다더구나."

거기까지 멍하니 듣고 있던 미즈호가 고개를 휙 쳐들었다.

"2백10만 엔? 단독주택이?"

"그래. 싸지? 지은 지 48년 됐다고는 하던데, 이쿠시마 씨가 원체 깔끔한 걸 좋아하니 집도 잘 가꿨을 거야. 역에서 좀 멀긴 해도 후지미노역에서 이케부쿠로까지는 30분이면 갈 수 있고."

"그렇긴 하지."

신주쿠까지도 40분 정도다.

"마당도 조그맣게 있고 집 앞에 자전거도 주차할 수 있어서 역까지는 자전거로 출퇴근하면 되고. 수도는 손봐야겠지만."

"그 집 한번 보고 싶네. 2백10만 엔에 단독주택이라니 세상에."

엄마는 싱긋 웃었다.

"그럴래? 이쿠시마 씨에게 물어볼까? 안 사도 보면 공부도 될 거고."

"응."

전화를 걸자 그녀가 바로 전화를 받았고 중개인이 있어서 물어보겠다고 했다. 통화하는 엄마를 보면서 혹시 처음부터 이럴 생각으로 내게 말했나 싶은 생각이 들었다.

고맙게도 중개인과도 바로 연락이 닿아 미즈호는 집에 가는 길에 후지미노역에서 중개인을 만나 차를 타고 함께 집을 보러 갔다.

역까지 와준 중개인은 일흔 살로 보이는 노인이었는데 가게를 차려서 부동산 일을 하고 있는 게 아니라, 매도인과 부동산을 연결하는 안건만 맡고 있다고 차 안에서 설명해 주었다.

"나도 안타까워요. 낡긴 했어도 깨끗하게 쓴 집이라서 바로 팔릴 줄 알았는데 좀처럼 안 팔리더라고요."

이쿠시마 씨의 친구 딸이라고 들어서인지 거리낌 없이 그런 말을 했다.

"저쪽에서 들으시겠지만, 2백10만 엔이면 나쁘지 않아요. 보통 업체가 거래하는 금액이지요. 이런 건 1년에 몇 채밖에 안 나와요."

목적지에 이르자 모양 비슷한 오래된 집들이 즐비해 있었다.

"이 주변은 당시에 분양주택으로 지어진 집이라 비슷한 건물이 많아요."

그런 낡은 집 사이에 드문드문 새집이 보였다.

"대형 쇼핑센터가 들어선 이후로 이곳들도 인기가 많아져서 지금 있는 집을 헐고 새집을 짓는 사람들도 있어요."

작지만 일단 대문이 있는 단독주택이다. 좁다기보다는 가느다란 마당도 딸려 있다. 전체적으로 하얀 모르타르 벽에 지붕은 갈색 기와였다.

내부를 보여줬다. 1층은 주방과 화장실, 욕실, 거실로 보이는 공간에 두 평 크기의 작은 방, 2층은 세 평짜리 방 두 개에 작은 목제 베란다가 딸려 있다. 아이가 하나면 충분한 넓이라고 생각했다.

깔끔한 걸 좋아한다는 말대로 낡았지만 지저분한 느낌은 없다. 다만 욕실과 화장실은 구식이라 그건 수리를 해야겠다고 생각했다. 주방은 스테인리스제였다. 이것도 교체하면 몰라보게 달라지겠지. 1층은 바닥에 카펫이 깔려 있고 2층은 다다미식이었다.

"바닥을 새로 깔면 밝아지지요. 다다미방도 현대식으로 바꿀 수 있고요. 그나저나 여길 사서 뭘 할 생각이시오?"

중개인 노인이 미즈호에게 물었다.

"뭘 하다뇨? 거주할 생각인데 아직 잘 모르겠어요…."

눈요기하러 왔음을 간파당했나 싶어 조금 긴장했다.

"그래요?"

"거주 목적 외에 또 뭐가 있나요?"

"이런 곳을 사는 사람은 대부분이 투자가요. 사고 고쳐서 빌려주지요."

"아, 그렇게도 할 수 있어요?"

"그럼요, 1백만 엔 정도 들여서 고치면 세를 내줄 수 있으니."

"어머, 매달 얼마에요?"

1백만 엔을 들여 고치면 다 합쳐 3백만 엔이 조금 넘나, 하고 생각한다.

"4만 엔, 5만 엔쯤 되겠지요. 그 정도 가격이면 기초생활수급자에게도 빌려줄 수 있으니."

"기초생활수급자요?"

"몰라요? 일을 할 수 없는 사람이나 노인을 국가나 지자체에서 돌봐주고 있어요."

"들은 적 있어요."

"이 동네는 기초생활수급자의 월세는 4만3천 엔, 관리비 2천 엔을 더해 4만5천 엔 정도가 상한이라서 그 정도 월세가 적당하지요."

"어머."

"집수리도 직접 하는 사람도 있어요. 젊은 사람은 카펫을 깔거나 벽을 새로 칠하거나 직접 할 수 있을 거요. 요즘엔 웬만한 생활용품점에도 다 있으니."

확실히 벽이나 바닥은 직접 원하는 대로 수리할 수 있을 것 같았다.

"직접 거주할 생각이면 주택담보대출도 받을 수 있어요. 요샌 금리도 싸니."

"주택담보대출 금리가 얼마나 되나요?"

"은행이나 그 사람 속성에 따라 다르지만 1퍼센트 정도일 거요."

1퍼센트. 리볼빙의 15퍼센트와 비교하면 거저나 다름없잖아.

총 300만 정도의 집을 4만5천 엔에 세를 내준다면 대체 이익이 얼마나 될까. 직접 수리하면 더 싸게 치일 것이다.

미즈호는 그 낡고 작은 집에서 노인의 이야기를 들으면서 번개를 맞은 듯한 충격을 받았다.

이 집을 대출을 끼고 사서 직접 수리할 수 있는 부분은 수리하면서 거주하다가, 깨끗하게 해서 세를 내주면 어떨까. 그때라면 분명 대출도 다 갚았을 거고. 그럼 또 다른 집을 사서 다음 대출을 받으면….

5백 엔짜리 우산은 못 산다, 5천 엔짜리 지갑도 못 산다, 하지만 2백10만 엔짜리 집은 어떻게든 사고 싶다. 그건 바로 '부동산', 재산이니까. 땅은 없어지거나 낡지 않는 '자산'으로 평생 내 것이다.

"좀 더 자세한 이야기를 들을 수 있을까요? 그리고 저 얼룩은 뭘까요?"

어느새 천장의 작은 얼룩을 가리키고 있었다. 살지도 모른다고 생각하니 그런 사소한 것이 갑자기 신경 쓰이기 시작했다.

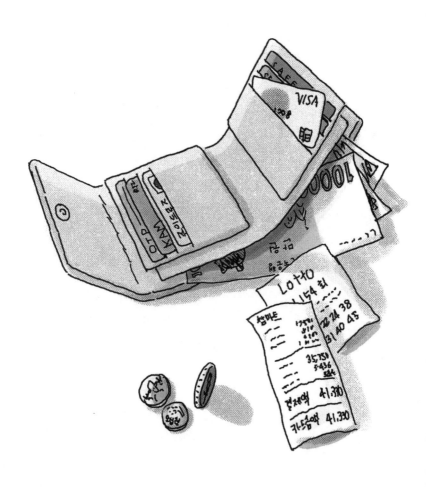

제 4 화

지갑은 고민한다

『부자 아빠 가난한 아빠』를 투자의 바이블이라고들 하는데, 정말이지 가히 훌륭하다 할 수 있다고 젠자이 나쓰미, 다시 말해 헤비카와 마미는 생각했다.

그 책은 확실히 투자의 기초이며 소설 형식이라 읽기도 쉽고, 실제로 그걸 읽고 '눈을 떴다'고 하는 사람이 많다. 그러나 그 책을 언급하며 위험한 투자를 권유하는 사기꾼도 많다.

성경을 방패 삼아 사기꾼 같은 신흥종교를 내세우는 무리가 끊이지 않다는 것을 생각하면 그야말로 그 책은, 특히 일본에서는 투자의 '성경'이라고 할 수 있을지도 모르겠다.

왜 지금 그런 생각을 하고 있냐면, 눈앞의 편집자 호사카가 그 책의 이름을 꺼냈기 때문이다.

"선생님이 일본의 로버트 기요사키가 되어 주셨으면 했고…. 아니, 그 사람은 일본계니까 그 말은 조금 이상한가? 제2의

로버트 기요사키가 돼주시기를 계속 응원해 왔습니다."

저도 모르게 코웃음을 치고 말았다. 상대가 고개를 숙이고 있어 얼굴은 보이지 않지만, 진심으로 하는 말은 아닐 터였다.

세계적인 베스트셀러를 수십 권 출간한 로버트 기요사키와 지갑 사용법 한 권으로 간신히 올라온 자신.

"다음은 좀 더 근본적인 돈 이야기, 그러니까 10년 후, 1백 년 후에도 독자가 붙을 만한 작품을 쓸 수 없을까요? 가끔은 자기 영역에서 나와 다른 세계를 보는 것도 중요해요."

마미가 잠자코 있자 그는 거듭 말을 이어갔다.

"선생님도 곧 40대잖아요."

"아직 서른넷이에요."

무심코 말이 나왔다. 호사카는 자기 뜻대로 되어서 기쁜 모양이었는지 고개를 젖히고 웃었다.

"연말이면 서른다섯이죠. 반올림하면 마흔이고요."

이런 말을 쉽게 주고받는 것도 5년 넘게 알아왔기 때문이다.

호사카와는 마미의 첫 책이 된 『벨크로 지갑을 사용하는 남자는 평생 독신에 연 수입 3백만 엔도 못 번다』를 만든 이후에 알게 되었다. 헤비카와 마미라는 이름을 '젠자이 나쓰미'로 바꾼 장본인이기도 하다.

당시 트위터에서 화제가 된 마미에게는 온갖 장난 DM이 왔었다. 그때 마미의 아이콘은 눈을 잘 내리까는 자기 사진을 보정한 것이라 다섯 살은 어린 미인으로 보였고 가슴골도 살짝 드러냈었다. '보고 싶다', '가슴 좀 보여줘', '까놓고 한번 하죠? 셋이서' 등등 지저분한 DM이 많았고, 그 이상으로 협박성 글을 늘어놓은 댓글도 많이 올라왔었다.

그중에서 유일하게 답장을 보낸 사람이 호사카였다.

— 귀하의 트윗을 모두 읽었습니다. 당사는 직장인을
　대상으로 하는 정보지를 만들고 있는데 원고를
　의뢰하고 싶습니다. 일단 만나 뵙고 이야기 나눌 수
　있을까요?

왜 그의 DM에만 답장을 했는지는 지금도 잘 모르겠다. 출판사에서 일하고 있다는 건 프로필에 명시되어 있었지만 들어본 적도 없는 회사였는데.

5년 전 약속 장소인 신주쿠 카페에서 만난 호사카는 별 볼일 없는 아저씨였는데 사이즈가 안 맞는 양복을 입은 데다가 무거워 보이는 가방을 어깨에 메고 있어서 옷매무새가 흐트러져 있었다.

"당신 트윗에 확 꽂혔습니다."

그러고는 가방에서 너덜너덜한 벨크로 지갑을 꺼냈다.

마미는 저도 모르게 입가가 풀어졌다.

"맞습니다. 벨크로 지갑입니다. 대학 때부터 사용하고 있죠."

한심하게 쳐다보는 호사카의 표정에 마미는 소리 내어 웃었다. 그러나 문득 혹시 이 남자, 편집자란 직함을 내세워 불평하러 왔을지도 모른다는 생각에 표정을 굳혔다. 그런 두려움이 들

정도로 당시에는 화제였었다.

"지갑을 우습게 보다니 뭔 거지 같은 소린가 싶었습니다. 하지만 실제로 저는 결혼을 안 했고."

"싱글이세요?"

"네, 지금은. 한 번 갔다 왔지만."

"흠."

그 말은 한 번은 이 벨크로 지갑남과 일생을 보내려고 했던 여자가 있었다는 말이다. 유별난 사람일 뿐. 별 재미는 없었다.

"어떤 감정이든 제 마음이 움직인 셈이죠. 제가 무엇에 매료되었는지 당신을 만나 확인하고 싶었어요."

호사카는 마치 사랑 고백 같은 말을 했다.

마미가 처음으로 풍수에 관심을 가진 건 대학생 때다.

일반교양 수업의 건축학 교수님이 조금 특이해서 이른바 풍수와 실제 건축과의 상관관계에 관한 강의를 해주었다.

이를테면 풍수에서는 북쪽에 화장실을 두면 안 된다는 것이 정설이다. 확실히 하루의 대부분이 해가 들지 않는 북쪽의 화장실은 춥고 습해서 곰팡이가 피기 쉽다. 또한 주방을 서쪽에 두면 안 되는 이유는 비치는 석양 때문에 온도가 올라가 음식물이 상하기 쉬워서라고 한다.

그런 사례를 듣다 보니 풍수의 합리성에 흥미가 생겨 관련 책을 조금 읽었다.

본격적으로 파고들게 된 건 회사에 들어가고부터였다.

취직할 당시에는 리먼 쇼크 이후 민주당 정권하에서 경기가 최악이었다.

처음에는 학교 때 배운 경제학과 자신 있는 영어를 살릴 만한 일을 하고 싶어 종합상사나 무역회사에 이력서를 넣었지만 도쿄의 어중간한 사립대학을 나와서는 무리임을 이내 깨달았다. 대기업, 운수 회사, 식품 회사고 상관없이 일단은 닥치는 대로 이력서를 넣었다.

그렇게 50군데가 넘는 회사에 넣어 간신히 합격한 곳이 체인점 술집을 운영하는 외식 업체였다. 내근을 희망했지만 처음 2년간은 계열 술집에서 일을 해야 해서, '이건 뭐 학생 때 아르바이트와 뭐가 달라' 싶어 절망적인 나날을 보냈다.

그 후 본사로 돌아갔지만 업무는 지역 술집 총괄 본부. 즉 날마다 담당 지역의 술집을 돌며 지친 점장들에게 매상을 올리라고 압박하는 역할을 맡았다.

자신도 몇 달 전까지 했던 일이다. 그들의 노력 부족으로 매상이 나쁜 게 아니라는 건 통감할 만큼 잘 알고 있다.

마미는 스물여섯에 술집 체인점을 관두고 파견회사에 등록해 대형 보험회사에 사무직으로 들어갔다. 경기도 조금 호전되었고 여태까지와는 달리 할당량 압박도 없고 회사 내에 상사의 고성이 울리지 않는 직장이었다.

마미는 다소의 타산을 계산하며 이런 곳에서 엘리트 직원과 결혼할 가능성이 있지는 않을까 하고 생각했다. 그러나 정직원과 결혼할 수 있는 상대는 계약직도 신입도 아닌, 미인뿐이었다.

대학 시절에는 동기와 사귀었다. 하지만 번듯한 종합상사에 들어간 그와 술집 체인점에서 아르바이트와 다름없는 일을 하고 있는 마미의 처지는 갈수록 벌어졌다. 만날 때마다 육체노동의 고단함을 늘어놓으면 쉽게 퇴짜를 맞았다. 그 후로 줄곧 제대로 된 남자친구가 안 생겼다. 엘리트가 자신을 좋아할 일은 없음을 깨닫고도 남자의 레벨을 낮추기는 곧 죽어도 싫어서 시간만 흘러갔다. 쓸데없는 자존심이라는 걸 알면서도 답답하게 보냈다.

더구나 계약직은 3개월마다 갱신 시기가 와서 늘 벌벌 떨어야 했다. 정신적으로는 술집 체인점에 다니던 때보다 훨씬 불안정하다는 생각마저 들었다.

남들만큼 노력해 왔다. 초중고 내내 우등생이었고 학교에서 제일가는 미인은 아니었어도 반에서 3, 4등 정도는 하는 외모였다. 중학교 때부터는 육상부에서 나름 활약했던 터라 고백해 오는 남자도 제법 있었는데.

일도 안 풀리고 남자도 안 풀리고 대체 나란 인간은 뭔가, 어딘가에서 큰 실수를 한 게 아닐까.

그렇게 다시 집어 든 것이 풍수를 비롯한 운세 책이었다.

'이가 가지런해야 돈이 모인다. 빠지거나 깨진 이 사이로 돈이 빠져나간다'라는 내용의 풍수에는 새삼 세차게 고개를 끄덕였다. 길거리 인터뷰에서 보는 이가 다 빠진 노인 중에 돈이 있어 보이는 사람은 없다. 치아가 가지런하면 보기에도 좋고 음식물이 잘 씹혀 위에도 부담이 가지 않을 것이다. 현대에는 건강과 장수가 일률적으로 부자와 직결된다고 말하기는 어렵지만, 풍수가 생긴 고대라면 믿어도 전혀 이상할 게 없다.

'깨끗한 집에 돈이 모인다'는 지금도 여성지 칼럼 같은 데에 자주 나오는 풍수다. 주방의 수납장 정리, 옷장 관리 등이 잘되어 있으면 불필요한 쇼핑을 막을 수 있다.

'핑크나 옐로 등 파스텔 계열의 보수적 이미지에 가까운 귀여운 색상의, 올해 새로 산 옷이 좋은 인연을 끌어당긴다.' 학생 때 처음 읽었을 때는 무시했었다. 하지만 무슨 마가 끼었나 싶을 만큼 남자와의 관계가 잘 안 풀리자 순순히 받아들여 볼까 하는 마음이 들었다. 복장에 관해서는 치마는 아래로 내려갈수록 퍼지는 플레어미니스커트, 상의는 볼륨감 있는 스웨터가 좋다, 가방이나 지갑도 새로 산 샴페인핑크로, 머리카락은 어깨까지 내려오는 길이에 컬을 주는 등의 글이 더욱 자세히 이어졌다. 풍수가 권하는 패션의 여자를 머릿속으로 그려보니 어쩐지 수긍이 갔다. 유행하는 패션을 몸에 걸치고 머리를 예쁘게 세팅하고서 미팅에 나타나는 여성. 키워드는 '순수함'과 '알기 쉬움'이다.

여성잡지에 적힌 풍수 조언대로 파스텔 색상의 옷을 입고 새로운 가방을 들고 어깨 위에서 부드럽게 웨이브 진 머리카락을 찰랑이는 여자, 마치 남자가 시키는 대로 움직일 것 같다는 기호로 가득차 있다. 모든 이미지가 부드럽다. 그런 여자가 검은색으로 뒤덮인 옷을 입은 여자보다 좋은 결과를 만드는 건 당연하지 않을까.

다시 풍수의 합리성을 깨닫고 관련 책을 탐독했다. 그러면서 '이것을 직업으로 삼을 수는 없을까'라고 생각했다.

"얼마 전에 해외 신작 드라마를 봤는데 '지갑은 그 사람의 사고방식이다'라는 대사가 나왔어요."

"네에."

맞장구를 치는 호사카의 눈빛은 죽어 있었다.

"살인 사건이 일어나 FBI가 출동하는데 그때 신원 미상의 시체에서 지갑을 꺼내면서 주인공이 그 말을 하는 거예요. 다음엔 그걸 써볼까 하고."

"또 지갑이세요? 뭐, 사소한 이야깃거리로는 좋지만."

"아뇨, 그건 글의 첫머리로 가져오고 진짜 쓰고 싶은 이야기는 휴대전화 요금에 관한 거예요."

마미는 초조해하면서도 열심히 저항했다.

"휴대전화는 알뜰폰을 쓰라는 말인가요? 그거 전에 하지 않았어요? 이미 닳도록 여기저기서 다룬 이야기잖아요?"

"그렇긴 한데 아직도 휴대전화에 매달 1만 엔을 내는 사람이 꽤 많아요. 그걸 재검토하는 건 집세에 버금가는 고정비의 재검토로 효과적이에요. 이사하는 것보다 훨씬 편하고요. 그리고 제가 생각하고 있는 건 알뜰폰으로 고작 몇천 엔을 줄이는 그런

게 아니에요. 휴대전화를 완전히 공짜로 쓰는 방법인데요."

"네? 그게 무슨 말이에요?"

호사카가 과연 몸을 앞으로 내밀었다.

"안라쿠경제권에 몸을 던지는 거예요."

"안라쿠경제권? 안라쿠라면 그 온라인 판매 회사 안라쿠요? 구단도 있는?"

"네. 그 안라쿠는 온라인 판매뿐만 아니라 다양한 서비스를 제공하고 있어요. 신용카드를 비롯해 은행, 증권, 휴대전화, 보험, 전기, 여행, 서점, 의류, TV, 잡지, 미용 관련 등등. 그리고 그것들을 일정한 요건에 따라 사용하면 포인트 가산이 두 배, 세 배, 네 배로 높아져요. 거기에 매달 몇 번씩 열리는 캠페인 기간에 쇼핑을 하면 포인트가 더 쌓이죠. 그 포인트로 안라쿠의 휴대전화 요금을 결제할 수 있어요. 게다가 원래 요금도 알뜰폰처럼 저렴해서."

"흠, 실제로 공짜로 쓸 수 있겠네요."

"맞아요, 다음엔 그 얘길 써보면 어떨까 하고."

"그렇군요."

그는 맞장구를 치며 고개를 끄덕였지만 수첩을 펼쳐 메모하지는 않았다. 부정은 안 하지만 별 관심은 없을 때의 행동이다.

마미는 황급히 다음 주제를 이어갔다.

"그리고 이 이야기 알아요? 지갑에 지폐 번호를 모두 더해서 33이 되는 지폐를 넣어두면 부자가 된다고요. 원래 화류계에서는 오래전부터 전해지던 모양인데, 그다음 주제는 이걸로 할까 해요."

"됐습니다, 그만 됐어요."

호사카가 손을 내저었다.

"마음대로 하세요. 다음 달은 안라쿠경제권에 몸을 던지는 이야기든 화류계 이야기든 알아서 쓰세요."

그리고, 하면서 그는 몸을 앞으로 내밀었다.

"그다음 달은 그중 나머지를 쓰는 걸로 합시다. 하지만 3개월 후에는…."

그는 마미의 눈을 들여다봤다.

"그런 이야기로는 이제 편집장의 승인은 안 떨어지는 걸로 알고요."

"네? 아니, 편집장은 당신이잖아요? 당신이 오케이하면 되는 것 아녜요?"

그 말을 하자마자 마미는 자신의 발언을 후회했다.

눈앞의 편집장이 물끄러미 자신을 노려보았기 때문이다.

에비스역에서 도보로 12분 거리의 집에 돌아오니 사나다가 외출하는 참이었다.

"지금 나가?"

"어서 와."

말이 겹쳤다.

동거는 아니다. 다만 그의 가게가 가까워서 종종 묵으러 올

뿐이다.

사나다는 에비스의 주상복합건물 지하에서 바를 운영 중이다. 길쭉한 가게에는 카운터만 있어 다른 손님의 등을 손대지 않으면 화장실에 갈 수 없을 만큼 비좁은데, 가게 전체가 검게 빛나는 금속 같은 색으로 칠해져 있어 작은 양철 상자 안에 들어가 있는 듯한 분위기다. 꽃 하나 없는 인테리어가 심플하고 차분하다.

처음에는 출판 기념 회식을 마치고 돌아가는 길에 호사카가 데려갔다. 얼음이 들어 있지 않아 끝까지 처음 맛 그대로 마실 수 있는 하이볼이 가장 인기였다. 아주 얇은 잔에 든, 냉각시킨 탄산수와 얼린 위스키로 만든 그것이 맛있어서 2차인데도 대여섯 잔을 마셨던 기억이 난다.

그때는 근처에 살고 있다는 정도의 이야기만 나눴는데 그 이후 몇 번 혼자서 찾아가거나 회식 후 누군가를 데리고 갔다. 음식점에서 일한 경험이 있어 사나다와 이야기가 통했다.

세 번째였나 네 번째 만남에 "실은 시간이 지나도 농도를 유지하는 레몬 사워를 개발하고 있어요. 한번 마셔보고 어떤지 말해줄래요?"라며 부탁해 왔다. 물론 레몬 사워 값은 공짜였는데 '혹시 자신을 단순한 단골로 여기나' 싶었다.

"마미 씨는 풍수가라면서 본인 옷은 전혀 그렇게 안 입네요. 풍수 좋아하는 사람은 보통 좀 더 밝은 옷을 입는 이미지가 있는데."

가게에 단둘이 있을 때 갑자기 그가 말했다. 확실히 그때는 파스텔 계열의 옷을 입지 않았다.

"풍수를 알아요?"

"뭐, 조금은. 전에 만났던 여자가 좋아했어요. 그리고 잘 아는 손님도 있어서 이야기를 나누면서 기억하게 된 것도 있고."

"그렇구나."

사나다가 만났던 여자는 역시 핑크색 옷을 입은 여자였을까.

"사실은 풍수 같은 거 안 믿는 거 아니에요?"

그 말에 어째선지 고개를 끄덕이고 말았다. 풍수를 믿었다던 여자와 같은 부류로 엮이고 싶지 않다는 단순한 이유는 아니었지만 왠지 모르게 눈앞의 남자에게 알랑거렸다.

"믿고 안 믿고의 문제보다도 그게 장사 도구니까."

떳떳하지 못해 그렇게 말했다.

"냉정하게 판단하는 마음을 늘 염두에 두고 있는 거죠. 안 믿는 게 아니에요."

"그래요. 근데 그런 점, 좋아해요."

분명한 호의에 그의 눈을 똑바로 쳐다볼 수 없었다.

자신이 바텐더와 사귀게 될 줄은 생각도 안 했다. 바텐더, 밴드맨, 바버라는 B로 시작하는 직업의 남자를 만나서는 안 된다는 인터넷 기사를 본 적 있다. 하지만 사귀게 됐을 때 이 사람은 단순한 바텐더가 아니다, 경영자이자 사업가라며 스스로를 타일렀다.

그러나 이렇게 연인 관계가 되고 보니 그 역시 '만나서는 안 되는 B'임을 뼈저리게 느끼고 있다.

사나다는 마미가 서른넷이 되건 서른다섯이 가까워지건 결혼의 기억자도 꺼내지 않았고 가정을 꾸리고 싶어하는 낌새는 찾아볼 수도 없었으며 늘 빈둥거렸다. 그는 가게 손님이라고 했지만, 가끔 다른 여자와 가게 문을 닫고 술 마시러 가는 것도 알고 있었다.

최근 한 달은 잠자리도 안 했다. 슬슬 끝날 때가 보이는 것 같아 각오하고 있다.

"오늘은 밥 안 먹고 왔구나."

"응."

편집자 호사카와 있었다는 건 미리 말해두었다.

"냉장고에 소곱창토마토조림 넣어뒀으니까 먹어."

"만들었어?"

갑자기 목소리가 밝아진 기색을 그에게 들키고 싶지 않았다.

"가게 메뉴 개발한다고 만들고 남은 거."

그걸 들고 와준 마음을 가늠하기도 전에 사나다는 나가버렸다.

옷을 갈아입고 그가 만든 내장요리를 데우고 냉동해 놨던 프랑스 빵을 구워 그가 남긴 화이트 와인과 함께 먹었다.

집에 항상 좀 세련된 음식과 술이 있는 게 바텐더와 사귀는 이점이구나 싶다.

다 먹고 나서 바로 컴퓨터를 켜 알딸딸한 머리로 호사카에게 말했던 '안라쿠경제권에 몸을 던져 휴대전화를 공짜로 쓰는 방법'의 원고를 썼다.

초안을 대강 끝내고 목욕을 했다. 피곤해서 조금 망설였지만 혹시 오늘 밤에도 사나다가 올지도 모른다는 생각에 머리를 감았다.

목욕을 끝내고 다시 화이트 와인을 마시며 TV를 봤다.

아무런 미래도 없지만 연애의 이점은 여기에도 있다고 생각했다. 그가 없었다면 분명 자신은 더욱 타락한 생활을 보냈을 것이다.

새벽 두 시가 다 될 때까지 기다렸지만 결국 사나다는 오지 않았다.

"마미 일어났어? 얼굴 좀 보고 살자."

잠을 깨운 전화는 외식 업계에서 일할 때 만난 동료 이나모리 히토미였다.

기쁨과 동시에 귀찮음이 올라왔다. 지금 자신을 본명으로 불러주는 친구는 거의 없다. 그보다 친구라 부를 만한 사람이 없다.

아담한 몸집에 예쁘장한 히토미는 그 당시 회사 안팎으로 인기가 많았다. 하지만 끊임없는 유혹에도 눈길 한번 주지 않고 대학 때부터 사귀던 두 살 연상의 남자와 서른을 앞두고 결혼했다. 그리고 몇 년 뒤에 임신해 지금은 두 살배기 아이가 있다.

히토미만큼 '침착하고' '현명한' 여자를 본 적이 없다고 마미는 생각한다.

그녀의 남편은 공대 출신에 키만 큰, 성실하지만 재미없는 남자다. 탄탄한 대기업에서 일한다.

결혼 전 히토미는 사내에서 가장 잘생기고 일도 잘하는 전도유망한 남자의 대시를 받았었다. 밖에서는 심야 방송에 나오던 연예인에게 번호를 따인 적도 있었고 소개팅 때 자칭 '청년실업가'라는 남자를 알게 돼 고가의 선물 공세를 받은 적도 있었다.

지금은 도요스에 아파트를 사서 사랑스러운 아이와 키 큰 남편과 행복하게 살고 있다. 마미도 몇 번 그 집에 초대받았는데 아파트는 추정 8천만 엔, 남편과 친정 부모의 도움을 받아 산 걸로 알고 있다. 남편은 지방 농가의 차남인데 시댁이 땅 부자에다 시부모는 장남과 함께 살고 있어 나중의 병간호 걱정은 할 필요가 없어 보였다.

호화롭지만 견실. 그녀의 생활을 보고 있으면 자연스레 그런 말이 떠올랐다. 아베노믹스 초기에 산 아파트는 지금 더 올랐겠지. 꼭 그걸 노리고 산 건 아니겠지만, 사는 시기도 대출받은 시기도 절묘했다.

마미는 자신의 원고에 '주부'를 쓸 때면 자신도 모르게 히토미를 모델로 삼았다. 그러나 실제로 그녀만큼 성공한 주부는 그리 많지 않을 것이다.

"지금 신주쿠야."

"너도 신주쿠엘 와? 긴자 같은 데서 쇼핑하는 줄 알았는데."

"시어머니가 부탁한 물건이 있어서 이세탄까지 왔어."

"아."

시계를 보니 11시였다. 어젯밤 새벽 3시가 다 돼서 잠들었다.

"혹시 여태 자고 있었어?"

그녀의 따뜻한 목소리는 웃음기를 머금고 있었지만 마미는 황급히 일어났다.

"아냐, 잠깐… 일어났어, 일어났어."

히토미에게 늦잠 자는 여자로 보이고 싶지 않았다.

"모처럼 여기 나온 김에 사람도 만나고 싶은데 이 시간에 나와 줄 만한 사람이 헤비카와뿐이라서."

아니, 나 한가한 사람 아니라고, 살짝 짜증이 솟아 거절하려는데 문득 머릿속에서 호사카의 목소리가 재생됐다.

— 가끔은 자기 영역에서 나와 다른 세계를 보는 것도
　　중요해요.

"알았어. 지금 나갈게."

전자담배의 전원을 끄고 마미는 일어났다.

약속 장소는 루미네 백화점 내의 카페였다.

입구에서 살피자 가장 구석진 4인용 테이블에서 히토미가 손을 흔든다. 그녀는 이쪽이 보이게끔 안쪽에 앉아 옆의 의자를 치우고는 유모차를 넣었다.

"마미, 오랜만이야."

"나야말로. 연락해 줘서 고마워."

히토미는 고급 캐멀의 A라인 코트를 입고 있었다. 볼륨 있게 세팅한 어깨까지 내려오는 머리와 플레어 원피스도 빠지지 않았다. 두 살배기 아이를 키우는 엄마라고 하면 보통은 머리도 제대로 못 빗을 만큼 흐트러진 모습으로 육아하지 않나. 유모차 속의 딸도 원피스를 입고 머리를 묶었다. 두 사람의 코디가 멋지게 짝을 이루고 있었다.

아이가 없는 마미로서는 어떤 엄마가 만점인지는 잘 모르겠으나 히토미가 이 모습을 만드는 데 엄청난 노력을 하고 있다는 건 전해졌다.

독신에 프리랜서로 있는 자신이 초라하고 볼품없게 여겨졌다. 검은 바지와 회색 스웨터 위에 걸친 트렌치코트. 모두 명품이지만 아무 생각 없이 손에 잡히는 대로 입고 나왔다.

"마미, 바쁠 텐데 미안해, 그래도 보고 싶어서 전화했어."

"아냐, 고마워."

사실은 거절할 말이 입술 끝까지 나왔던 것은 비밀로 하고 미소 지었다.

"나도 오랜만에 너 보고 싶었어."

히토미는 마미가 회사를 관두고 풍수가를 시작하던 무렵 진심으로 응원해 주었다.

역 건물 구석의 운세 코너에서 '영혼 풍수 감정사 마미 선생'으로 한 달에 몇 번씩 자리를 갖게 되었을 때 자주 찾아와 주었다. 그러나 '마미 선생'의 고객은 달랑 몇 명뿐이었다.

그때 시간당 요금이 30분에 2천 엔이었다. 책 한 권 값보다 비쌌는데 히토미는 몇 번이나 와주었다. 다음 손님이 없을 땐 시간을 무시한 채 몇 시간이고 수다를 떨었다.

이렇게 마주 보고 있으니 그 시절이 그리워졌다.

잠시간 옛 동료들의 시시콜콜한 이야기로 분위기가 한창 무르익었다. 지금은 그들과 거의 연락하지 않는 마미와 달리 히토미는 아직도 연하장을 주고받거나 SNS로 연락을 나누는 모양이었다.

그런 이야기도 얼마 지나지 않아 바닥이 났다. 잠깐의 침묵 후 히토미가 목소리를 낮추었다.

"실은, 너 기다리는 동안 발견한 게 있어."

"뭔데?"

"마침 여기 오는 길에 철도 분실물 벼룩시장이 있더라."

"분실물 벼룩시장… 아아."

예전에 짧게 취재한 적이 있다. 큰 철도의 분실물을 입찰로 대량 사들여 파는 업체가 있다. 분실물은 상자째, 무엇이 들어 있는지 모르는 상태로 팔기 때문에 쓰레기만 들어 있는 일도 있어 큰 이익은 안 된다고 업체 사장은 말했었다. 그래서 가족과 파트타임으로 일하는 동네 아주머니들을 데리고 자잘하게 하고 있다고.

"거기에 거의 새것인 보이는 루이비통 장지갑이 있더라고."

히토미는 알뜰하지만 명품을 꽤 좋아한다. 어린이집 엄마들이나 동네 친구와 만날 때에는 그런 걸 안 들고 있으면 주눅이 든다고 전에 말한 적이 있다. 중고마켓이나 전당포에서 산다고 했었는데 분실물 벼룩시장까지 걸음 하는 줄은 몰랐다.

그녀의 집 가계부는 우아한 겉보기와는 달리 의외로 빠듯할지도.

"어머, 지갑이?"

솔직히 별 관심은 없었다. 루이비통 지갑 정도는 언제든 매장에 가서 살 수 있을뿐더러, 거의 새것이라고는 해도 남의 손을 탄 지갑에 어떤 내력이 있을지 누가 알아. 만일 나쁜 '기운'이 붙어 있다면 그것도 떠안게 된다.

"제 돈 주고 사려면 10만 엔 이상은 하잖아. 그런데 마지막 주라서 4만9천 엔 하던 게 3만9천 엔까지 가격이 내려갔어."

"확실히 싸긴 한데."

새 지갑을 잃어버렸는데 그것을 찾으러 오지 않는다, 찾지도 않는 주인은 어떤 인간일까. 그 짧은 상상에도 좋은 내력이 있으리라고는 생각되지 않았다. 그래도 동조해 주기 위해 말했다.

"괜찮네. 사지 그래?"

"그게, 이니셜이 각인되어 있어. M.H라고…. 그래서 가격이 내려갔어."

"아…."

사라고 권해놓고 이제 와 '그런 건 별로야'라고도 할 수 없어 마미는 우물쭈물했다.

"있지, 너한테 딱이지 않아? 마지막 날까지 재고 다 처리하려는 모양이니까 흥정하면 더 싸게 살 수 있을지도 몰라."

문득 깨달았다.

낡은 지갑은 힘이 사라지니 3년 이내에 새로 바꿀 것, 이상한 기운이 붙으면 좋지 않으니 값싼 제품이라도 새것을 사서 사용할 것. 마미의 책에 수도 없이 적혀 있던 말이다. 히토미가 책을 읽었다면 모를 수가 없는 내용이다.

늘 응원하고 있어, 또 새 책 나왔어? 대단하다, 읽어볼게 하면서 매번 칭찬해 줬는데 다 거짓말이었을까? 히토미가 마미의 책을 한 권도 읽지 않았다고는 생각되지 않았고, 생각하고 싶지도 않았다.

"우리 같이 보러 안 갈래? 아직 있을 거야."

"중고 지갑이잖아."

"진짜 새 지갑이라니까. 아무도 사용 안 한 느낌이었어."

흥미는 없었지만 거절할 말이 떠오르지 않았고 그 지갑을 보고 나서 자연스레 헤어지고 집에 갈 수 있겠다는 생각도 들어 고개를 끄덕였다.

"알았어, 가서 한번 보자."

계산을 하고 일어났다. 커피값은 "경비로 처리하면 돼"라며 마미가 지불했다. 히토미는 유모차를 밀면서도 앞장서서 걸었다.

"보면 놀랄 거야. 분명히 새 지갑이야."

"그래."

적당히 호응하며 그녀의 뒤를 따라가자 역 근처 주상복합 건물에 '분실물 벼룩시장'이라 적힌 깃발이 꽂혀 있었다.

입구 쪽에 우산 매장이 있었는데 산처럼 쌓인 우산 주변으로 중년 여성들이 무리 지어 있었다. 마미는 순간 흠칫했다.

하지만 유모차를 밀던 히토미는 과감히 나아갔다. 더욱 놀랍게도 모세의 바닷길처럼 중년 여성들이 길을 활짝 터주었다.

"대단하네."

무심코 나온 마미의 말을 히토미는 듣지 못했는지 "뭐가?"라며 해맑게 물었다. 어쩌면 육아 경험이 있는 중년 여성에게는 유모차에 자연스레 길을 터주는 습관이 배어 있을지도 모른다.

지갑 같은 가죽 제품 매장은 가장 안쪽에 있었는데 보석이나 가방 등과 함께 유리 케이스에 진열되어 있었다.

"봐, 이거."

히토미는 망설임 없이 그것을 가리켰다.

유리 케이스 안의 다른 지갑과 조금 떨어진 곳에 루이비통 장지갑이 있었다. 마찬가지로 각별하게 취급된 샤넬 지갑도 놓여 있었다.

"내 말 맞지?"

히토미는 자랑하듯 만면에 미소를 띠며 마미를 쳐다봤다. 하는 수 없이 마미는 유리 케이스를 들여다봤다.

"확실히 새것 같네."

표면에 흠집 하나 없고 모서리도 빳빳했다. 다만 여기서 판매되고 있다는 인상이 방해가 된 건지 안개가 낀 듯 완전한 새것이라고는 할 수 없는 뭔가가 느껴졌다. 아우라…. 고급 신제품만이 지닌 찬란한 아우라가 없어 보였다.

그러나 그건 자신의 지나친 생각일지도 몰랐다.

바로 옆에 서 있던 여성 직원이 다가와 부탁하지도 않았는데 열쇠로 케이스를 열어 물건을 꺼내주었다. 자신들의 풍모를 보고 구매할 것처럼 여겼을지도 모른다.

분실물 벼룩시장치고는 상당히 엄중하게 취급하고 있구나 싶어 의아했다. 하지만 이런 장소에는 다양한 인간이 드나드니 엄격하게 관리하지 않으면 위험하겠지.

"보세요, 어떠세요? 이건 정말로 신제품이나 다름없어요. 흠집 하나 없죠."

그녀는 흰 장갑을 낀 손으로 지갑의 지퍼를 열어 내부를 보여주었다.

"여기, 부드러운 가죽 부분도 얼룩 하나 없죠? 루이비통은 사용감이 있으면 여기부터 더러워지니까요. 딱 보면 알죠. 그렇지만 오래 쓸수록 좋은 느낌으로 변색이 되죠."

확실히 금색으로 M.H라는 이니셜이 각인되어 있었다.

"매장에서는 10만 엔 이상 줘야 해요."

그녀는 살짝 밀어붙이듯이 마미의 손 위에 지갑을 올렸다. "괜찮나요?" 하고 양해를 구한 뒤 마미는 지갑을 집어 들었다. 확실히 흠집 하나 없다. 흠집 하나 없지만….

역시나 희한하게 새것의 느낌도 안 났다.

"어때? 네 이름이랑 이니셜도 딱 맞지 않아?"

히토미가 마미의 표정을 살핀다.

"음."

히토미와 직원, 두 사람이 마치 한통속인 것처럼 자신에게 지갑을 권했다.

"조금 더 생각해 볼게…."

"뭐? 안 살 거야? 이런 거 좀처럼 안 나와."

저지하는 말도 꼭 직원 같았다.

다음 날 완성한 원고를 호사카에게 메일로 보내자 곧장 '에비스 근처에 와 있는데 뵐 수 있을까요? 역 앞의 생 마르에서 기다리겠습니다'라는 회신이 왔다.

민낯이라 당장 못 나간다며 저항했으나 '해야 할 다른 일도 있어서 여기서 하고 있을 테니 준비되면 와주세요. 보내주신 원고도 읽어봤는데, 그 얘기도 하고 싶고요'라며 되받아쳤다.

2천 자 정도의 원고여서 금방 읽을 수 있긴 해도 그것을 인질로 잡은 느낌이라 안 나갈 수 없게 되었다.

집에서 입고 있던 회색 운동복을 하의만 청바지로 바꿔 입고 코트를 걸치고서 집을 나섰다. 지갑과 스마트폰만 손에 들고서. 호사카에게 '일하는 도중에 어쩔 수 없이 나왔다'는 인상을 심어주고 싶었다.

생 마르에 들어서자 구석에서 호사카가 손을 흔드는 모습이 보였다. 친근한 몸짓에 비해 표정은 굳어 있다.

"우리 잡지 독자층은 알고 계시죠?"

자리에 앉자 호사카가 느닷없이 물었다.

"남성, 20대에서 30대, 직장인이죠?"

그야 물론 전부터 들은 말인데다 매달 그가 보내주는 게재지를 읽고 있으니 잘 알고 있다. 그래도 새삼 물어보는 이유가 무서워 눈치를 살피듯 의문형으로 대답하고 말았다.

"맞습니다. 2, 30대의 직장인 남성을 타깃으로 한 경제정보지죠. 그것도 정확히 말하자면 엘리트 직장인과 비즈니스맨이라 불리는 사람이 아니고요. 연 수입 2백만 엔부터 4백만 엔, 높아 봤자 6백만 엔 정도의 남성을 메인 독자로 삼고 있죠."

"네?"

"그래서 과감하게 에로 AV나 풍속 체험기도 싣고 있고 표지는 성인아이돌이죠."

그것도 잘 안다. 모르면 3년 이상이나 연재하지 않았겠지.

'젠자이 나쓰미 선생의 싹트는 돈 연구소'는 호사카와 책을 만든 뒤 바로 시작한 연재다. 제목과 타깃층을 의식했기 때문에 가슴팍이 푹 파인 흰옷에 안경 차림으로 사진까지 찍었다.

"실은 그런 낮은 문턱이 의외로 먹혀 타깃층보다도 소득이 많은 사람이나 가정이 있는 사람들도 읽고 있고 여성이나 주부 독자도 적지 않아요. 하지만 역시 중심은 그들이죠. 정규직이나 계약직으로 연 수입 3백만 엔대, 밑바닥은 아니지만 많지도 않죠. 저축이나 투자에 관심이 있어도 좀처럼 손을 내밀 수 없는 젊은 남자. 미래에 절망하고 있으며 결혼도 아이도 반쯤은 포기한 상태의…."

"그런 사람이 잡지를 사나요?"

자신도 모르게 끼어들었다.

"뭐, 개중에는 실낱같은 희망으로 우리를 찾아주는 사람이 있으니 간신히 먹고 살고 있죠. 그들이 집어줄 만한 아이돌을 표지로 내세우고 있는 것도 다 그런 이유고요. 업계에서는 반쯤 에로 잡지라는 말을 듣고 있지만, 그래도…."

호사카는 잠시 숨을 골랐다.

"그들이 되도록 쉽고 효과적인 투자나 절약 방법을 익혀 경제적 자유를 손에 넣었으면 좋겠어요. 이곳을 발판 삼아 돈을 활용하는 능력을 익혀 더욱 고도의 투자를 논하는 잡지로 옮겨도 좋겠다는 심정으로 초보적인 투자를 다루고 있습니다. 포부를 밝히자면 그들의 돈의 첫 경험을 돌봐주고 싶어요. 그만큼 자부심을 갖고 하고 있습니다."

포부라고 말한 것치고는 목표가 너무 작지 않나 하고 속으로 태클을 건다.

"저도 그건 알고 있어요."

호사카는 한숨을 내쉬었다.

"이번 선생님 원고 말인데요."

"네."

"안라쿠경제권에 몸을 던지다…. 안라쿠카드를 만들어 안라쿠로 쇼핑을 하고 안라쿠스마트폰을 이용하고, 안라쿠로 책을 읽고, 안라쿠로 지자체에 기부하고, 안라쿠로 예약해서 머리를 하고, 그렇게 모은 포인트로 휴대전화 요금을 결제한다는 얘기죠? 말도 재미있고 기존의 알뜰폰 기사와도 조금 달라서 괜찮네요. 분명 우리 독자도 혹할 겁니다."

마미는 안심했다.

"다행이다. 할 얘기가 있다고 해서 조금 긴장했잖아요."

그러나 호사카의 표정은 더욱 굳어졌다.

"이야기 아직 안 끝났습니다."

"네?"

"안라쿠경제권. 재미있는 방식이라고는 생각해요. 그런데 이건 차익거래나 마찬가지 아닌가요?"

"차익거래….."

"요즘에 종종 인터넷에서 볼 수 있는 차익거래. 선생님도 아시죠?"

물론 알고 있다. 같은 방법으로 물건을 더 사들인 뒤 그것을 중고거래 앱을 이용해 거래하여 추가 포인트와 이익을 얻는 방식이다. 좀 더 본격적으로는 구매한 물건을 매입업자에게 파는 방법도 있다.

"당신 원고에도 살짝 나와 있더군요. 매달의 쇼핑으로 더 이상 내가 살 물건이 없으면 애플 제품이나 게임기 등을 사서 중고마켓에 파는 방법도 있다고 말이죠."

"아."

무심코 소리가 나왔다.

"그게 되팔기 아닙니까? 리셀러. 그럴싸하게 안라쿠경제권이라고 말하지만 결국 리셀러랑 뭐가 다른가요?"

뭐 그럴지도 모르지만 그게 뭐가 나쁜가요? 라는 말이 나올 것 같아 마미는 입을 다물었다. 호사카가 그 어느 때보다 슬픈 얼굴로 자신을 바라보고 있었기 때문이다.

"저는요, 선생님. 요즘 세상에 일어나는 불쾌한 일의 절반은 그런 리셀러가 일으키고 있다고 생각합니다. 남들이 필요로 하는 것을 사들여서는 시장을 고갈 상태로 만들어놓고 값을 올려 팔죠. 그걸 정말로 필요로 하는 사람에게 적정한 가격으로 가지 않고 만든 기업도 곤란을 겪죠. 황급히 생산을 늘리면 시장에 물건이 남아돌아 가격이 대폭락하기도 하고요. 재고를 떠안고 도산하는 기업도 실제로 나오고 있습니다."

그 정도로 되팔기를 부추기지 않았다고 말하고 싶었지만 호사카의 목소리가 흥분한 상태라 끼어들 틈이 없었다.

"무엇보다 그놈들은 자신은 아무것도 만들어내지 않으면서 남들이 땀 흘려 만든 것으로 이익만 가로채는 사기꾼이나 도둑과 다를 게 없는데 자신들이 하는 일을 마치 부업이니 창업이니 지껄이는 거죠. 오히려 일본 경제가 만들어낸 요정이라고 큰

소리치고 있어요."

호사카는 얼굴을 찌푸렸다.

"그동안 다양한 절약법이나 부업에 관한 기사를 실어왔습니다만, 이건 안 되겠네요. 우리 독자는 확실히 저소득에 몸부림치는 젊은 층일지는 몰라도 사기꾼이 아닙니다. 모두 성실하고 정직하게 일하는 사람이에요. 그런 사람들을 이런 길로 유도하는 글은 원하지 않습니다. 그것만은 절대로 용납 못 합니다."

"유도하다뇨. 제가 언제."

"아뇨, 되팔기로 연결되는 글을 쓰는 건 당신 안에 되팔기에 대한 죄책감이 없기 때문이에요. 별 상관없다고 생각하기 때문입니다."

"뭘 안다고 잘난 척을…."

속으로 중얼거릴 작정이었다. 하지만 정신을 차렸을 땐 이미 입 밖으로 나온 뒤였다. 호사카의 표정이 바뀌었다.

"사소한 실수예요. 악의는 없어요. 무심코 쓰게 된 거지. 죄송해요."

내뱉듯 말했다. 말은 사과였지만 사실 전혀 그렇지 않았다.

"아니, 오늘은 꼭 말해야겠습니다. 선생님 요즘 세미나니 뭐니 이름 내걸고서 수상한 강좌도 하고 계시죠?"

"수상한 강좌라뇨."

분노와 부끄러움이 뒤섞여 눈시울이 뜨거워졌다.

"당신 강좌를 개최하는 업자가 뒤에서 시장 조작하는 주식

강좌나 정보 다단계 판매도 하고 있다는 사실 알고 있어요? 업계에서도 유명해요."

"그건 부탁받은 일이라 어쩔 수 없이…."

그렇지 않았다. 두 시간에 50만 엔이라는, 마미의 지명도에 비하면 파격적인 강연료에 이끌렸던 거다.

"당신이 영적이니 풍수니 하는 것에서 출발한 건 알고 있어요. 하지만 당신이 쓰는 글이나 주장에는 어딘가 진실이 있었어요. 그래서 지금껏 연재를 이어왔고 자잘한 건 눈감아 왔어요. 그런데 이만 이쯤에서 자기 삶을 돌아보는 게 좋겠네요. 되팔기도 그렇고 영적이니 뭐니 하는 것 마찬가지로 엉터리 사기입니다. 당신의 장점은 그 사기와 경계선에 있는 진리였는데, 요즘엔 정말로 사기가 되었네요. 핑크색 지갑과 결혼, 그런 말 진심으로 하는 말이세요? 뭐, 그건 우리 회사와는 상관없는 일이니 제가 이러쿵저러쿵 참견할 건 아니지만, 그런 위험한 걸 계속 다룬다면 험한 꼴 보게 됩니다. 좀 더 근원적인 무언가를 쥐지 않으면 앞으로 마흔, 쉰에는 작가로 살 수 없을 겁니다."

말 안 해도 안다. 자신이 제일 잘 알고 있다. 되받아치고 싶었는데 할 말이 떠오르지 않았다.

그저 그를 노려볼 생각이었는데 가만히 자신의 까칠한 손만 내려다보고 있었다.

호사카와 헤어지고 정신을 차려보니 전철 안이었다.

곧장 신주쿠로 향했다.

전철 안에서 손잡이를 잡은 제 모습이 창에 비치자 무심코 쓴웃음을 짓고 말았다. 벌어진 코트 사이로 보이는 운동복에 아무렇게나 신고 나온 샌들. 도무지 신주쿠로 외출하는 차림새로는 안 보였다.

확실히 과거 자신은 색에 관한 풍수에는 회의적이었구나 하고 조금 전 호사카와의 대화를 떠올렸다. 풍수라는 건 원래 그 색이 핵심 요소인데.

'노란색 물건을 서쪽에 두면 돈이 모인다' '빨간색 지갑은 돈이 도망간다' '노란색 지갑은 돈이 들어온다' '아니, 노란색 지갑은 돈도 들어오지만 나가는 일도 많다. 검은색 지갑이 좋다' 등등. 그런 건 한심하다고 여겼다.

그렇지만 회사 다닐 때 연애와 색의 풍수 관계를 깨닫고는 딱 잘라 관계없다고 말할 수는 없겠다는 생각이 들었다. 그 이야기를 호사카에게 제대로 해줄 걸 그랬다.

최근에는 그 하나하나에 별 의미를 두지 않았던 것도 사실이다.

'저축하고 싶으면 땅의 기운을 가진 갈색 지갑을 들고 다니세요. 수입을 늘리고 싶다면 노란색 지갑이 좋지만, 동시에 많이 나가게 됩니다. 빨간색 지갑은 금물입니다'와 같이 근거 없는 말을 서슴없이 쓰고 있었다.

신주쿠에 도착하자마자 역을 나왔다. 목적지는 그 주상복합 건물이다.

　오늘은 분실물 벼룩시장의 마지막 날인지 빨간 딱지가 눈에 띄었다. 물건마다 가격 인하 중인 모양이었다. 그러나 가격표는 전혀 보지 않고 "이거 주세요" 하며 루이비통 장지갑을 가리켰다.

　얼마든 상관없다. 이 지갑을 사자. 언뜻 새것처럼 보이지만 무슨 일이 있었는지, 누가 갖고 있었는지 모를 이 지갑을 사용해 보자.

　주인은 10만 엔 이상을 주고 이니셜까지 새겨 이걸 샀을 텐데 어쩌다가 분실하고 찾으러 오지도 않았을까.

　도무지 올 수 없는 이유가 있었을까. 이를테면 외국인이어서 귀국을 했다거나, 이 정도 물건은 잃어버려도 상관없을 만큼 부자거나 그런 거면 다행이지만, 어쩌면 도둑맞은 걸지도 모른다. 못된 놈이 갖고 있던 물건일지도 모른다. 아니, 주인은 살해당했을지도 모른다…. 사정 있는 물건임은 틀림없고 분명 나쁜 기운이 붙어 있다.

　하지만 그런 거 일절 신경 쓰지 말고 써보자. 풍수는 청산하고 풍수랑 상관없이 승부를 보고 싶다. 그렇게 해야만 한다.

　포장하려던 직원을 막고 그 자리에서 지갑을 열었다. 기존의 지갑 안에 있던 내용물을 모두 꺼내어 루이비통 지갑에 옮겨 담았다.

　지금껏 지갑을 사는 건 하나의 일이었다. 좋은 날, 좋은 방향을 알아보고 샀고 내용물을 옮길 때는 더 좋은 날을 찾았다. 하나부터 열까지 세심한 주의를 기울였다.

그러나 지금은 오늘이 무슨 날인지 전혀 모른다.

직원뿐만 아니라 다른 쇼핑객까지 호기심 어린 눈으로 자신을 쳐다봤다. 느닷없이 실내복이나 다름없는 차림으로 나타나여기서 가장 비싼 지갑을 사서는 내용물을 옮겨 담고 있는 자신이 기이한 여자로 보이겠지.

하지만 나는 이걸 사용할 거야.

"이거 버려주세요."

여태 사용해 왔던 지갑을 직원에게 내밀었다.

"괜찮겠어요?"

이것도 7만 엔 정도는 주고 샀던 셀린느 지갑이다. 직원이놀란다.

"괜찮아요."

장지갑과 스마트폰을 주머니에 넣고 걷기 시작하자 몸도마음도 가벼워진 듯한 기분이 들었다. 장지갑은 주머니 밖으로조금 튀어나왔지만.

이것으로 진짜 운을 열어보자.

사이타마의 낡은 주택을 둘러본 다음 날 퇴근하고 온 유타에게미즈호가 말했다.

"이사할 거야."

"뭐?"

침실에서 넥타이를 풀던 그가 손을 멈췄다.

"방금 뭐라 그랬어?"

"이사한다고. 우리 집 살 거야."

유타가 뭐라 대꾸하기 전에 말을 이었다.

"나는 이사할 거야. 결정했으니까. 나랑 엄마가 모은 돈으로 빚 갚고 있는 당신이 반대할 권리는 없어."

그렇게 말하고서 품 안의 아들 게이타를 고쳐 안았다. 어쩌면 아이를 인질로 잡고 있는 것처럼 보였을지도 모르겠다.

하지만 그 집을 보고 나서 하루 종일 생각하며 이것저것 계산도 해보고 인터넷으로 검색하면서 어떻게든 사고 싶다, 이 집을 사는 거 말고는 자신에게 길은 없다라는 생각밖에 안 들었다.

물론 좀 더 부드럽게 말할 수도 있었고 차분하게 하나씩 설명하며 설득하는 방법도 있었다.

유타는 무조건 반대할 테고 분명 투덜투덜 불평하며 이 이야기를 없던 일로 만들 것이다. 오히려 나는 아무런 권리도 없다는 투로 말할 것이다.

시뮬레이션을 돌리다 보니 그런 그의 모든 말과 행동이 실제처럼 떠올라 그가 아직 반대한 것도 아닌데 화가 치밀어 자신도 모르게 말이 그렇게 나오고 있었다.

"갑자기 그렇게 말하면."

너무나도 갑작스러웠던지 그는 화내는 것도 잊어버린 듯했다. 그보다 이사라는 말밖에 안 들린 모양이다.

유타의 모습을 보며 미즈호는 조금 맥이 빠졌다.

"실은 사이타마에 집을 하나 발견했어."

그제야 차분히 설명을 시작했다.

"엄마 집 근처긴 한데 그렇게 가깝지는 않아."

그 말을 덧붙인 이유는 친정 가까이에 사는 것을 시부모가 예전에 비정상적으로 싫은 티를 냈기 때문이다. 같은 전철 노선에 사는 것조차 싫어했다.

하지만 이번에는 그걸 이유로 반대해도 무시할 작정이었다.

그 집을 사는 건 엄마 집 근처에 살기 위해서가 결코 아니다.

아무튼 무슨 수를 써서라도 2백10만 엔을 만들어 혼자서라도 그 집을 살 생각이었다.

"낡고 허름하지만 그래도 간신히 살 수 있는 집이 2백10만 엔에 나왔더라. 우리가 살면서 직접 수리하고 돈 갚고 리모델링 끝나면 다른 집으로 또 이사하고, 그 집은 세를 놓고 월세 받을 거야."

단숨에 설명했다.

"뭐? 낡은 사이타마 집? 머리가 어떻게 됐어? 어디에 있다고? 나 회사는 어떡하라고?"

"회사가 있는 니시신주쿠에서 역까지 40분이면 돼."

"뭐라고?"

"그리고 역에서도 도보로 14분 걸려."

"제정신이야?"

"근데 자전거로는 5분이야. 집에서 목적지까지 한 시간이면 오갈 수 있는 거리야."

"말은 참 쉽지. 매일 야근에다가 아침에 일찍 출근해야 할 때도 있는데."

"2년이야. 2년만, 부탁해."

미즈호는 합장하든 손을 모았다.

"2년만, 내게 줘."

"무슨… 아니, 그럴 돈이 있기나 해?"

"주택담보대출 이용하면 연리 1퍼센트로 빌릴 수 있대."

연리라는 말이 나왔을 때, 예전의 빚, 리볼빙이 살짝 떠올랐는지 유타는 입을 다물었다.

"지금 매달 내는 10만8천 엔의 월세를 빚 갚는 걸로 돌리면 2년이면 다 갚을 수 있어. 대출이 끝나면 그 집을 월 4만5천 엔에 빌려주면 불로소득이 들어와."

"그게 생각처럼 되겠어?"

모른다. 솔직히 미즈호도 알 수 없었다. 하지만 한차례 2백만 엔 이상의 빚을 떠안은 적도 있는 자신들에게 역전 가능성이라고는 이것밖에 없을 것 같았다.

그 주 주말 내키지 않아 하는 유타를 잡아끌 듯이 낡은 집까지 데려가 둘러보게 했다. 그러나 그에게는 집의 인상이 보기 전보다 더 나빠졌다.

"이런 집에서는 못 살아."

좁은 현관, 다다미가 다 헤진 방, 하늘색 타일로 된 수동 보일러 욕조, 금이 간 썰렁한 흰 변기, 작은 주방.

"뭔가 옛날 영화에 나오는 집 같다."

그의 목소리가 조금 떨리는 듯했다. 허둥지둥 10분쯤 보고는 바로 "가자, 집에 가자" 하며 아이처럼 되뇌었다.

집을 둘러볼 때는 옆에 부동산 사람도 있어서 작은 소리로 반대하는 정도였으나 집에 오자 남편의 불만은 폭발했다.

"그런 집은 인간이 살 수 있는 공간이 아니야. 다 부수고 새로 지으면 모를까."

유타는 토해내듯 소리쳤다.

"나는 절대로 무리. 불가능. 회사에서도 멀고."

"딱 2년이야."

"2년이라도 안 되는 건 안 되는 거야. 그런 곳에서 살면 일 못 해."

"어떻게 안 될까."

미즈호는 다시 손을 모았다.

"부탁할게. 그냥 내 이기심이라 생각하고 2년만 줘. 반드시 몇 달 안에 몰라보게 달라지게 할게. 그리고 그 2년이 끝나면 분명 우리 생활이 조금은 편해질 거야."

"대체 당신은 집을 뭐라고 생각하는 거야? 집은 가족의 근간이야. 어떤 집에 사느냐는 곧 그 사람의 생활이나 삶의 방식에 대한 사고방식의 답이라고 생각해. 그런 하찮은 곳에서는 하찮은 가정밖에 못 꾸린다고."

하찮은 가정? 미즈호는 남편의 얼굴을 쳐다봤다.

유타가 그런 고상한 가족관을 가지고 있는 줄은 몰랐다.

가계를 줄줄 새는 적자로 만든 게 누군데, 가정은 안중에도 없었으면서.

미즈호가 잠자코 있어서였는지 그는 더 열을 올려 말했다.

"그런 데 살면 우리 부모님 우신다. 나를 그런 곳에 살게 하려고 낳은 게 아니라고 하실 거야."

그 대단하신 부모님은 아들이 빚을 졌을 때 돈 한 푼도 안 빌려줬잖아.

하지만 그 말만큼은 참았다. 다만 조용히 이렇게 말했다.

"그럼, 이혼하는 수밖에 없네. 나는 혼자서라도 할 테니까."

뭐? 그의 표정이 굳어졌다.

"나는 죽어도 할 거야. 우리 지금 형편으로는 게이타 못 키워."

유타는 충격을 받았는지 간신히 대꾸했다.

"돈은 어떻게 할 건데. 당신이 무슨 수로 돈을 빌려?"

결국, 저 말을 꺼내는구나. 미즈호가 전업주부라서.

"그럼, 돌려줘."

"어?"

미즈호는 손을 내밀었다.

"당신이 빌린 리볼빙 빚. 당신네 부모는 땡전 한 푼도 안 보태줬잖아, 잊었어? 그 돈 우리 엄마 돈이야. 그리고 내 적금이랑 지갑 판 돈도 썼지? 그 돈 지금 몽땅 돌려줘. 나는 그 돈으로 그 집 살 거야. 부족한 부분은 바닥을 기어서라도 마련할 테니까."

미즈호는 유타의 눈을 응시했다. 정말로 그럴 생각이었다. 먼저 눈을 돌린 건 그였다.

"은행에서 돈 안 빌려줄 거야, 그런 허름한 집은. 그 방법을 찾으면 생각해 볼게."

그 말이 실질적인 오케이가 되었다.

주택담보대출을 내주는 은행을 찾기가 정말로 힘들었다.

건물이 너무 오래됐다는 것이 역시 가장 큰 걸림돌이었다. 그리고 담당자 그 누구도 말하지 않았지만 남편의 과거 리볼빙 기록이 연관되어 있을지도 몰랐다.

딱 한 곳, 낡은 주택에도 대출을 내주는 지역은행을 발견해 간신히 빌릴 수 있었다. 그 대신 금리는 주택담보대출치고는 조금 비싸게 설정되었다. 2백10만 엔에 이사 비용이며 리모델링 비용을 얹어 250만에 금리 1.8퍼센트, 월 약 10만 엔씩 2년 안에 갚는 조건이었다.

미즈호는 게이타를 데리고 은행을 뛰어다녔다. 그것이 다소나마 유리하게 작용했을지도 모른다. 어디에서든 "사모님 혼자서 고생이 많으시네요"라며 위로를 해주었으니까.

그렇게 간신히 새해에는 사이타마의 주택으로 옮길 수 있었다.

부동산에서 계약서에 도장을 찍을 때 미즈호는 조금 울었다. 옆에서 유타는 고개를 돌려 딴 곳을 쳐다보고 있었다.

다만 그는 집의 권리를 미즈호와 공동명의로 해주었다. 미즈호가 조심스레 부탁하자 당연하다는 듯이 그래, 라고 말해주었다.

아마도 2백10만 엔 정도 하는 집의 권리를 내세우자니 남자의 체면이 말이 아니라고 생각했는지, 아니면 별로 의미를 이해하지 못한 걸지도 모른다.

미즈호는 먼저 2층의 두 방부터 셀프 리모델링을 시작하기로 했다. 짐이나 가구는 가능한 한 1층에 두고 그래도 남은 가구는 작업마다 방을 옮기며 이동시키기로 했다. 우선 인터넷으로 지식을 얻어 '오일 스테인'이라는 염료를 들여왔다. 이걸 나무 기둥이나 천장에 칠하면 쉽게 앤티크풍의 느낌이 난다. 그것만으로도 허름한 주택에서 고택으로 분위기가 바뀌었다.

천장은 칠하기가 무척 힘들었다. 손을 들어 올린 채 올려다본 얼굴로 방울방울 떨어지는 염료를 견디는 것은 천장화를 그리던 미켈란젤로도 이러했을까 하는 생각이 들 만큼의 고행이었다. 하지만 전체 분위기가 확 달라진 방을 보자 미즈호는 날아갈 듯이 기뻤다. 실제로 게이타 앞에서 방방 뛰며 기뻐하자 게이타도 꺄르르 웃었다.

"예뻐져서 좋아? 응? 기쁘지?"

다음으로 얼룩투성이에 찢어진 곳도 있는 맹장지를 다시 붙이기로 했다. 이것도 역시 인터넷으로 찾아보니 본격적으로 하려면 테두리를 떼어내야 하는 모양이다. 하지만 벽지를 사용해 새로 붙이기만 해도 된다는 정보를 발견하고 풀칠이 되어 있는 벽지를 사 왔다. 색은 고민 끝에 결국 무난한 오프화이트로 결정했다. 처음에는 벽지가 울퉁불퉁하게 올라와 절망적인 기분이 들었는데 다음 날 다 마르자 반듯하게 펴졌다.

아주 옛날 방 같은 모래벽도 어떻게든 바꾸고 싶었다. 원래는 회반죽을 칠해 그리스풍으로 바꾸려 했는데 너무 어렵고 품이 많이 들어간다는 소리를 듣고 관두었다.

다행히 모래벽이 툭툭 떨어질 만큼 상태가 나쁘지는 않아서 초벌용 실러를 발라 완전히 말린 뒤 퍼티로 메우고 벽을 평평하게 했다. 그런 다음 사포로 다듬어 벽지를 붙였다. 벽지도 고민을 많이 했지만 결국 오프화이트의 지극히 평범한 걸로 골랐다.

그쯤 되자 바닥은 여태 다다미가 깔려 있었는데 살짝 고풍스러운 전통 카페 느낌이 났다. 다다미 바닥도 직접 마루 작업을 하는 방법을 찾아봤다. 하지만 그 공정이 역시 복잡해서 아마추어에게는 무리라는 판단이 섰다. 하는 수 없이 다다미에 카펫을 깔았고, 이건 다음에 누군가에게 세를 내줄 때 다시 생각하기로 했다.

일련의 작업을 게이타를 옆에 두고 할 수 있어 큰 도움이 되었다. 자신에게 이런 셀프 리모델링이 잘 맞는다는 생각마저 들었다. 부지런히 작업해 집이 깔끔해지는 모습을 보는 일은 무척 즐거웠다.

1층 바닥 일부에 장판이 깔려 있었는데 낡은 데다가 자잘한

꽃무늬도 촌스러웠다. 이것도 교체하기로 했다. 무난한 나뭇결 무늬로 된 것을 근처 생활용품점에 가서 샀다.

이때쯤엔 유타도 조금씩 태도가 부드러워졌다. 필요한 물건을 사러 갈 때는 이웃에게 차를 빌려 운전을 해줬다.

"이쿠시마 씨가 가고 어떤 사람이 들어오려나 걱정했는데 젊은 사람이 와줘서 고마워요."

가끔 마주치는 옆집의 사카이 씨는 정년을 맞은 남편과 단둘이 살고 있었다. 진심으로 기뻐하는 모습에 차마 '2년 후에 이사할 거예요'라는 말을 꺼낼 수는 없었다.

타일식 수동 보일러 욕조를 어떻게 할지가 계속 과제였는데 부동산에서 도움을 줬다.

"지금 여기는 도시가스인데 프로판가스로 바꾸면 욕조 리모델링을 통째로 해주는 회사를 소개해 줄게요."

"네? 그렇지만 프로판가스는 비싸죠?"

"뭐, 조금 비싸긴 해도, 어차피 이곳은 금방 세놓을 거잖아요? 욕조 리모델링 하려면 수십만은 깨질 텐데 오히려 이득 아니에요? 어차피 이 근처의 싼 임대 건물은 대부분이 프로판이에요."

"음."

미즈호가 망설이자 부동산 사람이 결정적인 말을 속삭였다.

"그 밖에 에어컨 두 대와 인터폰도 달아줘요."

"네? 왜 그렇게 해주는 거예요?"

"그야, 오래된 사이이니까요. 다른 데선 안 해줘요. 우리 부탁이라 들어주는 거지…."

결국 프로판가스 업자와 10년 계약을 맺었다. 욕조는 최신식 새 욕조, 에어컨은 1층과 2층에 한 대씩 설치, 인터폰도 달았다. 솔직히 어떻게 돌아가는 건지 잘 몰랐지만, 어차피 2년 후면 이곳을 떠날 거니까. 그렇게 생각하며 수긍하기로 했다.

대출로 빌린 돈의 잔고로 주방을 수리하고 화장실엔 비데를 놓았다.

화장실의 벽과 바닥에 남는 벽지와 장판을 깔았더니 집이 한층 밝은 분위기가 났다.

게이타는 두 살이 되더니 뛰어다니는 일도 잦아졌다. 쿵쿵쿵 발을 구르고 큰 소리로 울어도 아랫집이나 옆집에서 뭐라 할 일도 없는 단독주택은 마음이 편했다. 벽에 낙서를 해도 나갈 때 벽지를 새로 붙이면 그만이다.

가스비는 확실히 비싸졌다. 첫 달은 아직 초봄이기도 해서, 이전의 배에 가까운 요금에 정신이 아찔했다.

미즈호는 가스 사용법을 철저하게 재검토했다.

요리는 여태 국물 요리 때만 사용했던 뚝배기를 썼다. 끓으면 불을 끄고 신문지로 싸거나 사용하지 않는 이불로 싸서 보온 조리했다. 욕조는 일반 덮개 말고 보온 효과가 높은 알루미늄 시트를 사서 덮어 물이 식지 않게 했다. 물론 목욕하고 남은 물은 세탁이나 설거지하는 데에 사용했다.

폭 1미터도 안 되는 좁은 마당에 허브와 계절 꽃을 심고 비는 곳에는 잔디를 깔았다. 여름에는 작은 비닐 풀을 두고 게이타에게 수영을 시켰다. 게이타는 무엇보다도 그걸 가장 마음에 들어 해 꺅꺅거리며 기뻐했다. 레저비와 냉방비도 절약한 셈이다.

그 모습을 지켜보던 유타가 "역시 단독주택이 좋네"라고 말했을 때, 미즈호는 갑자기 눈시울이 뜨거워지는 것을 느꼈다. 드디어 여기까지 왔구나 싶어서.

하지만 미즈호는 아직 남편에게 하지 않은 말이 있다.

주택담보대출은 가능한 한 조기상환을 하고 있고 앞으로 반년도 안 돼 다 갚는다는 것을. 부동산에는 이미 "다음에는 좀 더 신축 건물, 헤이세이* 때 지어진 싼 매물은 없을까요?" 하고 말을 해놨다는 것을. 이 집 임대를 위해 역 앞 부동산에 가서 상담했다는 것을. 그리고 그 임대료에 기대어 다음 대출을 받을 수 없는지 은행에도 물어봤다는 사실을.

미즈호는 남편에게 말할 생각이 추호도 없었다. 이제 두 번다시 남편에게 돈 이야기는 하지 않을 것이며 용돈 이상의 돈을 주거나 관리시킬 생각도 없었다.

그 대신 아들은 절대로 돈 때문에 고생시키지 않는다.

그렇게 결심하며 미즈호는 좁은 마당에서 놀고 있는 아들과 남편을 웃으며 바라봤다.

---

* 1989년~2019년을 가리키는 일본의 연호

제 5 화

지갑은 배운다

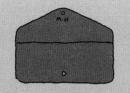

월급날까지 앞으로 나흘.

히라하라 마이코는 지금 맥도날드 셰이크를 위해 120엔을 막 꺼낸 지갑 속을 들여다봤다. 검은색 3단 코치 지갑은 중고마켓에서 중고로 산 것이다.

1천6백52 엔.

월급날까지 견딜 수 있을까 없을까, 아슬아슬한 타이밍이다.

하지만 은빛으로 반짝이는 50 엔짜리 동전이 조금 기쁘다. 물론 1백 엔짜리도 5백 엔짜리도 훌륭하지만 50 엔 동전에는 왠지 모를 풍요의 기운이 있다. 10 엔 동전이 다섯 개 있는 것보다 기쁘다. 세계적으로도 구멍 뚫린 동전은 흔치 않다고 하니까.

그런 생각을 하고 있는데 옆에 여자가 쓱 다가와 섰다.

"나 돈 없어."

사이타 아야가 앉으며 말했다.

무심코 웃음이 났다.

"정말? 나도."

"다행이다. 지난주에 친했던 애가 관둬서. 송별회를 거절할 수가 없었어."

"그럼 이대로 얘기할까?"

신주쿠 동쪽 출입구의 맥도날드 2층. 여기라면 1백 엔으로 커피를 마실 수 있고 자리만 확보하면 몇 시간을 눌러앉아 있어도 쫓아내거나 눈치 주지 않는다.

"배 안 고파?"

"전혀."

마이코는 셰이크 컵을 흔들며 웃었다. 셰이크는 마이코가 가장 좋아하는 음료다. 어릴 때 가끔 엄마가 데리고 간 대형 마트에 맥도날드가 있었다. 엄마의 기분이 좋을 때만 셰이크를 마실 수 있었다. 그나마도 오빠와 반반 나눠 마셨지만.

셰이크는 행복의 맛이 난다.

맥도날드 셰이크만 마실 수 있으면 나는 아무것도 필요 없다. 가슴이 벅차올라 배도 부른 느낌이다. 이 얘기 아야에게 몇 번을 했더라.

"그랬지."

아야가 싱긋 웃고는 "나도 음료 사 올게" 하고는 아래로 내려갔다.

최소 음료 한 잔은 사서 앉는다. 그 정도의 상식은 둘 다 있었다. 그런 부분이 잘 맞는지도 모르겠다.

이토록 돈이 없는 마이코와 아야도 4년제 대학을 나왔다, 일단은.

"요즘 어땠어?"

아야가 따뜻한 커피를 한 손에 들고 와 앉으며 물었다.

"똑같지."

"내 말 좀 들어봐, 본부장이 글쎄, 도저히 영문 모를 소리를 하는 거야."

서로의 회사에 관해서는 잘 알고 있다. 적어도 한 달에 한 번은 만나고 있고 톡으로도 빈번하게 연락을 주고받고 있다.

아야의 지갑 사정도 자신과 다를 바가 없겠지, 마이코는 이야기를 들으면서 생각했다. 월급날 직후라면 하이볼을 2백 엔에 마실 수 있는 술집에 가서 안주를 시켜 1인당 1천 엔 정도로 기분 좋게 취할 때도 있다.

마이코는 신주쿠의 관광안내소 안내원으로 계약직이었다. 아야는 신주쿠의 노래방에서 일하고 있다. 하치오지의 이름 없는 사립대를 나온 아야는 취직자리가 어디에도 없어, 아르바이트하던 가게에서 그대로 정직원이 되었다.

마이코도 아야도 2010년에 대학을 졸업했다. 대지진이 일어나기 한 해 전으로 리먼 쇼크 후의 불경기가 계속되고 있었다. 몇 년만 늦게 졸업했다면 좋았을 텐데. 그랬다면 자신들도 신입사원 채용으로 몇몇 상장 대기업에 정규직으로 이력서를 넣었을 텐데. 그랬다면 나이 서른에 이렇게 돈이 없지는 않았을 텐데.

하지만 별수 있나, 아무리 생각해도 어려질 수는 없으니. 거의 인생 포기 상태다.

계약직으로 받는 월급은 실수령 15만 엔, 보너스는 없음. 신주쿠에서 한 시간 걸리는 교외 빌라의 월세가 6만 엔, 식비며 생활비가 1만5천 엔, 휴대전화 요금이 약 1만 엔, 엄마에게 보내는 돈이 1만 엔, 관리비가 1만 엔, 그러고 나면 수중에 남는 건 4만 엔 남짓이다. 하지만 거기서 학자금 대출 상환금 3만 엔을 내야 한다.

회사 사람들에겐 이런 얘기 절대 못 한다.

월급이 너무 짜다는 소리야 늘 하지만 학자금에 관해서는 말할 수 없다. 여덟 명 있는 여자 안내원들은 정규직과 계약직이 딱 절반씩인데 업무 내용도 급여도 대우도 별반 다르지 않다. 정규직은 보너스가 연 2회 보름치씩 나오는데 그만큼 월급이 적다. 다만 마이코를 비롯한 계약직은 다음 계약을 갱신하지 못해도 찍소리 못한다. 정규직이냐 계약직이냐를 가르는 건 입사한 해의 경기에 따라 모회사에 들어갔느냐 자회사에서 계약했느냐의 차이뿐이다. 그야말로 타이밍과 운이었다.

마이코가 가장 나이가 많고 업무상으로는 그녀들을 통솔하는 자리에 있다. 그리고 마이코를 제외하고는 전원 부모님과 살고 있었다.

갓 입사했을 무렵 동기 중 하나가 "내 지인 중에 대학 때 학자금 대출받고 다닌 애가 있었는데 돈이 없어서 엄청 불쌍했었어"라고 말했다. 그 자리에 있던 다른 사람들도 "어머나" "나도 아는 애 있는데" "부모가 가난해?" 하고 한마디씩 보탰는데, 악의야 없었겠지만 웃고 있었다.

그날 이후로 아무 말도 할 수 없게 되었다.

처음에 다 털어놓을 걸 그랬다, 하고 가끔 후회한다. 자신은 학자금 대출 때문에 매월 3만 엔을 내야 한다고. 그러면 한 번에 몇천 엔이 나가는, 직원들끼리 모이는 술자리에 "돈이 없어서 못가"라고 당당하게 말할 수 있었을 텐데.

지금은 무리해서 한 달에 한 번 정도는 간다. 그 이상은 다른 약속이 있다고 거짓말을 하는 수밖에 없다. 어쩌면 잘 어울리지 못하고 겉도는 사람으로 여겨지고 있을지도 모른다.

몇천 엔의 술자리에 참석하면 그 뒤 며칠은 맥도날드 셰이크만으로 생활해야 한다는 걸 아무도 모를뿐더러 상상조차 못할 것이다.

"히라하라 씨는 왜 그렇게 열심히 돈을 모으고 있어요?"라는 말을 집에서 싸온 주먹밥을 입속 가득 물고 있을 때 들은 적도 있다. 깜짝 놀라는 바람에 주먹밥이 목에 턱 걸렸다. 그런 모습을 남들에게 들키지 않으려 노력했는데 아등바등하는 모습이 다른 사람의 눈에도 뻔히 보였나 보다.

모아놓은 돈은 1엔도 없는데.

하지만 아야와는 적은 말로도 마음이 통한다. 아야도 학자금을 갚고 있었다.

그녀와는 대학 때 야구장의 맥주 가게에서 아르바이트를 하다가 알게 되었다. 비슷한 시기에 채용되어 휴게실에서 이야기를 나누다가 서로 학자금을 갚고 있다는 사실을 알게 되었고 그 후로 둘도 없는 절친이 되었다.

아야는 학생 때부터 하치오지의 월세 4만5천 엔 하는 빌라에 살고 있다. 멀어서 불편하지만 도심까지 못 다닐 거리도 아니고 교통비는 회사에서 나온다. 이사할 돈도 없어 보였다.

"실은 최근에 새로 들어온 애가 있는데."

아야가 이야기를 꺼냈다.

"그 아이는 낮엔 딴 데서 일을 하고 밤에만 노래방에서 아르바이트로 일하거든. 아직 스물넷에 학자금 대출은 없는데 부모한테 대학 학비를 매달 갚고 있대."

"뭐? 부모가 내줬을 거 아냐?"

"응, 갚기로 약속하고 대학에 간 거래."

"근데 우리보단 나은 거 아냐? 여차하면 부모님이 조금 기다려주시기도 할 거고."

"나도 그렇게 생각했는데."

아야는 그렇지 않아도 큰 눈을 더 크게 떴다. 그 눈꼬리에 그려진 아이라인이 깔끔하다. 아야는 손끝이 야무져서 화장을 잘한다.

"그게 전혀 아닌가 봐. 조금이라도 늦게 갚으면 부모가 미친 듯이 전화한대. 부모도 돈이 궁한 모양인지 노후 자금도 없고, 입버릇처럼 꼭 돌려받을 거라고 하나 봐. 다들 먹고살기 힘들고 고단하지. 그 애는 자기도 차라리 학자금 대출을 받을 걸 그랬다면서 울더라. 학자금은 금리야 들지만 도저히 안 되면 체납할 수 있잖아, 몇 개월 정도는. 근데 부모님이 울면서 애원하면 안 갚을 수도 없고 부모와는 인연을 끊을 수도 없으니까."

둘 다 하아, 하고 크게 한숨을 내쉬었다.

어느 쪽이 불행할까.

학자금 역시 조금이라도 늦으면 독촉장이 온다. 마이코도 아야도 유경험자다. 자칫 잘못하면 월급을 압류당할 수도 있다. 하지만 부모에게 독촉받는 것도 괴롭겠지.

"그 애 말에 의하면 요샌 그런 애들이 많대. 대학을 보내줄 정도의 돈은 부모에게 있지만 갚기로 약속한 아이. 요즘 부모는 노후가 걱정돼서 그렇게 쉽게 돈을 안 내주는 것 같아."

아야는 검은색 코치 가방에서 전에 다이소에서 샀다고 자랑했던 작은 병을 꺼내어 커피 절반을 채웠다. 분명 내일 아침에 마시겠지. 그러고 나서 파우치를 열어 아이섀도 케이스를 꺼내 눈 화장을 수정하기 시작했다.

마이코의 가방도 검은색 코치다. 다만 아야보다 큰 A4 파일이 들어가는 사이즈. 가끔 회사에서 주는 자료가 들어가는 사이즈로 골랐다.

가방은 검은색 코치가 좋다고 알려준 건 아야였다. 그러면 어떤 자리에서도 그럭저럭 창피하지 않고 중고마켓에서 찾으면 배송료 포함해 3천 엔 이내로 제법 괜찮은 새 상품이 있다. 낡아도 잘만 하면 1천 엔 정도에 되팔 수도 있고.

옷도 유니클로는 값이 만만찮은 데다가 다들 입고 있어서 쉽게 알아보기 때문에 중고마켓에서 찾는다. 역 건물에 입점할 만한 브랜드의 두 시즌 정도 지난 옷을 1천 엔대에 산다. 스마트폰도 일단 아이폰을 기기 요금도 포함된 요금제로 결제해 들고 다닌다.

아야는 화장도 잘하고 다이소에서 쓸 만한 화장품 정보에도 빠삭해서 늘 알려주고 있다. 머리도 직접 능숙하게 염색해서 화려하다. 마이코도 업무상 늘 머리를 단정하게 하고 화장도 공들여 하고 있다.

옷과 화장도 신경 쓰고 있고 아이폰도 들고 있다. 집도 욕실과 화장실이 분리되어 있지는 않아도 욕조가 딸린 화장실이다. 분명 이런 자신들을 보고 몇백 엔에 아등바등하는 사람이라고는 생각지 않을 것이다.

그럭저럭 부유한 직장인이 시간을 때우려 맥도날드에서 수다를 떨고 있다고 생각할지도 모른다.

하지만 정말 돈이 없다.

"나도 남자친구 있었으면 좋겠다."

한동안 잠자코 있던 아야가 불쑥 말했다.

"응."

"둘이면 서로 도움이 될 텐데…. 아."

아야는 황급히 말을 보탰다.

"마이가 있어줘서 나 엄청나게 도움받고 있어."

"알아."

자신도 그렇게 생각하고 있다. 그렇지만 남자는 또 다르다.

"나도 마찬가지야"라고 말하자 아야는 겨우 안심한 표정이었다. 역시 그녀에게는 뭐든 말할 수 있고 이야기가 통한다.

"그래도 남자친구한테는 학자금 얘기 같은 건 말 못 하지. 빚이 있다고 하면 무조건 차일 거야. 죽어도 들키고 싶지 않아."

대학에 가지 말았어야 했을까. 그러나 안 갔다면 지금 취직조차 못 했을 것이다.

"학자금 얼마나 남았어?"

마이코는 평소에는 구체적인 숫자를 최대한 안 꺼내는데 그만 묻고 말았다.

"3백만 엔 겨우 갚았고, 3백만 엔 정도 남았으려나…."

"비슷하네."

"결혼은 못 하겠다. 빚 있는 여자를 누가 좋아하겠어. 말도 안 되지."

"응."

"평범하게 행복해지고 싶어. 평범이면 되는데. 좋아하는 사람과 결혼해서 아이 낳고."

하늘의 별 따기만큼 말도 안 되는 꿈이라는 건 서로 잘 안다.

"마흔쯤 돼서 빚 다 갚으면 가능하지 않겠어? 아야는 얼굴도 예쁘고."

"마이야말로 어려 보이니까 충분해. 아이는 어렵더라도 좋은 사람 만나면 좋겠다."

서로 외모를 칭찬한 건 진심이었지만 어딘가 공허하게 들렸다.

"마흔이면, 낳을 수 있을지도 몰라."

"응…. 햄버거 사 올 테니까 하나로 나눠 먹을래? 내가 살게."

너무 속마음이 나와 괴로웠는지 아야는 바로 화제를 돌렸다.

마이코는 중부 지방의 S라는 도시에서 태어났다.

어릴 땐 아빠와 엄마, 오빠와 함께 넷이서 지극히 평범한 가족이었다고 생각한다. 하지만 초등학생 때 아빠가 심장병으로 갑자기 돌아가신 후 생활이 급변했다.

엄마는 두 개의 일, 마트에서 파트타임으로 일하고 밤엔 공장 청소를 하며 생계를 책임져야 했다. 어쩔 땐 더 이른 아침에 도시락 공장 일까지 세 개의 일을 했는데, 마이코가 아침에 일어나기 전에 나가서 등교하기 직전에 돌아올 때도 있었다.

하지만 마이코가 중학생 시절 엄마가 "너무 피곤해서 밤에 잠을 못 자겠어"라고 푸념하기 시작했다. 낮에 학교에서 돌아와 보면 자고 있을 때가 많아 병원에 갔더니 가벼운 우울증 진단을 받았다. 마트의 파트타임 일만은 간신히 다녔지만 그 이외에는 집에서 자는 일이 대부분이었다. 대신에 고등학생이던 오빠가 아르바이트를 하며 집에 돈을 보탰다.

그런데 오빠는 그게 줄곧 불만이었던 모양이다.

밤늦게 집에 오면 말없이 벽을 차 부수거나 엄마에게 난폭한 말을 내뱉기 시작했다. 그러더니 고등학교를 졸업하자마자 집을 뛰쳐나가 버렸다. 지금은 생사도 모른다.

고등학생이 된 마이코도 마트와 패밀리레스토랑에서 아르바이트를 하면서 생계를 보탰다. 그러면서 마이코는 '대학에 가고 싶다, 아니, 가야만 한다'고 생각하게 되었다. 왜냐하면 아르바이트에서 만나는 선배나 파트타임 아줌마들은 모두 고졸이었는데 '일이 없다' '더 편한 일을 하고 싶다'고 매일같이 신세타령을 늘어놓았기 때문이다. 대학에 안 가면 분명 평생 이 동네를 벗어나지 못하고 비슷한 일을 하게 될 것 같았다. 그래서 고3이 되었을 때 무슨 일이 있어도 대학에 가고 싶다고 엄마에게 부탁했다.

"학자금도 빌릴 수 있고 아르바이트해서 생활비 보낼게"라는 약속을 하고서야 엄마는 겨우 진학을 허락해 주었다.

마이코가 대학에 들어갔을 무렵 엄마의 상태는 조금 호전됐고 시청 사람 소개로 월세가 싼 시영주택으로 옮겼다. 마이코가 보내는 생활비와 파트타임으로 어떻게든 먹고살 수 있을 것 같았다.

마이코는 빌릴 수 있는 학자금 전액인 월 12만 엔을 선택했다. 저소득 가정에는 이자 없는 유형의 대출도 있었지만, 그러면 월 6만4천 엔이 상한선이라 턱없이 부족했다.

대학을 졸업하고 '일반 회사'에 들어가면 문제없이 갚을 수 있으리라 생각했다. 고등학교 때 상담했던 담임도 "히라하라는 성적도 좋아서 학자금을 빌려도 대학에 가는 게 좋아요"라고 해 줘서 상환에 관해서는 별다른 말을 듣지 않았다.

대학은 취직을 생각해 관광 관련 학과를 선택했다. 여행 경험은 거의 없었지만 수학여행 등으로 경험한 여행이 정말로 즐거웠고 멀리 나갈 수 있는 데다 돈도 벌다니, 꿈만 같았다. 대학에서도 다양한 아르바이트를 해야 했지만 자취를 하며 새로운 친구와의 대학 생활은 행복했고, 조금 화려하기까지 했다.

그러나 재학 중에 리먼 쇼크가 일어나 경기는 최악이었다.

지망했던 여행사의 정규직 고용은 어디나 어려웠고 결국 비정규직이긴 해도 아주 조금이라도 관광에 가까운 일을 찾아 취직한 곳이 지금의 관광안내소 안내원이다.

고향으로 돌아갈 생각은 조금도 하지 않았다. 그곳에 한 번이라도 돌아가면 엄마를 돌보며 늙어가는 미래밖에 안 그려졌다. 엄마가 정말로 소중하고 물론 때가 되면 자신이 돌볼 생각이지만 그때까지는 자유를 원했다. 그리고 고향에서 지금보다 더 벌 수 있는 일이 있을 것 같지도 않았다.

연차가 쌓인다고 경력이 오르는 일도 아니고 승진도 거의 없으며 주말은 보통 출근이다. 같은 업무를 해도 정규직이 될 수 있는 길도 없다.

유니폼은 없지만 검은색 및 남색 정장이나 상의를 입고 단아한 머리 모양과 화장을 해야 했다. 물론 그만큼 돈이 지급되는 것도 아니어서 거기에 드는 돈도 상당하다.

그래도 사람을 대하는 일이 싫지 않아서 일은 고통스럽지 않았다.

아야와 만난 다음 날 출근하니 안내소 뒤쪽에 있는 네 평 크기 사무실에 상사가 와 있었다.

그는 일단은 과장이라 불리는 사람인데, 이 안내소를 운영하는 회사의 모회사에서 나온 직원이다. 그가 혼자서 여성 안내원 여덟 명을 총괄하고 있는 셈이다.

하지만 상사는 늘 이 방에 박혀서 컴퓨터만 두드릴 뿐이었다. 화면이 안 보이는 곳에 앉아 있어서 알 수는 없지만, 게임이나 하고 있을 게 분명하다고 여직원들은 쑥덕댔다. 그의 업무는 단 하나, 안내원이 제출한 출근 희망일을 보고 일정표를 짜는 것이다. 그뿐인데도 자주 틀렸다. 지적하기도 귀찮아 모두 서로 알아서 조정하고 있었다.

"오!"

마이코가 들어서자 그가 갑자기 큰 소리를 냈다. 뭔가 손에 든 봉투를 들여다보고 있었다.

"왜 그러세요?"

입을 다물었어야 했는데 소리에 놀라 저도 모르게 반응하고 말았다.

그가 히죽이며 손짓했다.

"방금 본사에서 명세서가 왔는데."

"무슨 명세서예요?"

"다음 달 보너스, 나 드디어 1백만 엔 넘을 것 같아."

득의양양하게 명세서를 젖히며 보여줬다.

"와아, 굉장하네요."

목소리가 떨리지 않게 말하는 게 고작이었다. 그의 손도 못 쳐다봤다.

모회사는 국영기업이 민간기업으로 바뀐 곳이다. 다각적인 경영을 하는 가운데 자회사에 수도권 도시지역의 '관광안내소'를 운영하는 부서가 생겼다. 원래는 본사 소속이었지만 일을 못 해 쫓겨나 이런 곳을 전전하고 있는 듯 보였다.

그래도 본사 직원이라 이 인간… 마흔 넘은 대머리에 가족은커녕 여자친구도 없고 여태 부모님과 살고 있으며 매일 온라인 게임이나 트위터만 하는 이 남자가 다음 달 보너스로 1백만 엔을 받는다. 여기 있는 정규직 애들과는 고작 세대만 다른데 급여 수준이 다르다. 마이코는 기분을 다스리느라 필사적이었다.

"저기 말이야, 히라하라 씨가 다른 사람들에게도 말을 좀 해 줬으면 좋겠는데."

그는 다시 컴퓨터로 눈을 돌리며 말했다.

"네?"

"본사에서 자회사 정직원 대상으로 희망퇴직자를 모집하

고 있어. 희망자가 있으면 나한테 말하라고 알려줘. 지금이면 퇴직금도 조금 나온다더라."

더욱 충격적인 말에 가슴이 두근거렸다.

"희망퇴직이라뇨…."

"뭐, 지금은 어디까지나 희망이지만, 지원자가 별로 없으면 다음엔 어떻게 되려나…. 히라하라 씨는 계약직이긴 해도, 계약직은 재계약을 안 할 가능성도 있겠지. 지원자가 많아야 할 텐데."

남의 일처럼 말한다. 사실 남의 일은 맞는데. 그의 하나뿐인 장점이라면 바보라서 깊이 생각하지 않고 진실을 재잘거린다는 거다.

"저도 퇴직금이 나오나요?"

"응? 히라하라 씨 퇴직하려고?"

"아뇨, 그냥 물어본 거예요."

"글쎄, 계약직은 몇십만 아닌가? 그래도 7, 8년 일하고 그 정도 받는 거면 감지덕지. 역시 우리 회사 대단하단 말이야, 국영기업이었던 회사라 그런 부분은 확실히 하고 있지."

왜 이런 바보가 1백만 엔의 보너스를 받고 매일 성실히 일해온 내가 몇십만에 쫓겨나야 하나.

화가 났지만 역시 그보다 일자리가 없어질지도 모른다는 걱정이 앞섰다.

요즘 일손이 부족하다고들 하는데 그에 비해 어디나 급여가 낮다.

서른 살 먹은 여자에게 좋은 일은 없다. 그건 어디나 마찬가지고 옛날부터 변함이 없다.

전에 아야와 밤일을 해볼까 하고 이야기를 나눴던 적도 있었다. 하지만 왠지 서로의 마음을 떠보는 듯한 대화로 이어졌고 "역시 무섭네" "부모님이 울겠지"로 종결하며 관두었다.

아마 서로 그럴 배짱이 없음을 확인하고 안심하고 싶었던 것 같다.

하지만 서른이 되니 이제 그럴 기회조차도 없다.

집에 돌아와 파스타를 삶으며 생각했다.

월급날에는 업소용 마트에서 5킬로그램에 1천2백90 엔 하는 쌀이나 5킬로그램에 8백70 엔 하는 스파게티를 사서 둘 중 하나는 반드시 떨어지지 않도록 한다. 그것만 있으면 최소한 뭔가를 먹을 수 있다는 생각에 안심이 되었다.

쌀은 점심용 주먹밥으로 사용해서 밤에는 파스타를 해 먹을 때가 많다. 다 삶은 면에다가 한 통에 98엔 주고 산 양배추를 썰어 넣어 양배추페페론치노를 만들었다. 올리브오일과 마늘, 고추를 살 여유는 없어서 식용유로 볶고 소금과 후추로 간을 했을 뿐이지만 한 팩에 88엔 하는 달걀을 온천 달걀처럼 반숙으로 익혀 곁들였다. 비벼 먹으면 비주얼도 맛도 나쁘지 않다.

과장 말처럼 희망퇴직자가 모이지 않아 회사가 정리해고를 하면 자신 같은 계약직이 먼저겠지, 라는 생각이 들자 입맛이 가신다.

'다음 계약을 맺지 않는 것으로 회사는 아무런 어려움 없이 자를 수 있으니까.'

계약은 반년마다여서 내년 3월이면 만료되는데, 갱신해 줄지 말지는 회사 마음이다. 몇십만이라도 받을 수 있을 때 나오는 게 좋을지도 모르겠다. 식기 시작한 파스타는 달걀노른자가 접시에 달라붙어 갑자기 맛없어 보였다. 아까운 마음에 억지로 입안에 밀어 넣었다. 먹으면서 그래도 잘릴 때까지 거기서 일하자고 결론을 지었다. 희망퇴직자가 많이 나와 기우에 그칠 수도 있으니까. 게다가 지금도 좀처럼 휴가를 못 낼 만큼 바쁘다. 이 상황을 본사가 알면 사람을 줄일 수 없다는 걸 깨달을 것이다.

'하지만 모두 그 과장이 본사에 제대로 주장을 해줘야 한다는 조건부다. 그 사람이 그렇게 해주겠냐 말이지.'

한숨이 나왔다. 날달걀 냄새가 났다.

— 급한 일인데 만날 수 있어? 의논할 게 있어.

늘 보던 맥도날드에서.

아야에게 메시지를 받은 건 그로부터 일주일 후의 일이었다.

그날 이후 희망퇴직 이야기는 들리지 않았다. 마이코도 다른 직원들에게 말했는데 반응은 조금 무디게 "괜찮지 않아?" "뭐, 요즘 이직하기도 비교적 좋고" "해고하고 싶으면 관두면 그만이라는 생각" 정도의 대화로 끝이 나버렸다. 마이코를 제외하고는 모두 20대 중반이고 부모님과 함께 살고 있어서 별로 신경이 안 쓰이는 모양이다. 희망퇴직자가 이미 정원을 초과했는지 아닌지 전혀 모르는 채로 일상이 이어지고 있었다.

그 이야기도 아야에게 하고 싶다.

— 좋아.

지난주에 보고 일주일 만에 또 연락이 온 걸 보니 급한 일인가 싶어 바로 답장을 보냈다.

— 나도 할 얘기가 있어.

아야에게 말하면 마음이 조금은 편해질 것이다.

하지만 그녀가 마이이코를 보고 싶어 하는 이유는 뜻밖의 일이었다.

"이거 봐봐."

아야는 어쩐 일로 노트북을 집에서 들고 왔다. 평소 들고 다니는 코치 가방에는 안 들어가서인지 에코백을 어깨에 걸치고 있었다.

"아야 노트북 있었구나."

마이코는 대학 때 사용하던 게 고장 난 이후로는 노트북이 없었다.

"친구한테 물려받았지. 스마트폰으로 봐도 되는데 노트북으로 보는 게 알기 쉬우니까."

아야가 한 홈페이지를 열어 보였다.

"뭐야 이게?"

화면에는 새까만 페이지에 하얀 글자로 '학자금 비공식 사이트'라고 쓰여 있었다.

"노래방 아르바이트생 중에 내가 학자금 대출 갚고 있는 거 아는 대학생이 알려줬어. 내 고민 이걸로 해결해 보라고. 잘 모르지만 인터넷에서 화제래."

한참을 보고 있는데 빨간 꽃잎이 흩날렸다. 그렇게 프로그래밍되어 있는 모양이다. 하지만 일반 명조와 둥근 고딕체를 조합한 단순한 글자 폰트가 기업에서 만든 듯한 홈페이지로는 안 보였다. 투박하고 어쩐지 무서웠다.

"재미있으니까 좀 더 봐봐."

아야가 싱긋 웃는데 빨간 꽃잎이 갑자기 커지더니 페이지 끝에서 피 같은 것이 콸콸 흘러나왔다.

"으악."

무심코 목소리를 높였을 때 갑자기 화면이 밝아지면서 보통의 흰색 화면이 나타났다.

거기에 '학자금 비공식 사이트에 오신 걸 환영합니다'라는 검은색 글자가 쓰여 있었다.

"뭐야 이게."

"바보 같네. 구린 홈페이지 제작 방식 같아. 그리고 이 디자인 뭐라 그러지? 중2병 같은 느낌이야."

"이거 오래된 홈페이지 아냐? 지금도 되는 거 맞아?"

아야가 페이지 아래쪽을 커서로 가리켰다. 거기에는 '갱신일 2018. 3'이라는 숫자가 박혀 있었다.

지갑은 배운다

"진짜네."

"여기서부터가 문제야."

아야가 제목에 커서를 대고 클릭했다.

또 다른 페이지로 넘어가더니 이번에는 빽빽하게 글자만 나열된 화면이 나타났다.

마이코가 한소리 하려는데 아야가 윙크하며 말했다.

"잠깐만."

"단순한 마구잡이 글자 배열로 보이지만 이건 홈페이지의 프로그램이야. 이대로는 미완성이니 조금 부족한 글자를 더하면…."

아야는 그 글자를 복사해 텍스트 앱을 열어 붙여넣었다. 그러고는 재빨리 키보드를 두드려 몇 개의 글자를 더했다.

"요즘은 이런 거 쓰는 사람이 없을 텐데…. 일반 무료 작성 도구가 얼마나 많다고, 이거 만든 사람 무조건 40대 이상일 거야."

"아야, 프로그램도 다룰 줄 알아? 대단하네."

"대학 수업 때 1년 한 게 다야. 직접 뭔가를 만들지는 못 하지만."

마지막으로 탁 하고 엔터키를 누르자 글자가 떠올랐다.

"뭐야 이게?"

또다시 같은 말이 마이코의 입에서 새어 나왔다.

거기에는 '학자금 대출 갚기 어려우신 분 연락 주세요. 아무도 모르는 비법 알려드립니다. 학자금에 인생 저당 잡히신 분 연락 주세요. 저만 알고 있는 비법 알려드립니다. 세상살이 원수 천지. 하지만 정보가 이 세상을 지배합니다. 아느냐 모르느냐로 인생은 바뀝니다. 믿느냐 안 믿느냐, 당신이 하, 기, 나, 름, 입니다. 학자금을 단번에 해결하는 비법을 알려드립니다. 아무개'라고 쓰여 있었다. 그리고 마지막에 한눈에 무료 이메일임을 알 수 있는 메일 주소가 적혀 있었다.

"뭔가… 기분 나쁘다."

"그래도 이렇게까지 하는 건 반대로 진짜라는 증거일지도 몰라. 수고를 들이지 않으면 볼 수 없으니까."

"보통은 글자 배열 단계에서 집어치우지."

"소문에 의하면 이 무료 이메일로 메일을 보내면 회신이 오고, 학자금 상환 비법? 해결할 방법을 알려주는 모양이야."

"꺼림칙한데."

마이코는 바로 말했다.

"그렇긴 한데, 물어만 보는 건 괜찮잖아."

"이상한 사기거나 우리 정보 훔쳐가는 게 목적이거나, 위험한 바이러스를 깔기 위해서라면?"

"그래도, 잃을 거 하나도 없어. 이 노트북도 수명 다 된 거고."

"그런가…."

서른 살 여자에게 뭐 대단한 가치가 있기는 할까?

"우리도 새로운 무료 이메일로 연락해 보자."

"음."

"둘이서 대처하면 어떻게든 될 거야."

아야가 강행해 메일 주소를 만들어 상대에게 보냈다. 내용은 짧게 '학자금 상환으로 힘듭니다. 무슨 방법이 있다면 알려주세요'라고 썼다.

그 후 마이코가 회사의 희망퇴직 건을 이야기하고 있는데 아야가 노트북을 보더니 "어머, 벌써 답장이 왔어"라고 말했다.

"와. 메일 열자마자 이상한 바이러스에 감염되는 거 아냐?"

"이젠 어쩔 수 없어!"

둘이서 수선을 떨다가 결국 열어봤다.

— 이름, 나이, 탄생일, 주소를 보내시오.

단 한 줄, 이렇게 쓰여 있었다.

"뭐야, 이게."

"역시 관두자. 완전 수상하네. 생년월일도 아니라 탄생일이래. 애냐고."

그러나 아야는 이미 마음을 정했는지 '다나카 아유 1988년…'이라고 쓰기 시작했다.

"다나카 아유가 뭐야."

"대충 쓰는 거지. 일단 보내보자."

주소는 잠시 생각하다가 노래방 본사 주소를 썼다. 나중에 문제 되는 거 아니냐고 말하려고 했을 때 아야는 이미 보내기 버튼을 누른 뒤였다. 곧바로 사진을 보내라는 답장이 왔다.

무심코 서로 마주 보았다.

"역시 관두자."

마이코는 아야를 포기하게 하려고 노트북을 탁 닫았다.

"이런 건 장난 아니면 범죄야."

"아이, 잠깐만."

아야는 마이코에게서 노트북을 도로 가져가 인터넷상에서 찾은 적당한 성인아이돌 사진을 메일에 첨부해 보냈다. 그 아이돌의 머리색과 모양이 아야와 조금 닮았다.

"아무튼 할 수 있는 데까진 해보자."

그러고는 다시 희망퇴직 이야기로 돌아갔다.

"실은 과장이 희망퇴직을 권유하더라고…."

"뭐?"

아야는 아이스커피의 빨대를 입에 문 채 눈을 크게 떴다.

마이코가 그에게 들은 이야기를 자세히 말하자 아야는 "그 정도면 권유 아니야. 걱정하지 마"라고 위로해줬다.

"그럴까."

"그럼, 걱정 안 해도 돼."

아야의 말은 마이코를 향하고 있다기보다 그녀 자신을 격려하는 것처럼 들렸다.

"어, 답장 왔다."

아야가 노트북을 들여다본다.

— 만나서 알려주겠음. 내일 19시에 신주쿠 동쪽 출입구의 르누아르로 오시오. 단, 공파로 알려줄 수 없음.

둘은 서로 마주 보았다.

"어쩌지?"

"르누아르라니…. 저쪽 의외로 진심인가 봐. 나 그날 시간 비니까 신주쿠면 회사 마치고 바로 갈 수 있는데."

"공짜로 알려줄 수 없다는 말은 무슨 말일까."

갑자기 아야의 얼굴이 흐려진 것 같았다. 방금까지만 해도 강경했는데 상대의 요구가 리얼해지자 두려워졌나.

"관두자."

마이코가 단호하게 말했다.

"이거 아무래도 수상해. 분명 이상한 요구를 할 거야."

마이코는 아야가 눈을 내리깔고 생각에 잠긴 틈을 타 노트북을 끌어당겨 메일함에서 모든 메일을 지웠다.

"됐어, 이런 거에 절대로 현혹되면 안 돼. 우리 부지런히 갚으면 언젠가는 해방될 거야."

"그렇지. 괜히 미안해."

"미안하긴 뭐가, 괜찮아."

마이코는 어깨를 축 늘어뜨린 아야를 안아주고 싶었다.

그리고 한 가지 결심했다.

마이코는 아야와 헤어진 후 돌아가는 전철 안에서 스마트폰을 켰다. 떨리는 마음을 부여잡고 용기를 내어 메일을 썼다. 주소가 인기 애니메이션의 주인공 이름과 무료 이메일의 도메인이던 것을 기억하고 있었다.

— 아까 메일 보낸 다나카 아유는 오지 않습니다.

저는 아유의 친구입니다. 제가 내일 가겠습니다.

그래도 될까요?

답장은 한동안 오지 않았다. 그러나 집에 도착해서야 착신 알림이 와 있는 걸 봤다.

— 이름과 나이, 주소, 성별, 사진을 보내시오.

하나라도 거짓이 있을 시 더 이상의 거래는 없음.

마이코는 눈을 한 번 감았다. 각오는 돼 있었다. 아야에게 관두자고 말했을 때부터.

— 죄송합니다. 제 이름은 마이코입니다.

나이는 서른, 주소는 아다치구, 여자입니다.

그 이상은 양해 바랍니다.

그리고 실제 얼굴을 알아볼 수 없을 만큼 앱으로 보정한 사진을 얼굴만 잘라내어 보냈다. 이번에는 바로 답장이 왔다.

— 학자금 대출을 받았다면 대출증 번호가 있지.

대출증이나 반환 계약서에 서약한 부분을 사진으로

찍어 보내시오.

마이코는 서류를 찾아 열한 자리 번호를 보냈다.

— 내일, 아까 메일로 보냈던 시간과 장소로 오도록.

— 르누아르로 가기만 하면 되나요? 저는 어떻게 하면

되나요?

— 내가 다시 알려주겠음.

— 돈이 필요한가요?

답장은 오지 않았다.

다음 날, 마이코는 퇴근 후 르누아르로 향했다. 빙 둘러보니 모임으로 보이는 무리나 거래 중인 직장인으로 보이는 사람, 멍하니 커피를 마시고 있는 노인들이 앉아 있었다. 저 중에 그 아무개가 있으려나.

"혼자 오셨습니까?"

웨이트리스가 말을 걸어왔다.

"일행이 있는데, 아마 조금 늦을 거예요."

그녀는 안쪽에 비어 있는 자리로 마이코를 안내해 주었다. 뒤를 따라 걸으며 아무개로 보일 만한 남자를 눈으로 찾았다. 운동복을 위아래로 입은 뚱뚱한 남자가 혼자 앉아 스마트폰을 들여다보며 커피를 마시고 있었는데 혹시 저 사람이 아닐까 싶었다. 하지만 그는 마이코가 옆을 지나가도 고개를 들지 않았다.

자리에 앉아 아이스커피를 시켰다. 평소의 맥도날드 커피의 일곱 배나 되는 가격인데 아무런 맛도 향도 안 났다.

30분쯤 긴장으로 위가 아플 것 같은 기분으로 앉아 있었다. 결국 장난이었나 하는 생각이 들었을 때, 제 앞에 남자가 앉았다.

"저기, 이 자리는…."

즉시 거절하려고 고개를 들자 회색 정장을 입은 남자였다.

"마이코?"

"아."

남자는 아마도 마흔 살쯤 되려나. 적당한 키와 살집의 몸매, 어디에나 있는 지극히 평범한 남자로 보였다.

그러나 마이코가 신경 쓰인 건 그의 눈이었다.

가늘고 처진 작은 눈, 유명한 만담가를 조금 닮았고 언뜻 사람이 좋아 보이기까지 하다. 하지만 검은자밖에 안 보여서 진짜 표정이나 감정을 읽을 수가 없다. 어쩐지 섬뜩했다.

"학자금 문제로 고생한다고."

그는 내던지듯 말을 내뱉었다. 목소리가 잘 안 들려서 자연스레 몸이 앞으로 기울었다. 싫어도 다가가야 했다.

"네."

"홈페이지에도 썼지만 학자금을 해결하는 방법이 있지."

"어떤 방법인가요?"

그러자 그는 시선을 피했다.

"몸으로 지불할 수 있나?"

"네?"

"지금부터 호텔에 가서 내가 하라는 대로 하면 알려주지."

그가 자리에 앉은 지 5분도 안 돼 몸으로 돈을 내라고 요구해 왔다. 조금은 예상했지만 실제로 그런 말을 들으니 멈칫했다. 그는 다리를 떨며 마이코와 눈을 마주치지 않은 채 계속해서 가게 안을 둘러보고 있었다.

"하라는 대로라니 무슨 말이세요?"

"말 그대로의 의미지."

"육체관계를 가진다는… 말씀이세요?"

그는 아무 말 없이 고개를 끄덕였다.

"그건."

"싫으면 말고."

"돈으로 지불하면 안 될까요?"

그러자 그가 마이코를 쳐다보며 히죽였다.

"마이코, 지불할 수는 있고? 돈 있어?"

갑자기 이름이 불려 무심코 몸을 뒤로 뺐다. 마치 자기 것처럼 취급한다.

"별로 없지만… 얼마라도 지불할 테니 그 돈으로 할 수 있는 곳에 가시는 걸로, 그렇게는 안 될까요?"

"업소를 가란 말? 그런 데 안 좋아하는데."

"네?"

"그런 여자 안 좋아한다고. 거긴 체계적이라. 여자도 합의상이니. 나는 정말로 싫어하는 여자한테만 흥미가 있어서 말이지. 싫어하는 여자에게만 흥분해. 그런 업소 애들은 결국 연기니까."

마이코는 아무 말도 할 수 없었다. 문득 고개를 들었더니 상대는 히죽거리고 있었다. 지금 이미 이렇게 싫은 티를 내는 자기 모습이 상대에게 쾌락을 가져다주고 있다는 생각이 들자 기분이 더러워졌다.

"일시적 대출이라고 아나?"

갑자기 그가 물었다.

"일시적 대출?"

"육체관계를 갖고 그 대가로 돈을 빌려주는 거지. 뭐, 이자를 몸으로 갚는 셈. 내가 그것도 하고 있어서. 그걸로 남한테 돈도 빌려주고 있으니 가난하지는 않지. 마이코가 낼 수 있을 만큼의 돈은 나한텐 껌이야."

마이코는 자신도 모르게 한숨을 내쉬었다. 그런 반응 하나하나가 상대를 즐겁게 자극하고 있음을 알면서도 도저히 멈출 수 없었다.

"그냥 하지. 당신도 그럭저럭 즐길 수 있을 거야. 학자금 상환 방법도 알려줄 거고, 괜찮으면 앞으로 계속해서 내가 돈을 빌려줄 수도 있지. 마이코, 나이보다 꽤 어려 보이는군. 나쁘지 않아. 그렇지 않아도 요즘 돈 빌려주는 여자들이 질린 참인데, 심지어 나와 사귄다고 착각하는 여자도 있거든. 혹시 딴 여자 있는 거 아니냐면서 말이야. 어리석긴. 그에 비하면 마이코, 정말로 혐오하는 모습이 신선하군."

그래도 잠자코 있자 그가 짜증 섞인 목소리로 말했다.

"이봐, 나는 아무래도 상관없어. 돈도 있고 할 수 있는 여자는 널렸어. 당신이 싫다면 돌아가지."

그러고는 정말로 일어났다.

"잠깐만."

마이코가 말하자 그는 도로 앉아 다시 웃으며 중얼거렸다.

"요."

"네?"

"잠깐만, 요."

"잠깐만요."

"옳지. 결심은 섰고?"

"정말로 알려주시는 거죠?"

"그럼."

그는 가방에서 명함 크기의 큰 카드를 꺼냈다.

"이 호텔로 와. 프론트에서 마이코라고 하면 알아듣도록 해 둘 테니."

마치 용기를 북돋우듯 친밀한 미소를 보이며 자리를 떠났다.

마이코는 손안의 카드를 멍하니 보고 있었다. 그의 뻔뻔스러운 미소가 잔상처럼 사라지지 않았다.

카페를 나올 때 스마트폰을 보니 아야에게서 부재중 보이스톡이 몇 통이나 와 있었다. 전화를 걸자 느긋한 목소리가 들려왔다.

"마이? 나 지금 신주쿠 마쓰키요에 있는데 어제 마이가 말했던 팩 이름이 뭐였지?"

그 목소리의 톤과 마이코가 놓인 상황이 너무도 달라 갑자기 제 안으로 일상이 흘러들어 온 듯했다.

"아, 뭐였더라?"

"왜, 그 어제 마이네 동료 어머니 피부가 굉장히 좋아서 모공 하나도 안 보인다고, 그게 젊을 때부터 무슨 팩을 해와서라고 알려줬잖아. 그게 뭐였어?"

분명 잡담 속에서 그런 이야기를 했던 것 같다. 하지만 지금은 머리가 혼란스러워 바로 떠오르지 않았다.

"아, 그거… 나도 지금 당장 생각이 안 나네…. 그게 화장품이 아니라 건강식품 가루 같은 걸 물에 녹여 얼굴에 발랐던 거 같은데. 잘 모르겠네. 정확히 알아보고 다시 연락할게. 미안, 지금, 좀 바빠서."

아야의 목소리를 더 듣고 있다가는 울어버릴 것 같았고, 결심이 무뎌질 것 같았다.

"나중에 연락할게."

아야가 대답을 하기도 전에 전화를 끊었다.

호텔 카드에 적혀 있는 주소는 가부키초였다. 주소를 스마트폰 지도로 검색하는데 아야에게서 또다시 보이스톡으로 전화가 왔다.

무시하고 걷기 시작했다. 하지만 한 번 끊어졌다가 다시 울렸다. 이번에는 보이스톡이 아닌 일반 번호로 걸려온 전화였다. 어둑한 길에서 울리는 벨 소리에 앞서 걷고 있던 커플이 뒤돌아본다. 황급히 전화를 받고 말았다.

"마이? 지금 어디야?"

아야의 다급한 목소리가 초조하게 들려왔다.

"미안, 지금 좀 바빠. 나중에 다시 전화할 테니까…."

"혹시, 그 남자 만났어?"

마이코는 발이 멈췄다.

"마이, 그 남자 만났지?"

"내가 나중에 다시 전화할게."

전화를 끊으려고 스마트폰을 귀에서 떼려는데 아야의 말이 들렸다.

"나 알고 있어. 나도 그 남자와 내일 만나니까."

"뭐?"

자신도 모르게 스마트폰을 고쳐 잡았다.

"나도 약속했어, 그날 이후에."

"무슨 소리야?"

"마이와 헤어지고 역시 생각이 바뀌어서 심야에 연락했었어. 그랬더니 처음에는 오늘 만나자 해놓고 갑자기 다른 약속이 있다면서 내일 보자고 하더라고. 너랑 한 약속 때문이지?"

"왜 그랬어? 그 사람과는 더는 연락 안 하겠다고 했잖아."

"그야, 마이한테… 위험한 일 겪게 하고 싶지 않았어. 내가 가져온 이야기니까. 하지만 나 혼자라면 어떤 걸 요구해도 참을 수 있어. 내가 참고 그 사람한테서 방법을 알아내면 너한테도 알려주려고 했었어."

아야도 같은 생각을 하고 있었다니. 기쁨과 슬픔이 동시에 가슴으로 밀려왔다.

"그런데 오늘 마이한테 전화했더니 몇 번을 해도 안 받잖아. 어제는 내일 한가하다고 했으면서. 그래서 느낌이 왔던 거야."

"나도 마찬가지야. 널 그런 더러운 남자와 만나게 할 수 없었어."

"마이, 돌아와. 아냐, 나 지금 신주쿠에 있으니까 그리로 갈게. 제발, 관둬. 마이, 마이가 그 남자와 만나고 있다는 걸 알고 내가 얼마나 무모한 짓을 했는지 깨달았어. 네가 위험한 남자 만나는 거 나 절대 그 꼴 못 봐. 제발, 부모님들 아시면 쓰러지셔."

"하지만…."

"학자금은 우리 다시 노력하자. 한 번 더 노력해 보고 도저히 안 되겠을 땐 그때 생각하면 되잖아. 그때는 둘이서 그 남자 만나러 가자."

"하지만 아야, 나 이런 생활 더는 한계야. 앞으로 몇 년을 더 이렇게 살아야 해?"

그 말에 아야는 순간 입을 다물었다.

"오늘 하루만 참으면…."

"안 돼. 아무리 그래도 안 돼. 네가 내키지 않으면 이 방법은 절대로 못 써. 절친을 희생시킨 이따위 방법을 어떻게 쓸 수 있겠어. 네가 내 입장이어도 마찬가지일 거야."

분명 그렇다고 마이코는 생각했다.

"나 간다? 나 그리로 갈게. 지금 어디야?"

"가부키초…."

아야가 몇 번이나 되묻고 나서야 자신의 목소리가 잠겨 있음을 깨달았다.

마이코가 가부키초 샛길에서 웅크려 울고 있는 모습을 아야가 발견했다. 아야는 가만히 마이코의 어깨를 안아주고서 역을 향해 걸었다. 그리고 늘 가는 맥도날드에서 커피와 셰이크를 사서 2층으로 올라갔다. 다행히 8시가 지난 맥도날드는 비교적 한산해 4인용 테이블 자리에 앉을 수 있었다.

마이코는 셰이크를 마시며 오늘 있었던 일을 차근차근 아야에게 이야기했다. 아야도 도중에 눈물을 흘리며 이야기를 들었다.

"저기, 실례해요."

마이코가 남자에게 가부키초 호텔 카드를 건네받았다는 대목까지 이야기했을 때, 갑자기 누가 말을 걸어왔다. 깜짝 놀라 고개를 들자 옆 테이블에 앉아 있던 여성이 두 사람의 테이블 옆에 와 서 있었다. 자신들보다 두세 살은 많아 보이는 여자였다. 검은색 코트, 검은색 바지, 검은색 스웨터 차림이었는데 어딘지 모르게 전부 비싸 보였다. 자리에 놓여 있는 검은색 토트백도 디올 제품인 걸 금방 알았다. 테이블 위에는 맥북도 놓여 있었다.

그녀는 울고 있는 마이코에게 작은 손수건을 내밀었다.

"아, 아뇨, 괜찮습니다."

마이코는 황급히 손을 내저으며 거절했다. 아무래도 생판 남에게 손수건을 빌릴 수도 없거니와 조금 창피했다.

"써요. 이거 다이소에서 산 거니까. 줄게요."

"네? 하지만."

"미안해요. 방금 얘기가 들려서. 두 사람 학자금 때문에 힘들어요?"

마이코와 아야는 서로를 쳐다봤다.

"어쩌면 제가 두 사람에게 도움이 될지도 모르겠네요."

마이코는 불쾌했다. 아야를 쳐다보자 같은 마음이었는지 엉거주춤 일어나고 있었다.

"저희가 좀 급해서요…."

우리 이야기가 들렸다고 이렇게 다가오다니, 혹시 이상한 투자나 사기를 치려는 위험한 인간이 아닐까 싶었다.

"미안해요. 저 이상한 사람 아니에요."

여자는 황급히 자기 가방을 가져와 안에서 명함 지갑을 꺼내어 마이코와 아야에게 한 장씩 건넸다.

— 젠자이 나쓰미

앞에 큼지막하게 이름만 떡하니 적혀 있는 명함은 그녀의 자신감을 나타내고 있는 것 같았다. 뒤집어 보자 고급 주택가가 즐비한 동네 에비스의 주소가 적혀 있었다.

"그리고 이거."

한 권의 책을 꺼내 보였다. 『결혼하고 싶은 여자는 핑크색 지갑을 써라』라는 제목의 책이었는데, 저자 이름이 젠자이 나쓰미였다.

"아, 이거, 알아!"

아야가 먼저 크게 소리를 냈다.

"전에 아르바이트생이 읽고 있는 거 본 적 있어요."

"고마워요."

젠자이라고 소개한 여자는 그제야 여유로운 미소를 지었다.

"괜찮다면, 줄게요. 가져가세요."

마이코는 여전히 반신반의하는 표정이었다. 명함과 책만 가지고 이 여자가 진짜 젠자이인지 어떻게 알아.

그 마음을 읽었는지 그녀는 책의 뒤표지를 넘겨 저자 사진을 가리켰다. 메이크업과 전문 사진가의 효과인지 눈앞의 여자보다 다섯 살은 어려 보이지만 분명 젠자이가 맞았다.

"그래서, 뭔데요⋯."

확인은 됐지만 갑자기 말을 걸어온 젠자이가 무서워 마이코는 조심스레 물었다.

"방금 한 얘기, 자세히 해줄 수 있어요?"

"방금 한 얘기?"

마이코와 아야는 또다시 서로를 쳐다봤다.

"두 사람 이야기. 가능하다면 두 사람의 과거나 출생도. 자세히 인터뷰해주면 제가 도와줄 수도 있어요. 저 이래 보여도 자산관리사 자격증도 있어요. 그리고 그 학자금 비법, 저도 아는 놈일지도 몰라요."

"이야기만 하면 되나요?"

아야가 몸을 앞으로 내밀었다.

그걸 노렸다는 듯이 젠자이가 말했다.

"저기, 괜찮다면 나도 이쪽에 앉으면 안 될까요? 이렇게 서 있으면 눈에 띄는데.”

장난스레 웃자 책을 쓰는 사람으로는 보이지 않았다. 그 정
도는 괜찮겠다 싶어 마이코가 엉덩이를 치우자 즉각 짐을 갖고
자리를 옮겨왔다.

“두 사람을 인터뷰해서 가능하면 에세이 형식으로 발표하
고 싶은데. 물론 이름이나 나이, 출신지 등의 개인 정보는 전부
바꿔서 모르게끔 할 거고요. 원고는 출간 전에 두 사람에게 체크
를 받고요.”

어떡할까? 하고 눈앞의 아야가 자신을 쳐다봤다. 마이코는
작게 고개를 갸웃거렸다. 아직 그녀에 대한 의구심을 지울 수 없
었다.

“만일 그렇게 하게 해준다면 여러분이 학자금 대출을 다 상
환할 때까지 제가 가능한 범위에서 도울게요. 약속해요.”

젠자이는 단호하게 말했다.

“지금부터 여러분이 이야기하는 동안, 시급 2천 엔을 각자
따로 지급할게요. 당연히 밥도 사고요.”

네? 2천 엔? 저도 모르게 소리가 나왔다.

조금 난처해져 아야의 눈치를 살폈다.

“나는 해도 괜찮을 거 같아.”

아야가 속삭이듯 말했다.

“이야기한다고 닳는 것도 아니고…. 어차피 지금 뾰족한 수
도 없잖아. 이 사람, 여자고… 또 마이랑 함께라면. 더 이상 잃을

건 아무것도 없어."

그래, 그런 남자를 만나 공포를 맛본 후 잃을 건 아무것도 없다. 그건 마이코도 마찬가지였다.

"그리고 나, 내 이야기가 써진 거 읽어보고 싶어. 인터뷰 같은 거 해본 적도 없고."

그렇구나. 하긴 저명인사인 젠자이가 자신들의 이야기를 어떻게 쓸지 마이코도 일단 관심은 갔다.

"그럼 먼저 이쪽부터 이야기를 들어볼까요?"

그러면서 젠자이는 아야를 쳐다봤다.

"당신은 그 모습을 보고 결정하면 어때요?"

"지금 당장이요?"

마이코는 깜짝 놀라 물었다.

"나중에 해도 돼요. 다른 날이 좋으면 언제든."

"지금 할게요."

아야는 단호하게 말했다. 마이코도 마음이 조금 편해져 고개를 끄덕였다.

젠자이는 수첩을 펼치면서 스마트폰을 꺼내며 물었다.

"녹음해도 돼요?"

그 순간 이건 분명 장난이 아니라 진짜 인터뷰임을 느꼈다.

"그럼, 먼저 두 사람의 이름과 출신지, 나이를 물어도 될까요? 뭐라고 부르면 좋을까요?"

젠자이에게 "히라하라 마이코입니다" "사이타 아야입니

다"라고 본명을 밝히며 이야기는 시작되었다.

주말 오후, 마이코는 휴일임에도 신주쿠로 향했다. 주말 휴무는 몇 달에 한 번 정도밖에 못 받는데 그 귀중한 날을 쓰고 있었다.

만난 당일 젠자이와는 맥도날드에서 한 시간가량 이야기를 나누고 그 후 그녀가 데리고 간 이탈리안 레스토랑에서 밥을 먹으며 인터뷰를 마저 했다.

우선은 아야가 자신의 출생과 가정환경, 지금에 이르기까지의 이야기를 꺼내놓았다.

젠자이는 상당히 이야기를 잘 들어주는 사람이었는데 "어? 그랬어?" "대단하네" "그래서, 어떻게 됐어?" 하면서 거리낌 없이 이야기를 이끌어줘서 분위기가 의외로 달아올랐다.

살짝 경계하고 있던 마이코도 아야의 이야기에 끼어들다 보니 어느새 자기 이야기도 자연스레 술술 나왔다.

아야는 시코쿠에서 태어나 대학 입학과 동시에 상경했다. 그전까지는 하치오지라는 곳이 어떤 곳인지조차 전혀 몰랐다고 했다.

"같은 도쿄인데도 이렇게 도심에서 떨어져 있을 줄은 생각도 못 했어요."

그동안 몇 년을 그녀와 함께해 오며 아야에 관해 모든 걸 알고 있다고 자부했는데 처음 듣는 이야기가 몇 개 있었다. 특히 초등학생 때 친아버지가 엄마와 자신을 남겨두고 나가버렸단 이야기에는 눈물이 터졌다.

"그런 일, 몰랐어…."

"새아버지가 잘 챙겨주고 있고, 이젠 진짜 친아버지 같아서… 나도 평소에는 까먹을 정도야."

아야는 담담히 설명했다.

"지금 본가에는 새아버지와 엄마 사이에 태어난 남동생과 여동생이 있고, 아직 중학생과 초등학생이에요. 앞으로 둘한테도 돈이 많이 들어갈 거고, 나도 체면이 있고 미안하니까 돈 문제 같은 건 꺼낼 수 없어요. 새아버지가 '괜찮니?'라고 물어도 '괜찮아요. 저 많이 벌어요'라고 아무렇지 않은 척 굴 수밖에 없어서."

역시 친부모와는 다르려나, 하고 말끝에 툭 내뱉었다.

젠자이가 데리고 가준 이탈리안 레스토랑은 파스타 한 접시에 2천 엔이 넘는 가게였는데 이렇게 맛있는 것을 먹어본 지가 오랜만인 것 같았다. 거기서는 지금부턴 잠시 과거 얘기는 내려놓자고 그녀가 말해 서로 편하게 지금 하는 일과 푸념을 늘어놓았다.

그 후 조금 더 이야기를 나누자고 해서 아야가 일하는 노래방으로 가 다시 인터뷰를 하고 노래를 불렀다.

젠자이는 막차가 끊기기 전에 인터뷰를 마무리했다.

"많은 이야기도 들려줬고, 학자금 일은 당연히 알려주겠지만…."

그녀는 두 사람의 얼굴을 번갈아 보며 말했다.

"괜찮으면 주말에도 한 번 더 만날 수 있을까? 두 사람의 이야기를 들으면 내가 좀 더 할 수 있는 일이 있을 것 같아."

"그건 상관없는데, 할 수 있는 일이란 게 무슨 말이에요?"

"단순히 학자금을 해결하는 방법, 그런 게 아니라 근본적으로 두 사람의 생활 자체를 바꾸는 방법, 두 사람의 금전 상황과 생활 환경을 모두 바꿀 방법 말이야."

처음 보자마자 그런 말을 했다면 상당히 경계했을 테지만 그때는 이미 젠자이의 말을 신뢰하고 있었다.

"먼저 묻고 싶은데, 두 사람이 갚아야 할 남은 학자금 액수와 금리는 몇 퍼센트야?"

"우리 둘 다 3백만 엔 정도 남았지?"

아야가 대답했다.

"금리는… 얼마였더라?"

"그런 부분을 정확하게 알고 싶어. 그러니까 그 학자금 서류, 그리고 두 사람이 지금 사는 곳의 월세, 생활비, 관리비, 식비… 등을 대략적이어도 되니까 정리해서 와줄래?"

"아, 하지만…."

그렇게 말하고 이대로 날라버리면 곤란한데, 마이코는 갑자기 머리가 맑아졌다.

"학자금 비법만큼은 여기서 알려주세요."

젠자이는 마이코의 마음을 꿰뚫어 본 듯 싱긋 웃었다.

"그렇지, 그 부분이 듣고 싶을 테니까. 그럼 얘기해 줄게. 아주 간단해. 학자금이란 건 학생이 학교를 다니기 위해 빌리는 돈이니까, 학생 신분인 동안에는 상환이 면제되지?"

"네. 그렇지만 그러려면 대학에 가야 하는데, 그럼 또 돈이 들죠. 우리는 일도 해야 하고 지금 다시 대학 못 다녀요."

"등록금 몇만 엔에 안 다녀도 되는 대학이 있잖아?"

젠자이는 두 사람의 얼굴을 들여다봤다.

무슨 말인지 감이 안 와 고개를 갸웃거렸다.

"방송통신대학."

"아."

마이코와 아야의 입에서 소리가 나왔다.

"방송통신대학에 들어가서 그동안은 상환을 일시적으로 멈추게 하자."

"하지만 빚이 정산되는 것도 아니고 방송통신대학에 들어가려면 또 돈이 들잖아요."

"맞아. 그러니까 그 자세한 방법을 다음에 만났을 때 이야기해줄 거야."

그날의 자신만만했던 젠자이의 얼굴이 떠올랐다. 정말로 그런 방법이 있을까.

이야기를 나누며 깨달은 건 젠자이의 행동력과 지식이었다. 특히 돈에 관해서는 이야기 중간중간 "나는 돈이 좋아", "돈을 생각하는 것도 좋아"라는 말을 말끝마다 끼워 넣었다. 웃고 넘겼지만 그건 분명 농담이 아니었다.

신기하다, 신주쿠로 향하는 전철 안에서 마이코는 생각했다.

단지 내 이야기를 꺼냈을 뿐인데 왠지 모르게 엄청 개운했고, 이야기를 나눌수록 '좀 더 나를 바꿔야 해'라는 마음이 들었다. 뭘 하면 좋을지는 아직 모르겠지만….

젠자이가 정해준 신주쿠의 고메다 카페 앞에서 아야가 기다리고 있었다.

"아야!"

손을 흔들자 아야도 손을 올려 흔든다. 굳어 있는 표정이 신경 쓰였다.

이곳에 오는 전철 안에서 아야에게 메시지를 받았었다.

— 약속 장소 앞에서 기다리고 있으니까 먼저 들어가지 마.

　할 말 있어.

할 말이 뭘까.

"괜찮아? 무슨 일 있어?"

아야는 작게 고개를 끄덕였다.

"마이, 괜찮았어?"

"뭐가?"

"그날 내가 일방적으로 정했잖아. 젠자이 씨의 인터뷰 하겠다고. 마이는 정말로 괜찮았는지 걱정돼서."

"아, 괜찮아, 괜찮아. 나도 처음에는 조금 망설였는데, 결과적으로 이런저런 이야기할 수 있어서 개운했어."

"그럼 다행이고."

"그리고 아야도 말했듯이 잃을 거 하나도 없잖아, 우리."

"응. 하지만 이상한 계약이나 수상한 일 같은 거 알선하거나 하면 무조건 거절하자."

웃음이 팡 터졌다.

"그야 당연하지."

"앞으로도 젠자이 씨의 약속은 무조건 사람들 눈에 띄는 곳에서 같이 만나는 걸로."

"약속할게."

아야의 손을 잡고 그대로 가게 안으로 들어갔다.

"여기 뭔가 편한 느낌이 들어서 좋다."

젠자이는 먼저 와서 가장 구석진 자리에 앉아 있었다.

"지난번엔 즐거웠어."

오늘 다시 보니 새삼 긴장이 몰려왔지만 아야와 사전에 한 말과 젠자이가 싱긋 웃으며 그렇게 말해줘서 마음이 조금 놓였다.

"나 그렇게 논 거 오랜만이었어. 스트레스가 싹 풀리더라."

"그러셨어요?"

젠자이 씨는 에비스에 살고 있고 저명인사인데 안 노나? 의외로 그런 생각이 들었다.

이탈리안 레스토랑에서 그녀가 형편없는 바텐더와 사귀었다는 이야기도 들었다. 그는 얼굴만 반반했지 결혼할 생각도 전혀 없고 다른 여자의 그림자가 서성거렸다는 것.

이런 잘난 사람도 그런 남자를 만나는구나 하는 생각이 들자 살짝 친근감이 생겼다.

"자, 그럼 두 사람의 가계부를 볼 수 있을까?"

마이코와 아야는 서로 한 번 마주 본 뒤 수첩에 적어온 가계부를 보였다.

"조금 창피한데…."

그 말이 새어 나올 만큼 젠자이는 두 사람의 가계부를 물끄러미 주시했다. 항목별로만 써 내려간 별 볼 일 없는 가계부다.

마이코의 가계부는 월급 15만, 월세 6만, 휴대전화 요금 1만, 식비 1만, 생활용품 5천, 엄마 생활비 1만, 관리비 1만, 의복비 5천, 학자금 3만 엔.

아야는 월급 14만, 월세 4만5천, 휴대전화 요금 1만, 관리비 1만, 식비 1만, 화장품과 생활용품 1만, 학자금 3만 엔 정도다.

"나머지는 개인 용돈으로 쓰고 있어요"라고 마이코가 설명하자 젠자이는 알았다며 고개를 끄덕였다.

"저축은 전혀 할 수가 없어서."

그 간단한 메모를 구멍이 뚫어져라 보고 있자 아야도 창피했는지 변명처럼 중얼거렸다.

그러나 젠자이는 "괜찮네"라고 중얼거렸다.

"괜찮다고요?"

저도 모르게 소리가 나왔다. 이런 가계부… 실수령은 고작 15만 엔뿐이고 거기서 학자금 갚고 저축은 꿈도 못 꾸는 이 가계부가 괜찮다고?

"무슨 뜻이에요?"

젠자이가 자신들을 우습게 여기는 걸까.

그녀는 그제야 고개를 들었다.

"괜찮다고 한 건 개선의 여지가 많다는 말."

"네?"

"이게 완벽한 가계부였다면 솔직히 곤란하겠다 싶었는데, 이 정도면 아직 개선의 여지가 있어."

"하지만, 그래도 열심히 절약하고 있어요. 낭비는 거의 안 하고요."

그 말에는 대답하지 않고 젠자이는 재빨리 물었다.

"연금이나 건강보험료는 월급에서 먼저 빠지지?"

두 사람은 고개를 끄덕였다.

"그럼 학자금에 관한 서류를 보여줘."

가방에서 꺼내자 그녀는 그것도 물끄러미 응시했다.

"금리는 비교적 싸네. 1퍼센트 남짓 정도네…."

역시, 그렇구나, 하며 젠자이는 연신 고개를 끄덕였다.

"싼 편인가요?"

"응. 솔직히 이 금리, 예를 들어 장사를 시작할 때 은행에서 빌리는 걸 생각하면 훨씬 싸지. 보통은 3퍼센트 정도고 카드론 같은 건 13퍼센트 이상인 경우도 있으니까. 오히려 지금은 은행 도 좀처럼 안 빌려줄 때도 있어."

마이코와 아야는 얼굴을 마주 보았다. 대체 그녀는 무슨 말이 하고 싶은 걸까.

"빚이나 학자금이 무조건 나쁘다고는 말할 수 없어. 때로는 빚을 져서 사업을 빨리 진행하기도 하니까. 이를테면 학자금도 일부러 대출을 받는 부모도 있어. 금리가 낮은 빚이니까. 필요가 없는데 아이에게 대출을 받게 해서 그 돈으로 집을 산다거나 자기 사업을 위해 사용하는 거지. 물론 그건 부모가 갚지만."

"그 말은 학비를 낼 여유가 있는데도 일부러 학자금 대출을 받는 부모가 있다는 뜻이에요?"

"그렇지."

"하지만 분명 학자금 대출받을 때 부모의 경제 상태를 심사하는 과정이 있어요. 연 소득이 얼마 이하, 이런 식으로. 소득이 많으면 신청이 안 될 텐데요."

"아, 그것도 부모가 사업자면 자신의 급여를 얼마든지 정할 수 있어서 조정 가능해. 회사 수입이 많아도 자기 급여는 아주 적게 처리할 수 있지."

"그렇구나."

고개를 끄덕이면서도 마이코는 이해가 잘 안 갔다. 자신과는 너무나 동떨어진 세계다. 자녀의 학비는커녕 자기 생활비조차 감당하지 못하는 엄마를 떠올렸다.

"두 사람에게 하고 싶은 말은, 그런 세계도 있다는 거야. 세상에는 뒤집어 생각하면 되는 일도 있어."

"네."

"그래서 내가 제안하는 건데."

"부탁드려요."

"먼저 고정 지출을 줄이자. 두 사람은 열심히 절약하고 있어 보이지만, 지금 방법으로는 한계가 있어. 식비나 생활용품, 화장품 같은 거를 줄인들 많아 봤자 1, 2만 엔이잖아."

"네."

"월세, 휴대전화 그리고 교통비나 관리비도 확실하게 줄이는 방법이 있어."

"뭔데요?"

젠자이는 두 사람을 가리켰다.

"둘이서 사는 것."

"네?"

그건 지금까지도 가끔가다 둘이서 이야기를 나눈 적이 있었다. 언젠가 근처에 같이 살면 좋겠다고.

"둘이서라면 좀 더 신주쿠 근처에 살 수 있어. 돈뿐만이 아니라 시간 절약도 되고. 어때? 다행히 사이도 좋아 보이는데, 싫지 않으면."

싫기는커녕 꼭 그러고 싶지만….

마이코는 아야를 조심스레 쳐다봤다. 그러자 아야도 눈을 부릅뜨고서 자신을 쳐다봤다.

두 사람의 모습에는 개의치 않고 젠자이는 수첩을 꺼내 메모를 시작했다.

"신주쿠에서 전철로 30분 이내 거리의 2LDK에 산다고 치면… 둘이서라면 월세 8만 엔으로 찾아보자. 그러면 월세는 각각 4만 엔씩. 그리고 휴대전화는 알뜰폰이나 안라쿠 제품으로 하면 가능한 한 무료 내지 그에 가깝게 할 수 있어. 이걸로 1만 엔 이상 절약. 둘이서면 식비나 관리비도 줄일 수 있지."

젠자이는 막힘없이 계산해 나갔다.

"그리고 그동안 학자금 상환을 면제받으면… 방송통신대학 등록금과 수업료를 내더라도 월 5만 엔씩은 저축할 수 있어."

"저기, 생각을 좀 해봤는데요, 그래도 되는 거예요?"

"응?"

"비법 맞는 거죠? 위반되고 그런 거 아니죠?"

"확실히 이 비법에는 찬반양론이 있어. 개중에는 부정하게 사용하는 사람도 있으니까."

"그래요?"

"하지만 너희들은 결코 학자금을 안 갚겠다는 게 아니잖아? 그저 잠시 기다려 달라는 거니까. 내 제안은 이 월 5만을 투자해서 잔금 300만을 모았을 때 일괄 상환하자는 거야."

아야는 순순히 고개를 끄덕였지만 마이코는 투자라는 말이 나왔을 때 조금 긴장했다.

여기서 혹시 젠자이가 무슨 위험한 투자 이야기를 꺼내는 건 아닐까.

"그 투자가 뭔가요? 어디에 맡기는 거예요?"

"뭐든 상관없어."

"네?"

"일반 증권회사에서 파는 노로드, 즉 판매 수수료 없이 신탁보수가 1퍼센트 이하인 투자신탁을 NISA 주식으로 사는 거야. 그러면 세금도 안 들고. 가능하면 최대한 다양한 대상에 투자하는 것이 좋아. 전 세계 주식도 괜찮고."

알아들을 수 없는 단어가 계속해서 나왔다.

"뭐, 자세한 이야기는 나중에 다시 하겠지만, 그런 투자신탁은 대체로 평균 6퍼센트 정도의 성장을 전망할 수 있어서, 아마 늦어도 4, 5년 후에는 갚을 수 있을 거야. 그렇지만 이건 투자니까 장담할 수는 없어. 마이너스가 될 가능성도 있어."

"아, 그런데 젠자이 씨."

"말해."

아야가 머뭇대며 말했다.

"저희는 모아놓은 돈이 없어요. 그러니까… 이사할 돈 같은 건 없어요."

그렇다, 그럴 돈이 있었다면 진작에 아야와 살았을 것이다.

"그건 내가 빌려줄게."

젠자이는 아무렇지 않게 말했다.

"네?"

젠자이는 정말이지 깜짝 놀랄 말만 했다.

"둘이서 살 수 있고, 보증금과 사례금도 공짜인 이른바 제로

제로 물건을 찾아봐. 와이파이 완비면 더 좋고. 그러면 이사비는 내가 내줄게."

"그렇지만, 우리는 못 갚을 수도 있어요…."

"그 대신, 학자금 상환을 마칠 때까지 너희들을 취재하고 싶어. 가계부도 같이 해서 가끔 만나 이야기를 들려줘."

"그거면 돼요?"

"그러면 나도 약간의 조언을 해줄 수도 있고. 그 과정을 책으로 쓸게. 물론 두 사람의 이름은 가명으로."

"대체 왜 이렇게까지 해주는 거예요? 어쩌면 우리가 완수하지 못하고 도망갈 수도 있어요."

마이코가 말했다.

"그러게."

젠자이는 고개를 젖히며 머리를 쓸어 넘겼다.

"굳이 말하자면 호기심일까. 그동안 두 사람과 이야기하면서 성실하게 노력하고 있다는 게 너무 느껴졌고 두 사람이 행복해졌으면 좋겠어. 그러기 위해서는 기회가 필요하고 한 번쯤은 두 사람에게 기회가 있어도 되지 않을까 하고 생각해."

"고맙습니다."

"아니, 고마워할 필요 없어. 만일 실패하더라도 그건 그것대로 소재가 되니까."

"소재?"

그리고 나도 한 번쯤 바보 같은 짓을 해보고 싶었거든, 하고 젠자이는 중얼거렸다.

마이코는 아야의 얼굴을 쳐다봤다. 어떡할까? 그 얼굴도 그렇게 묻고 있었다.

"뭐 나머지는 둘이서 의논해 봐. 정해지면 연락하고."

젠자이는 자리를 뜨려고 했다.

"나는 하고 싶어."

마이코는 무심코 소리를 질렀다. 젠자이가 가버리면 이 행운은 사라져 버릴 것 같았다.

"나는 하고 싶어, 아야."

"나도. 마이와 살 수 있다면 뭐든지."

"정해졌네."

"잘 부탁드려요!"

"아, 맞다."

젠자이는 가방을 열어 장지갑을 꺼냈다. 루이비통 지갑이었다.

"이거, 너희한테 줄게."

"네? 무슨 말이에요?"

그녀는 지갑을 열어 신용카드와 지폐며 동전을 전부 끄집어내 비우고서는 아야와 마이코에게 건넸다.

"이걸 두 사람의 공동 지갑으로 써. 새로운 생활이 시작되면 여기에 한 달 예산을 넣어두고 쓰는 거야."

"그래도 이렇게 비싼 건 못 받아요."

"아이, 괜찮대도. 마음껏 써. 봐봐, 이거 마이코와 똑같은 이니셜이 새겨져 있어 딱이네."

말한 대로 금색 글자 'M.H'가 새겨져 있었다.

"내가 주는 새 출발 축하 선물. 실은 이 지갑, 내 마음과 운세를 좀 바꾸고 싶어서 샀었어. 이젠 필요 없으니까."

"운세가 바뀌었어요?"

"그럼. 아마도 너희들 덕분에."

젠자이는 활짝 웃었다.

우리는 천사와 계약한 걸까. 아니면 악마와 계약한 걸까. 마이코는 알 수 없었다.

한 달 후, 두 사람은 요미우리랜드마에역에서 도보로 11분, 월세 7만9천 엔의 빌라로 이사했다.

지은 지 48년 된 낡은 건물이지만 내부는 깔끔하게 수리돼 있었다. 2LDK에 각자의 방이 있다.

이사에 든 비용 20만 엔은 약속대로 젠자이가 빌려주었다. 그녀는 빌라까지 찾아와 두 사람의 생활을 사진으로 찍고 돌아갔다.

"자, 이제 둘 하기에 달렸어."

젠자이에게 받은 장지갑은 생활비를 넣은 뒤 냉장고 위에 올려두었다.

제 6 화

지 갑 은 춤 춘 다

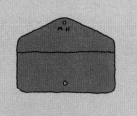

"다시 말해, 사타케 씨의 집에 갔더니 노다가 있었다는 거죠?"

젠자이 나쓰미가 노트에서 고개를 들고 물어와 하즈키 미즈호는 작게 끄덕였다.

"네. 그래도 처음에 만났을 때는 그… 노다 유이치로인 줄은 몰랐어요. 젊은 남자가 있길래 보니 사타케 씨가 '먼 친척 조카'라고 했어요. 남자도 그 말에 고개를 끄덕였고요."

"그때가 2021년 6월이 맞나요? 지금으로부터 8개월 전이네요. 도쿄에 긴급사태 선포가 내려졌던 때죠."

"네, 그 무렵이었던 것 같아요."

"그가 무슨 말을 하던가요?"

"아뇨, 거의 아무 말 안 했어요. 사타케 씨 집의 에어컨이 고장 난 거 같다고 해서 방문했었어요. 거긴 제가 직접 관리하고 있어서요."

"그렇군요."

젠자이는 다시 노트로 시선을 옮겼다.

젠자이로부터의 취재 의뢰는 지지난 주 부동산을 통해 들어왔다.

"하즈키 씨, 인터뷰 어떠세요?"

전화를 준 건 두 번째 낡은 건물을 살 때 중개해 준 부동산 직원, 시바사키다. 미즈호와 비슷한 또래 남성으로 사정을 속속들이 알고 있고, 가끔은 인터넷이나 가게 문에 붙이기 전의 매물 정보를 줄 때도 있어 고마운 사람이다. 미즈호도 명절이나 연말 인사는 빠뜨리지 않았고 그가 알려준 건물은 반드시 둘러본다.

부동산 투자를 시작한 지 4년, 그곳뿐 아니라 몇 군데의 부동산과도 그런 관계가 형성되어 있었다.

"방금 하즈키 씨를 취재하고 싶다는 연락이 와서요."

"또요? 어디의 무슨 취잰데요?"

사실 미즈호는 몇 번인가 여성 부동산 투자가로 인터뷰한 적이 있었다.

'겐비야' '라쿠마치' 등 수익 부동산을 전문으로 다루는 사이트가 몇 군데 있는데, 그중 하나인 '싱글벙글 건물주'라는 대형 인터넷 정보 서비스의 '레이디스 건물주 달인!'이라는 특집에 자주 거론됐다. 작가에게 이야기를 들려주고 두 시간에 도서카드 3천 엔어치를 받았다.

인터뷰라는 것도 처음에는 신기했고, 무엇보다 자신의 과거와 미래를 물어오니까 마치 유명인이라도 된 것 같아 기뻤다. 여성 건물주는 역시 드문 존재인 것 같다. 그래서인지 반년에 한 번꼴로 이런 연락이 온다.

"뭐 괜찮지만, 늘 비슷한 얘기만 해서…."

대체로 모든 취재가 부동산 투자를 시작한 이유, 기초 자금을 어떻게 마련했는지, 남편의 허락은 받았는지, 가족은 협조해 주는지, 건물주로서 일하는 동안 육아는 어떻게 하고 있는지, 셀프 리모델링은 어디서 배웠는지, 대출은 어디서 받고 있는지 등등 질문은 뻔했다.

그런데 시바사키는 미즈호가 생각지도 못한 말을 했다.

"아뇨, 아니에요. 지난번의 사타케 씨 일로."

"하아."

미즈호는 자신도 모르게 한숨을 내쉬었다.

"그럼 사고 건물 특집인가? 근데 거긴 사고 건물이 아닌데."

"아뇨, 그게 아니라, 사타케 씨나 집 이야기가 아니라 체포된 노다 유이치로 일이에요."

"아, 그 사람…."

"그리고 매체도 부동산 사이트가 아니라 프리랜서 작가인데, 이름이 뭐랬더라."

그가 뭔가를 넘기는 소리가 들려왔다.

"아, 젠자이 나쓰미 씨라는 사람. 무슨 책을 내는 사람이던데, 아세요?"

수화기에 대고 숨을 삼켰다.

"알아요! 책도 읽은 적 있어요."

미즈호는 자신의 목소리가 조금 흥분한 것을 느꼈다.

"저는 책을 안 읽어서, 그쪽으로는 잘 모르는데. 역시 하즈키 씨는 대단하네요, 요즘 세상에 책을 읽다니."

"그 정도는 아니에요."

젠자이 나쓰미, 그 이름을 들은 게 얼마 만이야.

예전에는 그렇게 빠져 있었는데. 솔직히 이름도 잊고 있었다.

요즘엔 바빠서 주부 대상 절약 책이나 잡지 같은 건 집어 들지도 않는다. 읽는 거라고는 부동산 투자에 관한 책이나 경제서다. 가능하면 조만간 공인중개사 자격증을 따고 싶고, 부기 자격증도 따고 싶어 꾸준히 공부하고 있다. 쓸데없는 시간 낭비는 일절 없다.

흥미가 완전히 옮겨갔다. 수백만, 때로는 수천만 엔의 돈을 움직이는 부동산 투자를 하다 보니 고작 식비나 관리비 몇십 엔을 아껴봤자 변하지 않는다고 여기게 됐다. 물론 지금도 낭비는 절대 안 하지만, 그보다 은행의 금리가 1퍼센트라도 낮아지는 방법을 배우는 게 훨씬 중요했다.

그런 주부의 절약에 흥미가 사라져 자연스레 젠자이의 책과도 멀어졌는데, 그 이유만은 아니라 그녀의 책 자체가 서점에서도 잘 안 보이게 된 탓도 있다. 늘 기다렸던 주부 잡지 칼럼에서도 어느샌가 이름이 사라져 있었다.

"어쨌든 노다가 일으킨 특수 사기 사건을 좇고 있어서 그에 관해 조사하고 싶대요. 그래서 그와 실제로 만난 사람을 찾고 있는 중이라고."

"그래요…."

"어떻게 할래요? 제가 거절해도 되고요."

"아뇨, 할게요."

마음은 이미 정해져 있었다.

"지금 생각났는데요."

미즈호는 필사적으로 손을 움직여 메모하고 있는 젠자이에게 말했다.

"어쩌면 노다는 저와 안 마주치려고 했는지도 모르겠어요."

"네? 그런 느낌이 있었나요?"

"네. 먼저 집에 들어갔을 땐 없었어요. 그랬는데 사타케 할아버지한테 언제부터 에어컨 상태가 이상하던가요, 하고 물었더니 할아버지가 '글쎄, 그저께부터였지?' 하고 안쪽으로 말을 걸더라고요. 누가 있다는 걸 알고 깜짝 놀랐죠. 사타케 씨가 입주할 때는 혼자였으니까요."

"그건 확실하죠?"

"기초생활수급자는 거의 혼자 살아요. 독거노인이 압도적으로 많죠. 드물게 부부도 있지만."

"그렇군요."

"할아버지가 그렇게 말을 걸자 노다 씨가 안에서 얼굴을 내
밀었어요. 성가시게 됐다는 표정으로. 그러더니 '맞아요, 그저께
부터요'라고 대답하고는 이내 도로 들어갔어요. 제가 너무 놀라
'어머, 친구분이세요?' 하고 물으니까 할아버지가 아차 싶은 얼
굴로 '친척 조카가 와 있어'라더군요."

"하즈키 씨도 이상하다고 여겼군요."

"네. 기초생활수급자는 대부분 혼자니까. 지자체도 부모 형
제나 친척 중에 그 사람을 돌볼 수 있는 사람이 없는지 일단 확인
이 돼야 생활보호를 해주는 규정이 있고요. 그래서 혼자 지내도
괜찮나 싶을 만큼 걱정하게 되는 일도 자주 있어요."

"그 외에 또 들은 얘기가 있나요?"

"그때는 아무것도. 그보다 지금이니까 하는 말이지만, 좀 곤
란하게 됐구나 싶었죠. 그가 정말로 친척 조카였다면 일할 수 있
는 나이의 젊은 남자가 기초생활수급자 집에 있다라…. 단순히
놀러 온 거면 다행이지만, 같이 살게 할 수는 없어요. 집주인으로
서도 처음 계약과는 다른 셈이니. 하지만 이런 일로 할아버지가
생활보호를 받지 못하게 돼 집에서 쫓겨나게 되면 불쌍하고요."

사실은 '할아버지가 불쌍하다'라는 것뿐만 아니라 안정적
인 수입이 사라질 걱정도 있었지만 그 말은 하지 않았다.

"너무 깊게 파고들지는 않았어요. 그런데 이상하다고 생각
한 게 또 있었어요."

"어떤 건가요?"

"벽면에 젊은 남자 점퍼와 셔츠가 몇 개가 걸려 있더라고요. 그게 한두 벌이 아니어서, 뭔가 놀러 와서 걸어놓은 느낌도 아니고. 그래서 여기에 사나 싶었어요."

거기까지 설명하다가 미즈호는 깜짝 놀랐다.

"저기, 이거 어디에 쓰실 거죠? 방금 한 이야기도 쓰나요?"

젠자이가 고개를 들었다.

"아뇨, 곤란한 거면 안 넣습니다."

"방금 건 쓰지 말아주세요. 제가 동거인일 줄도 모른다고 의심하면서도 아무 행동도 취하지 않은 게 되면 곤란해져서요. 보고 의무가 있는 건 아니지만 가만히 있었다는 걸로 나중에 차질이 생길지도 몰라요."

"하즈키 씨의 이름을 내보내지 않아도 안 될까요?"

"네, 뭐."

노다 일은 작게 기사가 났었다. 도피 중에 기초생활수급자이던 노인과 함께 생활했었다는 사실은 눈길을 끄는 뉴스였다. 이 근방 부동산을 비롯해 시청의 사회복지과 관계자들은 모두 알고 있을 것이다.

"그럼 이 부분은 얼버무려 쓸게요."

"부탁합니다."

일단 확인은 받았지만 여전히 불안이 남았다. 그 표정을 읽었는지 젠자이가 말했다.

"이를테면 사타케 씨는 친구라고 설명했는데 꽤 젊어서 조금 의아했다, 정도면 어떠세요?"

"네, 그러면 되겠네요."

그 말을 듣고서야 겨우 안심이 되었다. 그 안도감 때문인지 쓸데없이 이야기를 덧붙이고 말았다.

"그리고 집을 나오면서 뒤를 돌아봤더니, 2층에 작은 베란다가 있거든요, 거기에 할아버지 걸로는 안 보이는 트렁크 팬티가 널려 있어 역시라고 생각했어요. 단순히 놀러 온 게 아니라 사는 건가 하고요."

젠자이가 갑자기 웃었다.

"왜 그러세요?"

"아뇨, 하즈키 씨, 관찰력이 되게 날카롭네요."

칭찬이라 기분이 나쁘지는 않았다. 하물며 한때 애독하던 책의 저자다.

"집주인이니 아무래도 그런 부분이 보이죠. 제가 그렇게 자주 드나들지는 않지만 오면 저도 모르게 그만. 직업병이죠. 역시 제 부동산이 걱정되니까."

"그렇군요, 그럼 하던 얘기로 돌아가서···. 노다를 다시 만난 건 언제인가요?"

"한 달쯤 지나서 사타케 씨가 쓰러졌어요."

미즈호는 시간을 더듬으며 설명했다.

"보통은 집주인이라도 바로 알 수가 없는데, 근처에 임대하고 있는 다른 집이 있어요. 거기에 들어와 살고 있는 사람이 바로 연락이 와서. 사타케 씨가 집 앞에서 쓰러져 구급차에 실려 갔다고. 그래서 제가 황급히 전동자전거로 달려갔었죠."

"음, 그게 몇 시쯤이었나요?"

"거의 자정 무렵이었어요. 11시쯤. 도착했을 땐 연락한 분만 집 앞에 서 있었고요. 아무래도 몸 상태가 이상하다고 느꼈는지 사타케 씨가 직접 구급차를 불렀나 봐요. 코로나인가 싶어 걱정했는데 기침도 안 했고 그건 아닌 것 같다고 해서 조금은 마음이 놓였죠. 이야기를 나누고 있는데 이웃집에서도 어수선함을 느꼈는지 나오는 바람에. 일단은 집으로 돌아가려는데 문득 깨달았죠. 어? 전에 있던 그 남자는 어디로 갔지, 하고 말이죠. 그래서 집 초인종을 눌렀는데 아무도 안 나오더라고요. 시간이 늦었기도 해서 그날은 그냥 돌아갔죠."

"네."

"그러고 다음 날 다시 자전거를 타고 집에 갔어요. 집이 어떻게 됐나 걱정도 됐고 이웃집과 연락을 줬던 세입자에게도 감사 인사차 먹을 걸 사서요."

"고생이 많으시네요. 집주인이 그렇게까지 하나요?"

"뭐, 이번에는 집 밖에서 쓰러져 구급차로 바로 병원에 가서 천만다행이었죠. 아무래도 기초생활수급자분들은 연세 많으신 노인이나 거동이 불편한 분이 많아서. 고독사하면 집주인으로서는 솔직히 곤란하거든요. 임대업은 리스크가 발생하니 그 정도는 해야 해요."

"죄송해요. 말이 새는데, 리스크란 게 어떤 의미인가요?"

"건물주라는 게 속 편해 보일지 몰라도 늘 리스크와 함께 해요. 예를 들면 월세가 밀린다든가 야반도주, 사고나 사건이 발생하는 경우가 있어요. 사소한 거라면 세입자가 금방 나가버린다든가. 뭐, 어떤 사람이 들어와도 리스크야 항상 따르지만, 기초생활수급자는 월세 체납이나 갑자기 나가버리는 리스크는 적은 만큼 고독사 문제가 있죠."

"월세 체납은 없나요?"

"네. 그 동네는 지자체에서 집주인에게로 월세가 직접 입금되게끔 되어 있어서 그 부분은 편해요. 그래도 뭐, 우리를 포함해 건강한 사람도 돌연사나 고독사의 가능성은 있으니까. 틈날 때 종종 둘러보거나 세입자를 만나려고 하고 있어요."

"쫓겨나는 경우도 있나요?"

"기초생활수급자 같은 경우에는 사망하지 않는 한 거의 없어요."

"그렇군요. 죄송해요. 그래서 다음 날 어떻게 됐나요?"

"다음 날 제가 그 집에 가서 현관문을 노크했어요. 그런데 아무런 응답이 없길래 마당 쪽으로 돌아가…. 아, 마당은 현관에서 보일 정도로 옆에 붙어 있어서 거실 창으로 안을 살피는데, 있더라고요."

"있다니, 노다 그 사람이요?"

"네. 노다 유이치로 씨가 창을 열어둔 채로 자고 있었어요.

발이 창밖으로 살짝 튀어나와 있었는데, 웃음이 나더라고요. 어찌나 당당하던지."

미즈호는 그 광경을 떠올리며 팔을 베고 그가 자던 모습을 흉내 냈다.

"그래서 실례할게요, 하고 말을 걸었더니 깜짝 놀라 일어나서는, 그렇게 놀랄 거면 그런 데서 자지를 말든지, 마당에서 불어오는 바람이 기분 좋아서 자주 낮잠을 잔다고 하더라고요. 할아버지가 구급차로 실려 가신 건 아냐고 물었더니 네? 같은 얼빠진 소리를 내는 게 아는지 모르는지 잘 모르겠더라고요. 그래도 뭐, 그건 알고 있었겠죠. 여긴 사타케 씨 집이니까 하고 우회적으로 주의를 줬는데 사타케 할아버지가 여기에 있어 달라고 했다면서 횡설수설 변명을 늘어놓더라고요."

"그래서 하즈키 씨는 어떻게 하셨나요?"

"이게 또 책임감 부족이라는 말을 들을 것 같은데, 확실히 그 사람이 친척이 아니라는 증명도 안 되고 집에 아무도 없는 것도 불안하고. 할아버지 집에 훔쳐 갈 만한 것이 있어 보이지도 않아서. 기초생활수급권을 받기 전에 재산적인 건 모두 처분했을 테니까요. 그냥 둬도 되겠지 싶어 돌아갔어요."

젠자이와 이야기를 나누다 보니 점점 그때의 일이 생각났다.

"다음 달에 사타케 씨가 입원해 있는 동안 경찰에게서 전화가 왔었어요. 그 집에 사는 사람을 아느냐고요."

"어머."

"할아버지가 아니라 젊은 남자 쪽을 묻더라고요. 확실히 그런 사람을 본 적이 있다고 대답했더니 체포해야 한다고 어떤 사람인지 알려 달려고 했어요."

"어머, 경찰이 그런 걸 물어요?"

"저도 놀랐는데, 제법 있나 보더라고요, 나중에 들어보니까 같은 일을 경험한 다른 집주인이 있었어요. 사전에 어떤 사람인지 정도는 물어보는 것 같아요."

"놀라셨겠네요."

"네, 그런데 절대로 아무에게도 말하면 안 된다고 함구시키더라고요. 그와 사타케 할아버지에 관해 알고 있는 대로 다 이야기하고, 아, 그날 중으로 임대 계약할 때의 계약서를 보여달라고 해서 젊은 형사가 와서 복사해서 가져갔어요."

"그랬군요."

"그날 종일 마음이 편치 않았어요. 그리고 정말로 다음 날 체포된 것 같아요. 그것도 나중에 연락이 왔었어요. 체포 이유는 특수 사기라고 했어요. 오사카에서 특수 사기를 저질러 체포됐다가 도망쳐서 계속 지명수배 중인 도망범이라고 했어요."

그 일이 있고 몇 달 후 사타케는 병원에서 죽었다. 몸 여기저기에 암이 퍼져 있었던 모양이다. 장례 절차는 미즈호와 부동산에서 처리했다.

"경찰은 딱히 이 집에 관해서는 조사할 게 없다고 했지만 한 달 정도는 그대로 두었어요. 입원 중에 사타케 씨 병문안을 갔을 때 연락될 만한 친척은 없다, 집 안의 물건은 알아서 처분해 달라고 짧게 써줬던 적이 있어요. 그 덕분에 절차는 빨리 진행됐어요. 장례식은 기초생활수급자가 사망한 경우의 장례 부조 제도가 잘되어 있어서 따로 지출은 없었어요. 그런 절차도 저는 처음이어서 정말로 공부가 되었어요."

"노다가 사타케 씨 집에 살게 된 경위는 들었나요?"

"네. 그 때문에 할아버지 병원에 여러 번 병문안을 갔었고, 그가 체포된 뒤에도 이야기를 하러 갔어요."

"그럼 노다가 체포된 소식은 하즈키 씨가 전했나요?"

"아뇨, 그 전에 경찰이 할아버지에게 전했을 거예요."

"그래서 노다를 어떻게 알게 됐다던가요?"

"역 앞에서래요. 역 앞 로터리에서 왜 노인분들 캔맥주나 소주 사서 벤치에 앉아 잘 마시잖아요. 돈이 있을 때야 가게에서 마시지만 코로나로 가게도 문을 닫았고 돈이 없으면 그리로 모이죠. 그날따라 다른 노인이 없어 할아버지 혼자 마시다가 같은 벤치에 앉아 있던 노다에게 말을 걸었는데 상대를 해준 모양이에요. 그래서 소주를 대접하고 친해졌대요. 노다에게 갈 곳이 없다는 소리를 듣고 자기 집으로 가자고…. 본인은 기초생활수급자라고 했더니 노다가 부럽다고 했대요. 할아버지 되게 행복한 표정으로 그 얘기를 했어요."

"그런 말씀을 하셨어요?"

"할아버지도 적적해하셨고 노다도 집이 없으니 딱 맞았던 거죠. 맞다, 노다가 체포된 후에 '사타케 씨도 범죄에 연루되었나요?'라고 제가 경찰에 물었더니 역시 그건 아닐 거라고 했었어요. 할아버지는 노다가 갈 곳이 없다고 해서 재워줬을 뿐이고 입원 중이니까라면서요. 그렇지만."

미즈호는 잠시 생각을 하더니 망설이다가 말했다.

"할아버지는 노다의 죄를 어느 정도 알고 있었어요. 돌아가신 지금이니까 하는 말이지만."

"네? 정말로요?"

"한 달 넘게 같이 살았으니까요. 제가 할아버지에게 '노다가 뭘 했는지 몰랐어요?'라고 물었더니 '보이스피싱 사기를 쳤다고 했어'라고 했거든요."

"흠."

"그래도 '다시 시작하고 싶다고 했었어'라고 했대요. 할아버지 조금 우셨어요."

"우셨어요?"

"외로운 처지에 있는 동지들만이 느끼는 연결고리가 있지 않았을까요."

"그랬겠네요."

"보이스피싱 사기도 여러모로 힘들었대요. 블랙기업처럼 할당량도 고되고 서로의 이름도 아무것도 모르는 무리가 모여서 발각되지 않도록 연락처 같은 것도 절대로 알려주면 안 되니 친구 하나 없었대요. 그래서 할아버지라도 이렇게 이야기를 나눌 수 있어 즐겁다고 했나 보더라고요. 기쁘지 않았을까요 사타케 씨도."

젠자이는 열심히 미즈호의 말을 받아 적었다.

"저기 저도 질문 하나 해도 될까요?"

미즈호는 용기를 내어 물었다.

"하세요."

젠자이는 고개를 들었다.

"젠자이 씨는 왜 노다 일을 조사하고 있나요?"

"아, 제가 최근 몇 년간 줄곧 빈곤 여성 르포를 써왔는데요."

젠자이는 가방에서 한 권의 책을 꺼냈다.

"괜찮으시다면 가지셔도 돼요."

내민 책에는 『당신들은 왜 '유흥업소'에 빠졌는가』라는 제목이 적혀 있었다. 자신의 오른손으로 눈가를 가린 젊은 여성의 흑백 사진으로 된 표지였다.

"가장 최근에 낸 책이에요. 하즈키 씨 같은 분에게는 조금 자극이 셀지도 모르겠네요."

"아뇨, 흥미가 많아요. 읽고 싶네요."

감사해요, 하고 고마운 마음으로 책을 받아들었다. 결코 인사치레가 아니라 정말로 흥미가 있었고 임대업을 하는 데에도 공부가 되겠다고 생각했다.

"다음에는 빈곤 남성 책을 쓰려고 준비 중이에요. 그러던 와중에 얼마 전 일망타진한 특수 사기 사건을 좇고 있었는데, 체포된 노다 유이치로에게 흥미가 생겨서요. 보이스피싱 사기로 노인을 등쳐먹은 남자가 기초생활수급비를 받는 노인 집에서 체포되었다는 것도 재미있어서, 이렇게 말하면 좀 그렇지만, 아무튼 이것저것 알고 싶어져서요."

"그렇구나."

"노다도 불쌍한 사람이에요. 전에 다녔던 회사 사람들 얘기를 들어보니 아무래도 주식 정보에 속아서 실패했던 게 계기가 된 모양이에요. 그전까지는 평범한 직장인이었는데."

미즈호는 더욱 용기를 내어 말하기로 했다.

"저기, 저 사실은 젠자이 씨 팬이어서 칼럼이나 책들 챙겨 읽었어요."

"어머! 그러셨구나. 감사합니다."

젠자이가 고개 숙여 인사했다. 하지만 어딘가 싸늘한 모습이었다.

"그때와 글이 많이 달라졌네요…."

조심스레 묻자 그녀는 수줍은 듯이 웃었다. 인터뷰하는 내내 처음으로 보는 자연스러운 미소였다.

"전에는 풍수나 지갑 관련 글을 쓰셨죠?"

"30대 중반부터 이런 취재를 하게 됐어요. 전에는 절약 작가라고 해야 하나, 풍수가 비슷한 일을 했었는데 논픽션 관련 작은 상도 받고 지금은 완전히 이쪽으로. 하지만 책은 전혀 안 팔려요."

쓴웃음을 지었지만 어쩐지 만족스러워하는 표정이었다. 분명 스스로 납득할 수 있는 일을 하고 있다는 걸 알 수 있었다. 미즈호도 지금은 그러니까.

"그랬군요. 저도 그때 젠자이 씨의 책을 읽고 열심히 절약했어요."

"하즈키 씨는 전업주부였어요?"

"네."

"그런데 어떻게 임대업을?"

그래서 미즈호도 간단하게 남편의 빚이 발각되어 고정비를 줄이기 위해 오래된 건물로 이사했다는 것, 그 건물의 대출을 다 갚고서 다른 사람에게 세를 내주고, 다시 다른 건물을 사서 리모델링하고, 그걸 반복하다 보니 지금의 임대업에 이르게 되었다고 설명했다.

"수익 물건으로는 다섯 채의 주택과 낡은 빌라 세 채를 갖고 있어요. 연수익은 1천3백만 엔 정도 되려나요. 경비도 꽤 들고 대출도 갚아야 해서 큰 수입은 아니지만. 그 밖에 코로나 특별 대출도 활용해서 지금 가와고에에 신축 빌라를 짓고 있고…."

"대단하네요!"

어느새 젠자이는 미즈호의 말을 다시 메모하고 있었다.

"그럼 자본 없이도 시작할 수 있네요? 저, 여성이 건물주라는 말을 들었을 때 누구한테 상속이라도 받았나보다 싶었거든요."

"상속은 무슨, 아무한테도 받은 게 없어요. 그런 유산을 줄 친척이 있었다면 좋았겠지만. 돈이 없어서 살 수 있는 집도 낡고 작은 건물뿐이라 자연스레 세입자가 기초생활수급자분들이 많은 것도 있어요."

미즈호는 쓰게 웃었다.

"아뇨, 그건 어떤 의미로 신데렐라 스토리네요. 거의 0에서 건물주가 되었잖아요."

"시기가 좋았어요. 건물도 지금처럼 비싸지 않았고 은행 대출도 까다롭지 않았거든요. 코로나 직전에 이른바 '호박마차 사건*'이라는 부동산 대출 논란이 불거진 이후로 엄청 까다로워졌지만요."

"하즈키 씨의 이야기, 또 다른 기회에 천천히 들려주세요. 남편 빚에서 건물주라니, 여성의 일대기로 꼭 모두가 알고 싶어 할 거예요."

"아유, 무슨 그런 말을. 제가 뭐라고."

손을 내저으면서도 미즈호는 지금까지의 고생이 아주 조금 보답받은 듯한 기분이 들었다.

젠자이가 신주쿠의 르누아르에 도착했을 때 히라하라 마이코는 이미 와 앉아 있었다.

"오랜만이야, 잘 지냈어?" 묻자 가볍게 고개를 끄덕였다.

---

* 2018년 여성 전용 셰어하우스 '호박마차'를 운영하는 회사가 소유주들에게 약속했던 자금을 지불하지 못하게 되면서 회사의 부실 재정과 은행과의 관계가 드러나 부동산 업계에 큰 이슈가 된 사건

"뭔가 기분 좋아 보이네."

"좀 전에 취재로 만난 사람이 재미있는 사람이었어."

메뉴를 보면서 이야기가 나와버렸다.

"오, 그렇구나."

이렇게 만나는 게 벌써 몇 번째일까. 마이코와 만난 지도 어느덧 3년 반이 지났다.

"다음 책 아이디어 나온 거 같아. 자본 하나도 없었던 주부가 몇 년 만에 연수익이 1천3백만 건물주가 됐으니까."

자신도 모르게 히죽 웃음이 나왔다.

"우와, 무서워! 헤비 언니의 그 웃음."

마이코가 호들갑을 떨었다. 이제는 그녀와 이런 말을 주고받을 수 있는 사이다. 본명을 알려준 뒤로 헤비 언니로 불리고 있다. 처음에 "젠자이 나쓰미는 필명이고 본명은 헤비카와 마미야"라고 전했을 때는 폭소를 터뜨렸지만**. 그때 옆에서 함께 웃던 사이타아야는 더는 이곳에 없다.

"진짜 뱀 같아. 소재는 절대 안 놓친다니깐."

"헤헤헤헤."

"뭐, 그 덕분에 나도 학자금 다 갚았지만."

"다 갚았어?"

마이코가 가방에서 '상환 완료증'이라 적힌 엽서를 꺼내 보

** 헤비는 뱀이라는 의미가 있다

였다.

"작년 말에 다 갚고 지난주에 받았어."

"장하네."

"기쁘긴 한데 뭔가 공허하더라."

마이코는 엽서를 물끄러미 바라봤다.

"이런 것에 내 인생이 끌려다녔다니."

"그래도 마이코 열심히 했잖아."

엽서를 앞에 두고 마이코는 자세를 고쳐 잡았다.

"다시 한번, 정말로 고마워."

고개 숙여 인사했다.

그로부터 3년 반, 매달 정확히 5만 엔씩 NISA로 전 세계 주식과 S&P500 투자신탁에 투자했고 중간부터는 6만 엔으로 증액했다. 임시 수입이 있으면 그것도 넣어 3백만 엔을 마련했다. 8년 남짓 걸렸을 빚을 절약과 투자로 약 3년 반 만에 갚은 셈이다.

가장 힘들었던 때는 2020년 코로나 위기였는데, 그때까지 순조롭게 올라가고 있던 투자신탁이 한때 마이너스로 떨어졌던 시기다.

"헤비 언니, 어떡해. 여기서 일단 전부 팔고 이익 확정하는 게 좋을까?"

마이코가 떨리는 목소리로 전화를 해왔을 땐 젠자이도 고민스러웠다.

투자에 정답 같은 건 내놓을 수 없다. 그게 아무리 자산관리

사라도, '젠자이 선생'이라도.

젠자이 본인 자산도 크게 줄어들어 매일 심신이 깎이는 기분이었다. 하물며 거기에 전 재산과 인생을 걸었던 마이코와 아야는 얼마나 힘들었을까.

"나도 잘 모르겠어…. 그렇지만 적립 투자는 이런 때일수록 담담히 입금해야 한다고 생각해. 하지만 마이코와 아야가 팔고 싶다면 내가 막을 순 없어. 모든 건 자기 책임의 세계니까."

마이코와 아야는 투자 초심자였고 젠자이도 실은 리먼 쇼크 이후에 투자를 시작했기 때문에 그 세계에서는 병아리나 다름없었다.

"투자에 절대는 없어."

그렇게밖에 말할 수 없었다.

"조금만 더 힘내볼게."

그러나 힘내지 못한 건, 아야였다.

"역시 속았어. 투자 같은 건 우리가 할 수 있는 게 아니었어."

나중에 마이코에게 들으니 매일 자산이 줄어가는 것에 상당히 지쳐 있었다고 한다. 아야는 정직원이어서 6월과 12월은 다소나마 보너스가 나왔는데, 그것까지 모두 투자한 터라 더욱 힘들었을 것이다.

"그 여자 때문에 작년 보너스를 하루 만에 잃었어."

마이코가 달래도 아야의 안색은 점점 나빠져 남의 말을 듣지 않았다. 당시 아야에게는 남자친구가 있었다. 아르바이트 대학생으로 꽤 어린 남자였다.

처음에는 투자 이야기로 의기투합했던 모양이다. 그는 당시 유튜브 투자가의 말을 믿고 미국 주식을 조금 하고 있었다. 둘다 직장에서는 투자 이야기를 나눌 상대가 없어서 친해지는 건 순식간이었다.

결국 아야는 젠자이와 마이코에게도 말하지 않고 NISA의 투자를 모두 해약하고서 그가 권하는 가상화폐에 전액을 집어넣었다.

"투자신탁이나 가상화폐나 리스크가 있는 건 마찬가지야. 그렇지만 수익은 비교가 안 돼. 앞으로는 가상화폐의 시대야."

어디선가 들어본 듯한 말에 아야는 설득당했다.

가상화폐를 20배의 레버리지를 걸어 매수한 아야는 차곡차곡 모아 온 돈을 며칠 만에 모두 잃었다.

어느 날 마이코가 퇴근하고 집에 왔을 때 아야의 물건이 모두 사라지고 없었다. 함께 남자의 고향으로 도망친 것 같았다.

한편 마이코는 성실하게 계속해서 적립해 갔다. 이듬해 트럼프 정권에서 바이든 정권으로 바뀌면서 공전의 미국 주식이 급등했다. 덩달아 닛케이 평균도 버블 붕괴 이후 30년 만에 3만엔을 돌파. 코로나 위기로부터 주가가 회복한 덕분에 2021년 가을에는 시가 총액이 남은 학자금 상환금 300만을 무사히 넘길 수 있었다.

"정말로 그때 투자를 관두지 않아서 다행이야."

마이코는 한숨 섞인 목소리로 중얼거렸다.

만족스러워하는 마이코의 표정을 바라보면서 젠자이는 생각했다.

그건 결과론이다. 뭔가가 조금만 달라졌다면 여기에 있는 사람은 아야고 없어진 사람은 마이코였을지도 모른다. 아야가 꿈을 이루고 지금 억만장자가 됐을 가능성도 제로는 아니다.

문득 아까 만난 미즈호의 이야기를 떠올렸다. 그녀는 코로나 특별 대출로 큰 부를 거머쥐려 하고 있다.

코로나는 사람을 가난하게도 풍요롭게도 했다. 잃은 사람과 얻은 사람의 차이는 뭘까. 운? 확신? 다른 사람보다 눈치가 빨랐던 것? 그런 사소한 차이로 인생이 바뀐다.

확실하게 말할 수 있는 건 세계적으로 빈부격차가 더욱 벌어졌다는 것이다.

그것이 메워지는 때가 올까.

젠자이가 그런 생각을 하고 있는 것도 모르고 마이코는 조금 괴로운 표정을 지었다.

"실은 언니한테 한 가지 사과해야 할 일이 있어."

"응?"

가슴이 철렁했다.

"그 장지갑 말인데."

"장지갑?"

"왜, 그 루이비통. 우리가 지금의 생활을 시작할 때 받은 거

말이야. 이니셜 새겨져 있는 거."

"아, 그거."

겨우 생각이 났다.

"잊고 있었어. 그게 왜?"

"그거, 아야가 들고 나갔어."

"뭐?"

"그때 집 나갈 때 지갑도 들고 나간 모양이야. 냉장고 위에 한 달 치 생활비를 넣어놨었는데 몽땅 가지고 나갔어."

"생활비도 같이?"

젠자이는 지갑 이상으로 그 일이 충격이었다. 함께 살던 친구의 생활비까지 들고 가다니….

마이코는 눈을 내리깔았다. 별로 떠올리고 싶지 않은 일이겠지. 가장 믿었던 친구에게 배신당한 슬픔, 창피함, 그리고 걱정….

두 사람은 괘씸한 남자에게 놀아날 뻔했을 때 힘을 합쳐 도망쳤다고 했었다. 그런 일까지 있었으니 배신감이 얼마나 클까.

사람은 돈 때문에 변한다.

하지만 그 소리를 지금 그녀에게 하는 건 가혹하다는 생각이 들었다.

그래도 부정할 수는 없다. 돈은 사람을 바꾼다. 그게 아무리 적은 액수라도.

"그건 이니셜도 아야와는 안 맞는데, 팔아서 돈 마련했을 수도 있겠네."

정말 미안해, 마이코는 고개를 숙였다.

"아이, 괜찮아. 어차피 그건 내가 너희들한테 준 거잖아. 그덕분에 정말로 나는 운을 손에 넣었어."

아니, 정말로 운을 손에 넣었을까, 젠자이는 속으로 쓰게 웃었다.

지갑 이야기를 쓰던 때와는 들어오는 돈이 아예 다르다. 그전까지는 책을 내면 초판 부수가 수만 부부터 시작이었는데 처음 낸 논픽션은 초판 발행 3천 부라는 말을 듣고 말문이 막혔었다.

아동 복지시설을 나온 뒤 갈 곳 없는 아이들의 상황을 써서 작은 상을 받은 『틈새의 그녀들』과 그 후에 낸 『학자금이라는 병』만큼은 조금 팔렸는데, 그래도 합계 부수는 이전의 초판 부수도 안 됐다.

자질구레한 지갑이나 절약에 관한 칼럼 연재도 지금은 전무. 호사카의 잡지에만 소소하게 기사를 쓰고 있지만, '젠자이 선생의 싹트는 돈 연구소' 코너는 2년 전에 끝나버렸다.

에비스에서는 한참 전에 이사해 지금은 나카노의 작은 빌라에 살고 있다. 지갑 작가 시절에 모아놓은 돈과 투자한 게 있어서 당장 생활에 어려움은 없지만 결코 풍족하다고는 할 수 없는 생활이다. 에비스에서 나올 때 그 바텐더와도 자연스레 끝났다.

다만 호사카와는 이유는 모르겠는데 한 달에 한 번은 술 한잔하는 사이가 되었다. 일적으로가 아니라 사적으로.

그리고 그는 만날 때마다 "결혼하자" 하고 가볍게 던진다. 기고하고 있는 잡지의 편집장인 셈이니 본래라면 성희롱으로 고소해도 되는 안건이지만 "싫어요"라고 대답할 때 자신이 불쾌해하지 않는다는 것도 깨달았다.

지갑은 벌써 몇 년째 새것으로 바꾸지 않았다. 마이코와 아야에게 루이비통 지갑을 준 이후 집에 있던, 회사 다닐 때 쓰던 갈색 가죽 반지갑으로 돌아갔다.

그렇지만 지금 호사카에게 이야기하기 부끄러운 일은 하나도 안 하고 있다.

"그리고, 이거."

마이코가 봉투를 꺼내 젠자이 앞에 놓았다.

"뭐야?"

딱 봐도 돈이었다. 안을 열어보자 1만 엔짜리 지폐 다발이 들어 있었다.

"그때… 둘이서 생활 시작할 때 받은 이사비. 정말로 고마워."

내 인생이 바뀌었어, 마이코가 말하며 다시 고개를 숙였다.

솔직히 지금 젠자이에게는 고마운 돈이었다. 지폐를 꺼내어 세어보니 20만 엔인 걸 알고는 10만 엔을 도로 내밀었다.

"이거면 돼."

"무슨 소리야."

"반은 아야의 이사비잖아. 그건 아야에게 받을게."

기회가 생긴다면, 하고 웃었다.

"그래도."

"고마워. 정말로 지금 나 결코 예전처럼 부유하다고는 할 수 없으니까. 하지만 여기까지 온 건 마이코 본인의 노력. 나는 이것만 받으면 충분해. 이 이상 받으면 최악이지."

그래도 마이코는 머뭇거렸다.

"마이코, 열심히 했잖아. 특히 아야가 나가고 나서부터⋯. 그때 몸도 마음도 엉망진창이어서 나도 걱정 많이 했었어. 그런 데 동거인도 새로 잘 구해오고."

아야가 나가고 월세를 절반으로 줄이기로 했던 기본 계획 도 이내 파탄 날 뻔했다.

"그때는 정말이지 필사적이었어. 그래도 마침 회사에 나처 럼 학자금 갚고 있는 애가 있어서."

그것도 이사할 때 이유를 묻는 동료에게 "실은 학자금 대출 갚고 있어. 월세를 줄이기 위해 친구와 살기로 했거든" 하고 전 부 털어놓았기 때문이었다.

"정말로 마이코는 최선을 다한 거야."

잠시 생각하더니 마이코는 10만 엔을 받았다.

"고마워."

돈을 감사히 받기로 했다.

"우리 이걸로 축하 기념할 겸 맛있는 거 먹으러 가자."

"대신 더치페이야. 매번 언니한테 얻어먹기만 했잖아."

지갑은 춤춘다   293

젠자이는 고개를 끄덕였다. 그리고 아야와 만났던 일은 아직은 이야기하지 않기로 했다.

사이타 아야와 재회한 건 『학자금이라는 병』을 내기 직전이었다.

그녀의 이야기를 책에 넣기 위해 반드시 허락을 받아야 했기에 호사카에게 부탁해 찾아냈다. 그녀가 남자친구의 본가인 세토내해의 지방으로 갔다는 것만 알고 있던 터라 중퇴한 대학 시절의 인맥으로 찾았다고 한다.

"오랜만이네."

처음 만나기를 거부하던 아야도 3만 엔의 사례금을 주겠다고 하자 태도가 바뀌었다. 10만 엔을 달라고 하는 걸 협상해서 5만으로 했다. 솔직히 초판 인세를 생각하면 큰 액수였지만 아야 이야기를 꼭 책에 넣고 싶고, 그리고 다시 만나고 싶어서 승낙했다.

바다가 보이는 카페에서 만났다.

아야는 혼자 나왔다. 긴소매 앞치마 같은 겉옷인지 작업복인지 모를 옷을 입고 있었다. 하지만 변함없이 화장도 하고 있었고 생각한 것보다 좋아 보였다.

"잘 지내고 있는 것 같아서 다행이야."

그러나 아야의 표정은 굳어 있었다. 틀림없이 책망받을 거라고 생각했겠지. 한때는 의기투합했던 사이고 그녀가 모든 재산을 잃은 것으로 그 책망은 충분히 졌다고 생각했다. 조금이라도 마음을 편하게 해주고 싶어서 바로 본론으로 들어가 사실관계만 설명했다.

책의 내용과 목적, 아야와 마이코의 이야기는 마지막 장에서 다룬다는 것, 그 밖에도 학자금을 빌린 사람들을 취재 중이라는 것. 설명이 진행될수록 아야의 표정이 조금씩 풀어지는 것처럼 보였다.

"아야 이야기는 절대로 사람들이 모르게끔 출신지와 이름, 업무 내용도 바꿔서 썼어. 사전에 원고 체크도 받을 테니까 네 이야기의 전말을 쓰고 싶어."

"알겠어요."

"원고 보낼 테니까…."

"됐어요."

"됐다니, 무슨 말이야?"

"제 이름만 안 내보내면 다른 건 상관없어요. 읽고 싶지 않으니까 원고는 보내지 말아주세요."

그때 "내 이야기가 써진 거 읽어보고 싶어"라고 말했으면서.

책에 필요하다는 구실로 현재 생활을 물었다.

남자친구의 부모님이 운영하는 공장 일을 돕고 있다고 했다. 결국 결혼할 때 학자금과 그의 빚은 그의 부모님이 갚아준 모양이다. 대신에 공장에서 일한 임금이며 용돈 같은 건 거의 없고, 그 집의 집안일도 맡고 있다고 했다.

문득 이야기하는 도중에 그녀가 임신한 걸 알았다. 물어보니 6개월이라고 했다. 겉옷은 임신복이었을지도 모르겠다.

"축하해."

"이런 제가 한심하죠?"

"아니."

고개를 좌우로 크게 흔들었다.

"모든 건 운의 타이밍이라고 생각해."

그러나 아야는 아무것도 안 믿는다는 얼굴로 이쪽을 쳐다봤다.

마지막으로 5만 엔을 건넬 때 지갑에서 1만 엔을 더 꺼내 건넸다. "적지만 이건 출산 축하 선물." 그녀는 눈을 크게 떴다가 간신히 표정을 바꿨다.

"감사합니다."

감사 인사를 해준 것도 이때가 처음이었다. 아야는 돈을 겉옷 주머니에 넣었다.

"마이코가 걱정 많이 해."

아야는 입술을 깨물었다. 눈에 눈물이 가득 고였지만 소리는 내지 않았다. 여기서 한마디만 더 했다가는 지금의 생활로는 못 돌아간다고 생각하는 듯했다.

아야는 먼저 카페를 나섰다. 장 보러 간다고 하고 나왔다면서 30분 만에 허둥지둥 돌아갔다.

그 뒷모습을 보면서 자신이 생각한 만큼 아야는 불행하지는 않을지도 모른다는 생각이 들었다.

적어도 학자금의 고통에서는 해방됐고, 집과 일도 있고 가정도 있다. 젊은 남편도 있다. 며느리에게 가업을 돕게 하고 급여를 주지 않는 건 흔한 일이다. 오히려 보통일 수도 있다. 무표정이었던 건 오랜만에 만나 긴장이 돼서이겠지.

그녀 눈에는 자신이 훨씬 불행할지도.

가족도 아이도 없고 불안정한 일을 하고 있다. 수십 년 후면 그녀에게는 가족과 가업이 남아 있을 텐데.

그러니까… 그 1만 엔을 보탠 건 내 마지막 허세였구나, 라고 생각하니 조금 웃음이 났다.

마이코에게는 편집자가 아야에게 단행본 게재 허락을 받았다고 말했다. 그래도 지금은 그의 본가에 살고 있다고 전하자 크게 안도했다.

"이제 앞으로 어떡할 거야?"

아야의 기억을 떨쳐버리듯 마이코에게 물었다.

"아직 확실히 정하지는 않았지만…."

그녀는 고개를 갸웃거렸다.

"안 그래도 오늘 그것도 의논하려고 했어. 그때 이것저것 많은 돈을 내준 언니한테 확실하게 허락을 받아야 하니까."

"뭐야, 이제 충분하대도. 돈도 돌려받았잖아."

"그렇게 말해줘서 고맙지만, 함께 사는 애랑 얘기해서 그 집을 나오려고."

망설이는 것 같기도 수줍은 듯도 한 마이코의 표정을 보며 젠자이는 깨달았다. 그녀도 이제 인생의 다음 단계에 와 있음을.

"있지, 우리 처음 만났을 때 했던 말 기억나? 마이코, 몇 번이나 결혼, 가족, 아이는 이미 포기했다고 그랬잖아. 이런 빚쟁이한테 누가 올 거며 마흔 전에는 빚 다 갚기도 글렀다고. 그때, 누군가 좋은 사람이 있으면 결혼할 수 있을까 하고 말이야."

"그랬었지. 구혼 활동이라도 해볼까. 결혼이 전부는 아니라고 생각하지만, 역시 가족은 갖고 싶어."

마이코는 수줍어하는 얼굴로 미소를 지었다.

"언니를 만나고서 학자금 다 갚는 동안 많은 일들이 있었지만, 가장 좋았던 건 결국 즐거웠다는 거야. 절약도 동거도 이러니저러니 해도 즐거웠어, 덕분에 돈을 다 갚을 수 있어서 정말로 고마워."

정말 다행이야, 최대한 담담하게 말하려고 했는데 말이 잘 안 나왔다. 목 안에서 뜨거운 것이 올라와서.

건물주 하즈키 미즈호가 찾아오는 바람에 미즈노 후미오는 지난주에 갓 들어온 아르바이트생에게 하던 잔소리를 일단 멈췄다.

미즈호는 이미 여러 대의 에어컨 설치와 수리를 맡기고 있는 단골손님이다. 솔직히 여름을 앞두고서는 에어컨 설치 일이 많이 들어오기 때문에 몇 달 바짝 하면 나 혼자라면 1년은 먹고 살 수 있을 만큼은 벌 수 있으니 아무리 귀한 단골이라 해도 그렇게까지 신경 쓸 필요는 없다. 하지만 어떤 일이든 파도는 있다. 앞으로 이 업계에도 신규 업자가 늘고 경기가 나빠지면 생활이 달라질 것은 뻔하다. 가족이 생긴 지금 미즈노는 작은 일에도 최선을 다하고자 했다.

전에 미즈호 자택의 에어컨을 수리하게 되면서 알게 되었고 그 후 명함을 교환하며 직접 일을 맡기는 사이가 되었다. 당시 수리하고 설치하는 내내 그의 옆구리에 딱 붙어 앉아서 "대체 뭐 때문에 고장이 났냐" "얼마나 드냐" "출장비는 얼마냐" "주말과 공휴일에도 와줄 수 있느냐" "에어컨을 여러 대 주문하면 좀 싸게 해주느냐" 등 쉴 새 없이 쏟아내는 질문에 놀랐다. 그 후 그녀가 임대업을 시작해 점점 건물을 늘려가고 사업을 확장시키는 모습에 더욱 놀랐다.

그리고 지금, 염원하던 신축 빌라를 세운 미즈호를 보니 배움에 열성적인 태도와 강인한 수완에 다소의 기막힘과 존경의 마음이 들었다.

이야기 끝에 가면 "미즈노 씨도 하면 좋은데" "미즈노 씨처럼 전기공사 할 수 있는 사람이면 직접 집을 리모델링 할 수 있으니까 좋을 거다" 하고 부동산 투자를 권해온다. 하지만 후미오는 더 이상 투자에는 조금도 관여하고 싶지 않았다.

무엇보다 지금까지의 일들을 모두 듣고 이해해 준 아내이자 자사 사장인 도모카가 허락해 주지 않을 것이다.

"미즈노 씨, 한참 기다렸죠."

"아뇨, 괜찮습니다. 저도 막 왔어요."

그는 엄지손가락으로 뒤에 있는 아르바이트생을 가리켰다.

"말은 그렇게 해도 많이 기다렸을 텐데 미안해요."

에어컨과 실외기가 이미 놓여 있는 모습을 보고 짐작했을 것이다. 미즈호가 사업을 법인화하고 사장이 되고 나서도 겸손한 모습이 그녀의 일을 우선적으로 받는 이유다.

"실은, 인터뷰하고 오느라."

미즈호는 여벌쇠로 문을 열며 말했다.

"네? 인터뷰요?"

후미오는 옮기기 위해 에어컨에 손을 얹은 채 돌아보았다.

"대단하네요, 하즈키 씨, 유명인이네요."

"아이, 무슨. 실은 좀 이상한 일이 있어서요."

부정하고 있지만 본심은 자랑하고 싶은 마음도 조금은 있었을 것이다. 후미오가 칭찬하자 우쭐대는 표정이 보였다.

설령 아무리 좋은 사람을 상대한다 해도 상대를 기쁘게 해 줘서 손해 볼 건 없다. 이 또한 후미오가 독립하기 위한 노력을 쌓으며 배운 노하우다.

"미즈노 씨, 그거 알아요? 전에 이 주변에서 기초생활수급자 할아버지 집에 지명수배자가 살다가 체포된 일 말이에요."

이번에는 정말로 깜짝 놀라 들어 올리던 에어컨을 그만 내려놓았다. 반대쪽을 들고 있던 아르바이트생이 원망스럽게 쳐다보는 것은 무시한다.

"알고 있어요. 특수 사기 집단의 일원이었다고."

"아, 역시 유명하구나. 그 범인이 몰래 들어온 집이 우리 건물이었어요."

"네? 하즈키 씨네였어요?"

목소리가 너무 컸던 탓인지 미즈호가 의아한 표정으로 돌아봤다. 수상하게 여긴다는 것을 알고도 멈출 수 없었다.

"노다 유이치로였죠."

"이름까지 알고 있구나."

알다마다요, 제 동창이고, 제가 실은 그놈한테… 라는 말이 나오려는 걸 꾹 참았다.

"동갑이길래."

왜 아는 사이라고 말하지 않았는지 스스로도 알지 못했다.

"그렇구나. 그 사람이 체포될 때 나한테도 연락이 와서…."

미즈호가 하는 이야기를 멍하니 들으며 작업을 이어나갔다.

후미오도 노다가 체포됐다는 소식을 들었을 때 충격을 받은 한 사람이었다.

지금은 연 수입이 800만 엔 정도 된다. 그놈은 체포되었고 자신에게는 아내와 사랑스러운 딸들이 있다. 그때의 원한은 완전히 잊고 불쌍함마저 들었다… 가 되었다면 좋겠지만, 실제로는 아니다.

그 38만 엔을 다 갚는 데 2년 가까이 걸렸다. 에어컨 설치 일을 익히는 동안 돈도 거의 못 쓰고 돈을 모을 수도 없었다.

이렇게 독립하고 나서도 '그 돈이 있었다면…' 하고 생각할 때가 있다. 아무리 일도 있고 안정적인 수입이 있어도, 사업을 하는 이상 '다음 달 문제 없이 지급할 수 있을까' '아르바이트생 월급을 줄 수 있을까' 하고 조마조마할 때가 있다.

아내가 사장과 경리 일을 해주면서 무척 편해졌다.

그녀 역시 후미오가 독립한 무렵에 에어컨 가게를 차리고 싶다면서 찾아온 아르바이트생이었다. 고등학교를 졸업한 뒤 여기저기 술집 일과 종업원을 하며 먹고 살았던 것 같다. 기술을 배우고 싶다며 찾아왔었다.

기술을 배울 수는 있어도 여자가 실외기를 옮길 수는 없겠다 싶어 한차례 거절했는데, 꼭 하고 싶다며 물고 늘어져 그녀를 고용하고 말았다. 실제로 자재 운반은 할 수 없어서 전화 업무나 사무 일을 시켰다. 그런데 그 일에 대한 욕심과 빠른 이해력에 반했다. 다소나마 에어컨에 대해 알고 있는 그녀가 지금은 고맙기만 하다.

후미오는 노다를 용서할 수 없다, 절대로.

하지만 그 일이 있은 덕분에 지금의 길을 선택할 수 있었다고도 생각한다. 그때의 일, 그 이후 자신의 인생이 한 조각이라도 빠졌다면 지금 여기에 있을지 어떨지….

미즈호에게 '아는 사이였다'라고 말하지 못한 건 노다에 대한 마음이 여전히 정리되지 않았기 때문이다.

"미즈노 씨네 애가 몇 명이었죠?"

생각에 잠긴 사이 노다에 관한 이야기는 끝이 나 있었다.

"아이 말인가요? 딸만 셋입니다. 아유, 고되네요."

않는 소리를 했지만 속마음은 그 반대다. 가족 이야기를 하면 웃음이 멈추질 않는다.

"둘째, 셋째가 쌍둥이였나요?"

"실은 지금, 아내 뱃속에도 한 명이 더 있어요."

"어머, 정말? 축하해요."

"그게 또, 딸아이인 것 같아요."

"어머나."

지난주 알게 된 사실이다.

"그럼 이제 넷?"

늘 혼나기만 하는 아르바이트생까지 웃기 시작했다.

"부인도 고생이 많겠네요. 더 열심히 벌어야겠어요. 그래도 딸들은 키우는 재미가 있겠다. 부러워요."

"저희는 하즈키 씨가 부러운데요. 아이 하나면 돈도 정성도 쏟을 수 있잖아요."

말은 그렇게 했지만 속마음은 역시 다르다. 우리 네 딸과 아들 하나를 바꾸자 해도 절대로 안 바꾼다.

아무리 피곤해도 집에 오면 "아빠, 아빠" 하면서 자신에게 달라붙는 세 강아지들을 떠올리기만 해도 기쁨이 주체가 안 된다. 무슨 일이 있어도 이 행복을 지키고 싶다.

그래, 자신은 어떤 인생과도 바꾸고 싶지 않다. 그렇다면 노다의 일은 이제 잊어도 될 것 같다.

왠지 요즘 늘 뛰어다니는 것 같네. 미즈호는 그런 생각을 하며 후지미노 부동산으로 뛰어갔다. 시바사키는 기다리고 있었는지 바로 나왔다.

"늦어서 미안해요."

말은 그렇게 했지만, 아직 약속 시간 4시에서 10분 정도밖에 안 지났다. 뭐든 바로 사과하는 버릇은 법인화하고 사장이 되고부터 생겼다. 여사장이 된 이후로 그 어느 때보다 신경을 쓰고 있다.

"아뇨, 괜찮아요."

"정말 미안해요."

조금 과장된 몸짓으로 몸을 굽혀 그에게 인사했다.

시바사키에게서는 이미 주택 세 채와 빌라 한 채를 샀다.

"그럼 바로 갈까요?"

그는 경차를 가게 앞에 붙였다. 오늘은 오래된 매물 몇 군데를 보러 가기로 약속을 해놔서 자료는 이미 어젯밤 메일로 받았었다.

이럴 때 손님인 자신은 뒷좌석에 앉아도 되겠지만 미즈호는 늘 조수석에 앉는다. 시바사키에게도 그렇고, 집주인이나 다른 중개업자들에게도 뒤에서 으스대고 있는 여자로 보이고 싶지 않다.

"어땠어요? 취재."

젠자이의 취재를 가운데서 이어준 사람이 시바사키다.

"아, 인터뷰? 오늘 오전에 일단 끝났어요."

"이것저것 물어보던가요?"

"아무래도 사타케 할아버지나 노다 일이죠."

"역시 책이 될 만큼 큰 사건이긴 하네요."

취재에 관해 더 꼬치꼬치 캐물을 줄 알았는데 그는 출판이나 책에 관해서는 별 관심이 없는지 그 이상은 물어오지 않았다.

이야기하는 사이 5분쯤 됐을까, 한 집이 눈에 띄었다. 역에서는 도보로 15분 거리의 장소다.

"이 건물, 처음에는 4백80만 엔에 나왔다가 얼마 전에 3백80만 엔으로 내려갔는데, 들어보니 2백80만 엔도 좋다고 집주인이 그랬다나 봐요."

미즈호는 자료에 시선을 줬다. 지은 지 48년, 64평방미터, 2층 건물. 1층에 세 평과 두 평 크기의 방 두 개와 주방, 화장실, 욕실이 있고 2층에 세 평 크기 방이 두 개 있다. 쇼와* 4, 50년대에 지어진 분양주택의 전형적인 구조였다.

"어머, 가격은 좋네요."

"다만 내부가 장난 아니니 각오하세요."

"어유, 그럼요."

그는 능숙하게 후진해 집 앞에 차를 세웠다. 조수석의 문을 열어주려고 돌아오는 걸 거절하고 직접 문을 열었다.

문 옆에 있는 열쇠 상자에 번호를 입력하고서 열쇠를 꺼냈다.

---

* 1926년~1989년을 가리키는 일본의 연호

"지난번에 왔을 때 열기 어려웠어요. 이게 요령이 좀 필요해서."

시바사키는 혼잣말도 아닌 말을 하며 문을 열었다.

안으로 들어가자 곰팡이 냄새가 확 풍겼다. 하지만 그런 건 흔한 일이다.

"아무튼, 3년 전쯤에 살던 노인이 쓰러졌는데…. 아니, 사고 건물은 아니에요. 바로 옮겨졌으니까. 며칠 만에 병원에서 돌아가셨고, 그 후에 친족을 찾았는데 최근에 겨우 연락이 닿아서."

홀아비로 살았을까, 곳곳에 쓰레기가 널려 있고 놓여 있는 물건들, 히터나 책상 등 물건마다 옷과 수건이 걸쳐진 채 먼지로 얼룩져 있었다. 방의 맨 구석에 불단이 보였다.

"맞아, 여기에 이게 있었지."

시바사키가 무심코 소리를 높였다.

"뭔데요?"

"왜 두고 갔을까?"

불단을 보고 목소리를 높인 이유를 알았다. 거기에는 위패뿐만 아니라 남자의 아내로 보이는 늙은 여자의 사진과 유골이 들어 있는 듯한 흰 상자가 놓여 있었다. 사진은 햇볕에 그을려 색이 바랬지만 어렴풋이 얼굴이 보였다.

"유품정리사도 이것만큼은 꺼리거든요." 그러면서 그는 유골함을 가리켰다.

"집주인이 잘 정리해 주겠죠."

"먼 친척이면 당연히 안 가져가지 않겠어요?"

어쩐지 감싸듯이 말해버렸다. 유골이나 영정을 가져가지 않는다는 건 지금껏 거의 교류가 없는 사이라고밖에 생각되지 않았기 때문이다.

"아뇨, 연락이 닿은 건 먼 친척이 아니라 아드님인 것 같아요."

아들…. 오랫동안 부모와 왕래가 없었고 여태 엄마 사진과 유골도 가지러 오지 않는다는 말일까. 대체 어떤 부모와 자식 사이였을까. 무슨 일이 있었을까. 사진 속의 여자는 기모노를 입고 따뜻한 미소를 띠고 있는데.

"위패는 비교적 많아도 유골은 드물죠."

이런 매물을 수십 채는 봐왔다. 불단 정도는 놀랍지도 않다.

"그러게요."

2층도 봤으나 참상은 1층과 다르지 않았다. 물건이 모두 쏟아진 것처럼 어질러져 있었고 온통 먼지투성이였다. 아무리 3년간 비워진 곳이라 해도 사람이 살았다고는 도저히 생각할 수 없었다.

"집 안의 물건은 저희가 전부 처분할 테니 3백만 엔에 어떠세요?"

시바사키는 차로 돌아가며 말했다.

미즈호는 머릿속으로 생각했다. 직접 단골 업자에게 의뢰하면 실내 물건 처분은 50만 엔 정도 들 것이다. 분명 그들은 업자끼리 다 연계돼 있어서 그 가격에 정리해 줄 것이다. 나쁘지 않지만….

"유골도?"

"유골도."

무심코 서로 마주 보고 웃음이 터졌다. 유골 주인에게는 실례였지만 이제 이런 현장에는 서로 익숙하다.

"유골은 그렇다 치고 천장이 조금 신경 쓰이네요."

안전벨트를 매며 말했다. 2층 천장에 작지만 양손 손바닥 크기만 한 얼룩이 있는 걸 놓치지 않았다.

"얼룩이 있었죠. 그래도 천장 판은 매끈했으니까 약간만 수리하면 될 것 같은데요."

하지만 그런 입발림에 넘어가 산 물건 때문에 낭패를 본 적이 있다.

물건을 몇 채 사들였을 때의 일이다. 땅값 이하, 본래라면 5백만 엔 이상의 매물이 1백80만 엔이라고 해서 천장의 작은 얼룩을 눈감고 샀다. 그러고서 리모델링 업자에게 맡겼더니 3백만 엔의 청구서가 나왔다. 수중에는 1백만 엔 정도의 현금밖에 없었다. 초짜 같은 여자라고 깔봤을지도 모른다.

우쭐해져 있었다. 오래된 집을 사서 고치고 빌려주기만 했는데 짭짤하게 매달 수입이 늘었다. 자신에게 부동산 투자의 재능이 있는 게 아닐까 하고 기고만장해 있었다. 그러나 그 한 채 때문에 그때까지 쌓은 자산을 잃었다.

파산 신청을 하는 수밖에 없을지도 모른다고 각오했다. 남편에게도 말하지 않고 아들의 학자금보험을 해약하고 카드론에 손을 댔다. 여성 기업가 지원자금을 허위로 신고해 빌렸다. 본래는 토지와 관련된 자금으로는 투자를 못 하게 돼 있어 카페를 개업한다는 거짓 기획서까지 작성했다. 언제 들통날지, 자칫하면 공문서 위조로 잡혀갈까 봐 매일 정신이 하나도 없었다.

젠자이에게는 말하지 않았지만 결코 만사 순조로운 사업은 아니었다.

"생각 좀 해볼게요."

"그럼 다음 갈까요?"

시바사키도 익숙해서 그리 끈질기게 권하지는 않는다.

"그 집, 다음에 사겠다는 사람 있으면 팔까 하는데 어떻게 생각해요?"

다음 매물로 이동하면서 잡담처럼 물어봤다.

"네? 그 사타케 씨가 살던 집 말이에요?"

얘기가 바로 통했다.

"네."

오늘은 낡은 매물을 둘러보러 간다는 명목이었지만 실은 사타케가 살던 건물을 파는 것에 관한 의논이 미즈호에게는 중요했다.

솔직히 말하자면 낡은 매물을 더 살 마음이 더는 없다. 신축 빌라를 짓기 시작하면서 미즈호는 자신의 양상이 바뀌었음을 깨달았다. 낡은 건물을 싸게 사서 직접 수리하는 것에는 이제 흥미가 사라져 버렸다.

코로나가 기승을 부리면서 일본정책금융공고의 '코로나 특별 대출', 통칭 '코로나 자금'이 시작되었다. 부동산 투자가 사이에서는 '코로나 물'이나 '공고 물, 이른바 콩고물'로도 불린다.

전년도 동월과 비교해 매출이 단 5퍼센트만 떨어져도 그 대상이 되며 최대 8천만 엔의 대출을 보증 없이 초저금리로 받을 수 있다. 한때는 심사도 상당히 허술했다. '코로나 물 마셨어?' '콩고물 좀 떨어졌어?'가 부동산 투자가 사이의 인사말이 됐을 정도다.

운 좋게도 미즈호는 그 1년 전쯤에 임대업을 법인화했다. 게다가 때마침 나간 세입자가 있어 월세 수입이 줄어들어 그 혜택을 받았다. 몇 개의 서류만 갖춰 8천만을 통으로 대출받을 수 있었다.

8천만을 가지고 처음에는 도심의 신축 빌라를 노렸으나 같은 생각을 하고 있는 투자가들이 많았는지 땅값이 올라갔다. 열심히 찾았지만 결국 가와고에가 되었다.

앞으로는 소유 중인 낡은 건물 중 세입자가 딸린 것부터 팔고 신축 빌라로 전환해 나갈 생각이다. 물론 다음은 도심이 좋겠다.

생각지 못한 일이었지만 코로나는 자신을 자질구레하게 낡은 건물을 사들이는 영세 건물주에서 신축 빌라를 세울 수 있는 한 단계 위의 건물주로 만들어줄 것이다.

"그러세요? 괜찮을 거 같아요. 지금은 모두 세입자가 들어가 있는 매물을 찾고 있으니까요."

시장에 자금이 출렁이고 있는 지금, 부동산은 매도자 시장이다. 그리고 어떤 길이든 신인, 초짜는 존재하기 마련이다. 노후마련, 안정적 수입을 위한 민첩한 부동산 투자로서 세입자가 있는 낡은 매물은 인기가 있다고 했다.

"그럼 그 방향으로 가보죠. 그 집의 세입자를 최대한 빨리 찾읍시다."

"잘 부탁해요."

가와고에의 신축 빌라는 역에서 도보로 8분, 1LDK의 집이 여덟 세대 있다. 한 세대당 6만 엔에 세를 놓는다고 했을 때 월 48만이라는 계산이다. 미즈호는 여기에 약 6천만 엔의 대출을 쏟아부었다. 이자는 1퍼센트 이하고 3년은 실질 무이자 기간이 있다. 10퍼센트의 수익률을 바랐지만 아슬아슬한 9.6퍼센트, 가와고에는 인기가 있어서 어떻게든 해낼 수 있을 것이다. 가능하다면 5년 후에는 같은 금액이나 그 이상의 금액으로 팔고 싶다. 그래도 '콩고물'로 받은 게 아직 2천만 엔은 남아 있다. 다음은 그걸 계약금으로 해서 1억 엔 정도의 물건을 대출로 살 수 없을까.

이렇게 머릿속에서 이리저리 굴리며 돈 계산을 하는 게 요즘 미즈호는 제일 즐겁다. 잠시 현실을 잊을 수 있다.

몇 달 전 유타의 가방에서 핑크색 여자 속옷이 나왔다. 가방에서 그런 게 나오리라고는 상상도 못 했지만 좋지 않은 예감은 있었다. 남편은 "송별회 뒤풀이 때 여자 있는 가게에 갔다가 게임 경품으로 받았어"라며 발뺌했으나 그 전부터 이상한 시간에 남편의 휴대전화로 가끔 전화가 걸려 오는 일이 있어 미심쩍게 여기고 있었다. 특히 한창 저녁 식사 중에 많이 걸려 왔는데, 그는 업무 전화라고 했지만 늘 새우등을 하고 일어나 다른 방에 가서 통화를 했다. 어딘지 모르게 허둥대는 기색이 수상했다.

하지만 파고들기 귀찮아서 줄곧 못 본 체해 왔었다. 그러나 가방 안의 속옷은 잊고 싶어도 기억에서 사라지지 않았다.

핑크색 바탕에 화려한 흰색 레이스가 달린 속옷은 자세히 보니 해외 제품이었다. 경품으로 쓸 제품이 아니다. 여성이 특별한 날에만 착용하는 속옷이다.

힘겹게 몸을 이끌고 다른 부동산에서 소개받은 흥신소에 남편의 뒷조사를 의뢰했다. 의뢰한 지 3일 만에 회사 후배와 호텔에 가는 모습이 사진에 찍혔다.

미즈호는 이상하게 냉정했다. 작년 코로나 긴급사태 선포 중 재택근무로 바뀌면서 시간이 생긴 남편이 "나도 부동산 하나 갖고 싶다"라고 해서 헤이세이 때 지어진 비교적 신축 주택을 찾아줬다. 계약금 1백만 엔만 내주고 직접 대출을 받게 해 임대업 데뷔를 시켜줬다. 사이타마의 쓰루가시마역에서 도보로 12분, 주차장도 있어 9백90만 엔을 흥정해 8백만 엔에 계약했다. 한 가족에게 월세 8만의 세를 받고 있다. 그래서 그에게도 현재 대출 빼고 매달 용돈 이외에 4만 엔의 여윳돈이 있다.

수입이 늘자마자 불륜을 저지를 줄은…. 너무나도 알기 쉬운 인간이라, 정말 바보 같은 남자다 싶어 웃음이 났다.

아들네의 모습이 어딘가 이상하다고 느낀 시부모가 묻기에 사정을 말했더니 뜬금없이 "일이 바쁜 네 잘못이다"라는 말이 돌아왔다. 남편의 바람 이상으로 그 말에 결국 폭발해 계속 이혼을 생각 중이다.

하지만 이혼하게 되면 지금껏 쌓아온 자산을, 회사 명의로 되어 있는 것과 미즈호 명의로 되어 있는 것에 부부 공동명의로 되어 있는 것까지 목숨보다 소중한 그것을 그 바보와 나눠야만 하나, 그리고 간접적으로 그 바보의 부모에게도 넘어갈까, 그 생각만 하면 골치가 아파 죽겠다.

사랑하는 사람과 보통의 따뜻한 가정을 꾸리고 싶었을 뿐인데, 정신을 차려보니 부모와 마찬가지로, 아니 그 이상으로 삐걱대는 차가운 집이 되어 있었다. 불륜을 들켜 무릎을 꿇은 남편을 위에서 내려다봤을 때, 결혼할 때 이런 장면을 보게 될 줄은 전혀 생각하지 않았구나 하고 냉정하게 생각했다.

다만 걱정이 되는 건 모자가정이 될 아들뿐이다. 올해 초등학교 1학년이 된다.

얼마 전까지만 해도 휴일에 건물을 보러 갈 때나 리모델링이나 청소하러 갈 때, "같이 갈래?" 하고 물으면 "갈래" 하며 순순히 따라나섰다. 간단한 작업은 앞장서서 같이 도와줬다. 그랬는데 반년 전쯤부터 완고하게 안 가겠다며 고개를 내저었다.

가자, 재미있을 거야, 집에 오기 전에 패밀리레스토랑이나 회전초밥집에서 밥도 먹자, 하고 꼬셔봐도 집에 있겠다면서 미즈호에게서 등을 돌린다. 맡길 사람이 아무도 없을 때는 울고 싶은 심정이다. 그래서 이제는 평일밖에 못 움직인다. 엄마의 '일'에서 가족을 망가뜨릴지도 모르는 무언가를 민감하게 느끼고 있는지도 모르겠다.

아들에게 뭐라고 말해줘야 좋을까…. 싸우는 모습을 보이지 않으려 애썼지만 진짜 부부 사이를 어떻게 생각하고 있을까. 남편과 아들의 관계는 결코 나쁘지 않다. 어쩌면 아들을 슬프게 만들지도 모르겠다.

미즈호조차 부모의 이혼은 고등학생 때였다. 아들은 아직 초등학교도 안 들어갔다. 슬픔의 질도 양도 다르겠지. 그 생각을 하면 커다란 망설임이 마음속에 생긴다. 그렇다고 남편과 계속해서 지낼 수 있나 하면 그건 아니다.

그렇기에 돈만큼은 손에 쥐고 싶다. 고등학생 때 대학에 진학 못 할까 봐 불안했었다. 아들에게만큼은 그런 불안을 안겨주고 싶지 않다.

불륜으로 인한 위자료는 많아야 300만 엔 정도라고 한다. 그 돈을 받은 뒤 남편의 부정행위라는 유책 사유가 있어도 자산을 동등하게 나눠야 하나, 아닌가…. 한번 정확히 알아봐야겠다고 생각하면서도 왠지 모르게 미루고 있다. 모든 것을 밝히기가 두려워 알아볼 수 없었다.

다만 남편은 체념했다.

"자, 도착했어요."

시바사키의 목소리에 정신이 들었다. 도착한 곳은 후지미노 옆 가미후쿠오카역에서 도보로 12분 거리에 있는 매물이었다. 건네받았던 매물 정보로 황급히 시선을 내렸다. 면적은 아까보다 넓어 전체 80평방미터 정도 된다.

"여기 꽤 괜찮은 것 같은데요."

조금 전과 마찬가지로 열쇠로 문을 열고 안으로 들어갔다.

"면적도 넓고 가미후쿠오카역 앞엔 상점가도 있어서 인기가 많아요."

이미 이 근처에 몇 채를 사둔 터라 그런 정보는 듣지 않아도 빠삭했다.

현관을 들어간 왼쪽에 신발장이 있고 수조가 위에 놓여 있었다. 당연히 거기에는 물도 물고기도 없다. 지금은 바싹 말라 있다. 유리도 깨져 있었다. 거주자가 있을 때부터 깨져 있었던 건지, 그 이후에 깨진 건지….

"여긴 어떤 상황으로 이렇게 됐어요?"

"1년 전쯤까지 세를 내줬어요. 그런데 세입자가 야반도주를 해서."

"어머."

"요식업을 했던 사람이 코로나로 가게 문을 닫게 돼서. 은행에서 받은 대출금 일괄 상환 압박을 받은 모양이에요."

"너무하네."

확실히 1년치 먼지 같았다.

"야반도주라고 해도 짐들을 당장은 못 치우잖아요…. 절차에는 시간도 소요되고 내부는 엉망진창이지, 집주인이 아주 학을 떼고 두 손 두 발 다 든 거죠."

"그렇구나. 얼마라고 했죠?"

"여긴 가미후쿠오카에서 인기도 있고 면적도 제법 돼서 5백80만 엔이요."

"아, 꽤 비싸네요."

"뭐, 수리하는 데 1백만 엔 정도는 들 것 같네요."

2층으로 올라갔다. 벽장에는 아직 이불이 쌓여 있었다.

"정말로 급하게 나갔나 보네요."

솔직히 별로 흥미가 생기지 않았다. 5백80만 엔에 1백만 엔을 들여 고친다 치면 6백80만 엔. 월 8만 정도에 월세를 못 내놓으면 재미 못 본다. 3백만 엔대, 4백만 엔대라면 생각해 볼 만한데, 흥정하다 보면 이곳도 그 돈에 살 수 있을 수도 있겠지만 지금은 그렇게까지 노력하고 싶지도 않다.

2층 안쪽 방으로 들어갔다.

"천장도 아직 깨끗해요. 집주인 말에 따르면 누수도 없었고. 천장만 깨끗하면 수리비가 50만 엔도 가능하겠네요."

시바사키가 거기에 있던 이불 터는 막대기를 들고 천장을 두드렸다.

"울퉁불퉁한 느낌은 없는데요, 눅눅하지도 않고…."

그가 미즈호 뒤에서 말을 하고 있었는데 문득 그 목소리가 아득해지면서 아무 소리도 들리지 않았다.

방에는 싸구려 플라스틱 밥상이 놓여 있었다. 그 위에 그것이 올려져 있었다.

루이비통 장지갑. 미즈호가 하와이에서 산 것과 같은 모양이었다.

방구석에 이불과 담요가 어지럽게 쌓여 있는 먼지투성이 방에 어째서인지 먼지 한 톨 없이 깨끗하게 놓여 있었다.

"어차피 짝퉁이겠죠."

미즈호의 시선을 알아차리고 시바사키는 뒤에서 손을 뻗어 그것을 집어 들었다.

언젠가 어디선가 다시 만날 것을 이상하게 전부터 알고 있었던 듯한 기분이 들었다. 그래서 별로 놀라지 않았다.

"이니셜이 새겨져 있네요, M.H라…."

역시. 순간적으로 생각했다.

"이니셜이 새겨져 있다는 건 진짜라는 건가."

그가 뒤집어서 보고 있는 것을 최대한 자연스럽게 뺏었다.

집을 보러 온 인간이 이렇게 만져대서 이것만큼은 먼지가 안 묻어 있었는지도 모르겠다.

"글쎄…."

목소리가 잘 안 나왔다.

"왜 안 가져갔을까요?"

"그러게요."

이건 진짜다. 내 손안에 한 번 들어왔던 아이라 안다. 아니, 두 번 만났다. 그리고 떠났다.

이건 틀림없이 진짜고, 그리고 내 지갑이었다. 왠지 모를 확신이 있다. 부드러운 촉감, 이니셜 위치, 무엇보다 전체의 분위기로.

너 도대체 왜 이런 곳에 있는 거니? 대체 왜 여기에 또 남겨져 버린 거야?

"자, 베란다로 가볼까요?"

시바사키는 흥미가 사라진 듯 옆 방으로 돌아가 유리문을 활짝 열었다.

어쩌지…?

두려운 건 나는 이것을 살 수 있다는 것이다. 이 집을 통째로. 즉시 현찰로.

솔직히 아무런 어려움도 없다. 지금의 자신에게는.

이 상태면 아마 4백80만 엔으로 가격을 낮추는 것도 가능하다. 하지만 그런 희망가를 부르지 않아도 5백80만 엔 제 가격으로도 살 수 있고 다시 리모델링 해서 세를 내놓으면 그럭저럭 수익도 날 거다.

지금의 나는 그게 가능하다.

"살까…."

"네?"

여태 별 흥미를 안 보이던 미즈호가 갑자기 그렇게 말해서 인지 시바사키는 깜짝 놀라 뒤돌아보았다.

"사게요?"

"네."

"희망가, 얼마에 부르게요?"

"480… 아니, 580 그대로 가죠. 꼭 사고 싶으니까."

"네?"

시바사키는 또다시 놀랐다. 지금껏 엄격하게 희망가를 불렀던 미즈호가 요구액 그대로 사는 일은 드문 일이었다.

"대신 이대로, 이 상태 그대로 사고 싶어요. 여기 있는 물건 손 하나 대지 말고 그대로요."

"그 지갑도요?"

여태 지갑을 쥐고 있었다. 황급히 밥상 위에 올렸다.

"네."

"뭐, 그것도 진품이면 얼마에 팔 수 있으니까요."

역시 그도 설마 그 장지갑이 갖고 싶어서 미즈호가 이 집을 사리라고는 생각도 못 하는 모양이다.

"아무튼 이대로."

"알겠습니다. 여긴 우리만 맡고 있으니까 더는 다른 사람 안 데려올게요."

그럼 가게로 돌아가 매입하시죠, 라는 소리를 들으며 다시 경차에 올라탔다.

시바사키는 집이 팔린 것에 기뻐하며 기분 좋게 이런저런 이야기를 꺼냈지만 미즈호는 그 집을 나오고부터 줄곧 마음이 심란했다.

그 아이를, 루이비통 장지갑을 그대로 두고 나와버렸다.

그 아이는 아직 그 황폐한 집에 남아 밥상 위에 올려져 있다. 대체 어디를 여행하고 왔을까. 어떤 사람의 손에서 이리저리 굴려지다 왔을까.

내가 그때 나약했던 탓에 그 아이가 괴로운 일을 겪었다. 그랬는데 또다시 그런 집에 남겨두고 말았다.

앞으로는 절대로 서운하게 하지 않을 것이다.

"리모델링은 어디서 할 거예요? 제가 아는 회사 소개해 줄까요? 아니면 어디 아는 곳 있으세요?"

시바사키의 목소리에 정신이 들었다.

"몇 군데 있어서 일단 얘기해 볼게요."

"알겠습니다. 혹시 무슨 일 있으면 제가 회사 소개해 줄게요… 그리고 가스 회사는 어디로….

벌써 저녁이다. 얼른 가서 어린이집에 아들을 데리러 가야 하는데 저녁 교통 체증에 막혀 꼼짝도 못 하고 있다. 연장 보육을 부탁했지만 빨리 가는 게 제일이다.

그런데 시바사키가 이야기를 하는 동안에도 그 지갑이 마음에 걸려 미치겠다. 지금도 다른 누군가가 와서 그 아이를 가져가는 건 아닐지, 집주인이 마음을 바꾸지는 않을지 애가 탄다. 차를 돌려 가지러 가고 싶을 정도다. 하지만 아직 남의 집의 물건을 함부로 가져갈 수도 없는 노릇이고….

한편에서 잠깐, 하고 마음의 냉정한 부분이 물어왔다.

그건 정말로 자신이 산 지갑이었을까. 단지 똑같은 이니셜이 새겨진 비슷한 지갑이 아닐까.

집주인과 얘기해서 저 아이만 양도받으면 되지 않을까. 집주인도 그 가치를 모르니까 거기에 둔 채로 집을 내놨을 것이다. 몇만 엔, 아니 몇천 엔을 주고 가져올 수도 있다.

아니, 애초에 정말로 장지갑이 갖고 싶으면 루이비통 매장에 다시 가면 된다. 지금의 자신은 10만 엔짜리 지갑쯤은 쉽게 살수 있다.

그렇지만 딱히 새 지갑을 원하는 건 아니다.

그때 이상으로 지금은 옷에도 물건에도 돈을 들이지 않는다. 무리해서 절약하고 있는 게 아니라 전혀 흥미가 없는 것이다. 최근 몇 년간 새로운 거라고는 건물을 보러 돌아다닐 때 신으려고 산 스니커즈 말고는 없다. 지갑도 살 마음이 안 들어 전에 쓰던 검은색 에나멜 지갑을 계속 사용하고 있는데 지금은 너덜너덜해졌다. 갖고 싶은 게 하나도 없다. 좋은 매물 말고는.

건물을 살 때의 고양감, 원하는 가격으로 거래가 성사될 때의 흥분, 어쩌면 이 건물은 안 될지도 모른다고 두려워하면서도 일말의 성공을 믿고 수백만, 때로는 수천만 엔을 지불할 때의 짜

릿한 통증! 그에 비하면 옷이나 지갑, 보석 같은 건 아무런 가치
도 없다.

하지만 정말로 그날, 하와이에서 산 지갑이라고 해도 지금
자신에게 의미가 있을까?

"다만 저 건물은 면적도 크고 가격도 좀 돼서 기초생활수급
자는 세입자로 못 받을 거 같네요, 어떻게 할 거예요?"

시바사키의 말에 다시 정신이 퍼뜩 돌아왔다.

집이 5백80만 엔, 안의 짐들을 처분하는 데 3, 40만은 들겠
지. 거기에 중개료와 각종 세금이 든다. 공사비는 50만으로 되려
나. 이래저래 다 하면 7백만 엔으로는 안 되겠지. 여차하면 7백
50만 엔은 들겠는데.

그러면 월세를 월 8만 이상은 받아야 한다. 안 그러면 재미
를 못 본다. 팔 때 세입자를 둔 상태에서 내놓는다고 해도 8백만
엔 이상은 살 사람이 안 붙는다. 팔 때는 세금도 또 들고.

가미후쿠오카에서 도보로 10분 이상 걸리는 건물에 8만 엔
의 세입자가 들어오려고 할까. 없으면 출구전략은 어떻게 세워
야 하나.

미즈호의 머릿속에 겨우 투자가로서의 철학이 되살아났다.

그래. 이것이야말로 하와이에서 장지갑을 샀을 때의 자신
에게는 없었던 일이다.

그 이후로 끊임없이 노력해서 오늘의 자신이 되었다. 울어
가면서.

명품 장지갑에 집착하거나 운에 휘둘리는 그런 곳에 있고 싶지 않아서, 내 인생은 내가 움직이고 싶어서 지금껏 열심히 살아온 게 아닐까.

나는 이제 그 지갑은 필요 없다. 하지만 그 지갑이 필요했던 나약했던 자신도 부정하지 않는다. 그때가 있었기에 지금의 내가 있다.

"역시, 관둘래요."

뜬금없이 말이 흘러나왔다.

"네?"

"미안해요, 역시 관둘래요. 생각 좀 해볼게요. 정말로 미안해요."

"뭐 괜찮습니다만…."

시바사키는 조금 실망한 소리를 냈지만 의외로 쉽게 수긍했다.

그동안 많은 건물을 그를 통해 사 왔고, 부동산 투자가의 변심에 휘둘리는 거야 일도 아닐 테다.

"정말로 미안해요. 하지만 역시… 남편과 의논하고 결정할게요."

어느새 그딴 남편을 팔고 있었다. 그래. 이제 남편도 놓아버리자.

"그러세요, 그게 좋겠네요."

시바사키는 그 이상 아무 말도 하지 않았다.

미즈호는 창밖을 바라봤다.

그 지갑을 집 통째로 살 힘이 있듯이 지금의 나에게는 그것을 단념할 힘도 있다.

미즈호는 가방에서 스마트폰을 꺼냈다. 이혼, 재산분할, 배우자의 부정행위를 검색했다.

더는 미루지 않아도 되겠지.

문득 첫 집을 샀을 때가 생각났다.

그때 남편은 당신이 무슨 수로 돈을 빌리냐면서 은근히 겁줬다. 비겁하게도 경제력을 운운하면서. 그때 자신은 한 차례 단념했다, 그 남자를.

아니, 그렇게까지 심한 말은 안 했던가? 지금으로서는 아무래도 상관없지만. 그런 생각이 들자 그토록 화가 났던 자체가 왠지 우스워져서 웃음이 픽 새어 나왔다.

문득 고개를 들자 하늘은 오렌지빛 노을로 물들어 있고 회색 국도변의 풍경도 빛나고 있었다. 대신 역광으로 세세한 부분은 흐릿하게 보였다.

그래, 이렇게 자잘한 건 보지 말고 살아가자. 그러면 모든 일이 잘 풀릴 것이다.

눈이 부셔 미즈호는 눈을 가늘게 떴다.

옮긴이의 말

돈은 얄궂다.

　　사람을 한순간 구름 위에 올려놓았다가 방심한 순간 뒤통수를 후려치기도 하고, 손에 쥐려 아등바등할수록 더욱 멀리 달아나 속을 애태우기도 한다. '돈이 웬수'라는 말이 괜히 있는 게 아니다. 그러나 그런 돈 없이 우리는 살아갈 수 없다. 돈이 인생의 전부는 아니라지만 먹고 살아가려면 돈은 반드시 필요하다.

　　반드시 필요한 그 돈 앞에서 우리는 한없이 작아지고 비참해지기도 하고 서로를 의심하고 속이며, 훔치고, 좌절도 했다가 그 속에서 깨달음을 배우며 다시 희망을 꿈꾸기도 한다.

　　여기 이 《지갑은 꿈꾼다》에는 이처럼 돈에 울고 웃는 우리네 모습들이 담겨 있다.

하즈키 미즈호는 남편의 월급으로 살림을 꾸려나가는 전업주부다. 매달 남편이 선심 쓰듯 주는 용돈 5만 엔에는 식비와 생활비가 모두 포함돼 있다. 허리띠를 졸라매 그 돈을 아끼고 아껴 하와의 가족 여행을 위해 남몰래 2년 넘도록 열심히 저축해 오고 있다. 마침내 목표했던 금액을 채우고 남편에게 얘기하고 그토록 꿈에 그리던 하와이 여행을 떠난다. 하와이에서 가족들과 즐거운 시간을 보내고 염원하던 루이비통 장지갑에 이니셜까지 새겨 구매한다.

하지만 일상으로 돌아와 행복한 추억을 온전히 음미하기도 전에 경제 개념 없는 남편에게 2백만 엔이 넘는 빚이 있다는 사실을 알게 된 미즈호는 충격 속에서 남편의 빚을 갚기 위해 애쓴다. 그동안 모아뒀던 모든 돈을 긁어모으고 친정엄마에게까지 돈을 빌린다. 루이비통 지갑은 써보지도 못한 채 누구를 향한 것인지 모를 복수심과 함께 참담한 심정으로 중고마켓에 판다.

미즈호의 루이비통 지갑을 중고로 구매한 미즈노 후미오는 어린 시절 아버지가 근무하는 초밥 가게의 주인과 바람이 나 도망간 엄마 때문에 아버지가 직장을 잃어, 기초생활수급 가정에서 어렵게 자랐다. 친구 하나 없이 외롭게 큰 후미오는 고등학교 졸업 후 도망치듯 도쿄로 떠나온다. 이름 없는 대학에 들어갔지만 어려운 지갑 사정에 결국 대학을 중퇴하고 호객 일부터 여러 일을 전전하다 술집 아르바이트와 투자 정보 서비스 다단계 판매 일을 병행한다.

늘 돈에 허덕이는 이 지긋지긋한 삶을 벗어나고 싶어도 빚만 자꾸 늘어나는 상황에 결혼도 아이도 그저 남의 일 같다. 그러던 와중 한 중학교 동창의 꼬임에 속아 루이비통 지갑과 그 안에 들어 있던 판매 계약금으로 받은 38만 엔까지 몽땅 털리고 만다.

후미오의 지갑을 훔쳐 달아난 노다 유이치로는 알뜰살뜰 절약하며 차곡차곡 돈을 모아 편안한 노후를 꿈꾸던 성실한 직장인이었다. 그러나 우연히 TV에서 주식 투자로 수십억의 재산을 모았다는 남자를 보게 되면서 그의 인생은 180도 달라진다. 남자가 트위터에 올리는 주식 정보를 따라 조심스레 주식 투자에 손을 대기 시작한 유이치로는 단 이틀 만에 수십만의 수익을 맛보면서 남자를 주식의 신으로 신봉한다. 유이치로는 어느새 부지런히 저축하고 절약하는 사람들을 깔보며 남자와 같은 삶을 꿈꾸면서 남자가 지정해준 주식에 전 재산을 건다. 회사 일도 뒷전으로 제쳐놓고 주식에 빠져 파이어족을 이루기 위해 목표했던 5천만 엔의 자금을 모으기 직전, 남자가 알려준 타이밍을 놓치면서 재산은 순식간에 반토막이 된다. 결국 재산이 마이너스에 이르러서야 주식의 신인 줄 알았던 남자가 주가를 조장하는 작전 세력이었음 알게 된다.

회사도 집도 다 잃고 빈털터리가 된 유이치로는 친구들의 돈을 훔치다가 급기야 투자 정보를 사겠다는 미끼로 중학교 때 왕따를 당했던 동창 후미오를 불러내 그의 지갑을 들고 튄다.

필명 젠자이 나쓰미, 본명 헤비카와 마미는 풍수와 운세 이

야기로 근근이 작가 생활을 이어가다가 싸구려 지갑을 쓰는 남자
는 평생 독신에 돈도 못 번다는 트윗으로 화제에 오르고 『구혼활
동하는 여자는 핑크색 지갑을 써라』는 책으로 인기 작가로 급부
상한다. 마미는 지갑 이야기로 각종 세미나나 강연을 돌며 화제
를 몰았지만 정작 본인의 삶은 어딘가 공허하고 불안했다. 자신
의 인생에서 만날 줄 몰랐던 바텐더 남자친구를 만나 동거 아닌
동거 생활을 하고 있는데 사이가 소원하다. 서른넷 마미는 결혼
을 염두에 두고 있지만 남자친구는 결혼 생각이 전혀 없어 보이
고 딴 여자의 낌새도 느껴져 곧 이 관계의 끝을 직감하고 있었다.

그러던 어느 날 마미는 착실하고 돈 많은 남자를 만나 아이
낳고 가정을 이룬 옛 동료를 만난 자리에서 동료와 대비되는, 독
신에 프리랜서인 제 모습이 볼품없게 느껴진다. 그런 자신의 마
음도 모르고 분실물 벼룩시장에 데려가 이니셜이 새겨진 루이비
통 지갑을 권하는 동료에게 기분이 상하지만 티 내지 않고 거절
한다.

한편 차기작 원고를 의논하던 편집자에게 정직하고 성실한
독자들을 사기나 마찬가지인 위험한 방법을 포장해서 유도하는
글은 그만 관두라고, 근본적인 글을 쓰지 않으면 작가를 찾을 독
자는 없을 거라는 호된 지적을 받고 홧김에 분실물 벼룩시장에
들러 그 루이비통 지갑을 산다. 풍수나 운세 따위에 더는 기대지
않고 자신의 운을 시험해 보기 위해서.

4년제 대학을 나왔으나 심각한 취업난으로, 관광안내소 계

약직으로 일하는 히라하라 마이코와 아르바이트로 일하던 노래방에서 그대로 정직원으로 일하는 사이타 아야는 학자금 상환으로 어려움을 겪고 있다. 적은 월급으로 죽어라 아껴가며 생활하고 있지만 저축은커녕 갚아야 할 남은 학자금이 300만 엔. 둘은 결혼도 출산도 반 포기 상태다.

그러던 어느 날 아야가 학자금 상환 비법을 알려준다는 사이트가 있다는 정보를 알아 온다. 그러나 성 상납이나 다름없는 일임을 알게 된 두 사람은 둘의 지정 장소나 마찬가지인 맥도날드에서 겁에 질린 서로를 다독이며 놀란 마음을 가라앉히는데, 그곳에서 마미를 만나 자신들의 상황을 에세이의 소재 취재로 쓰는 대가로 학자금 상환을 비롯해 행복한 삶을 살 수 있는 근본적인 개선 방법을 지도받는다. 그녀를 따라 마이코와 아야는 생활을 바꿔나가는데 코로나가 터지면서 급격한 위기를 맞는다.

돈은 죄가 없다.

돈을 둘러싼 상황을 대하는 태도가 우리의 삶을 가른다. 경제적으로 어려움에 내몰린 미즈호는 직접 돈을 벌기로 마음먹고 경제적 자립을 이루기 위해 고군분투한다. 후미오와 유이치로는 빚더미에 앉은 똑같은 상황에서 정반대의 선택을 한다. 허황된 대박의 꿈은 버리고 설치 기사로 하루하루 열심히 살아가기로 선택한 후미오와 끝까지 사람들에게 사기를 치다가 결국 체포되고 마는 유이치로. 마미의 도움으로 학자금 대출 상환을 위해 노력하던 마이코와 아야 역시 코로나 시기를 맞으며 위기에 닥친 순간 둘은 정반대의 선택을 한다.

이렇듯 돈이 인생을 좌지우지하는 게 아니라 돈을 마주하는 우리의 선택과 태도가 인생을 바꾸는 것이다. 사람들 사이를 떠돌아다니는 미즈호의 지갑은 욕망과 허세의 상징이 되기도 하고 더욱 잘 살기 위한 아이템이 되기도 한다. 결국 지갑 주인의 행동에 따라 지갑(돈)의 상징과 의미도 달라지는 것이다.

하라다 히카는 사람들의 손에서 손으로 넘어가는 한 지갑을 둘러싼 이야기를 통해 누구나 살아가면서 직면할 수밖에 없는 돈과 인생의 고민과 문제들을 현실적이고 사실적으로 다양하게 그렸다. 그 과정에서 희망과 절망을 비추는 각각의 인간상은 우리 주변에서 쉽게 볼 수 있는 모습들이다.

한 인터뷰에서 돈 문제와 마주하는 가운데 각자의 생활방식을 돌아보며 돈을 다루는 방법을 생각하는 계기가 되었으면 좋겠다는 바람, 특히 돈 때문에 인생을 포기하려는 이들에게 인생의 밑바닥에서 어떻게든 회복하고 성장해 행복해지기를 바라는 염원을 담아 썼다는 작가의 말처럼 돈에 울고 웃어 본 이들이라면 모두가 공감할 이야기로 어떻게 인생을 살아갈 것인지 현실적인 문제점들을 점검하며 미래를 설계해 희망을 잃지 않도록 응원한다. 어떠한 절망적인 상황에서도 희망이 있음을 강조한다.

작가의 이런 간곡한 메시지가 부디 이 책을 손에 쥘 여러분에게 빠짐없이 가닿기를, 풍등을 하늘에 띄우는 마음으로.

지갑은 꿈꾼다

초판 1쇄 인쇄	2025년 5월 28일
초판 1쇄 발행	2025년 6월 4일
지은이	하라다 히카
옮긴이	최윤영
책임편집	김혜영
디자인	둘셋
책임마케팅	최혜령, 박지수, 도우리
마케팅	콘텐츠IP사업본부
해외사업	한승빈
경영지원	백선희, 권영환, 이기경, 최민선
제작	재영P&B
펴낸이	서현동
펴낸곳	㈜오팬하우스
출판등록	2024년 5월 16일 제2024-000141호
주소	서울특별시 강남구 테헤란로 419, 11층
	(삼성동, 강남파이낸스플라자)
이메일	info@ofh.co.kr

ⓒ 하라다 히카

ISBN 979-11-94654-95-7 (03830)

모모는 ㈜오팬하우스의 출판브랜드입니다.